오전
0시의
몸값

GOZEN REI-JI NO MINOSHIROKIN by KYOBASHI Shiori

Copyright ⓒ Shiori Kyobashi 2022

All rights reserved.

Original Japanese edition published in 2022 by SHINCHOSHA Publishing Co., Ltd.

Korean translation rights arranged with SHINCHOSHA Publishing Co., Ltd.

through JM Contents Agency Co.

Korean translation copyrights ⓒ 2023 by Friendly Books

오전 0시의 몸값

午前0時の
身代金

교바시 시오리 장편소설

문승준 옮김

차례

1장

사라진 의뢰인

"매일 밤 잠들기 전, 서둘러 결혼하고 싶다고 귓가에 속삭이곤 했어요."

　이야기가 원점으로 돌아가고 말았다. 이후로는 두 사람 사이가 얼마나 각별했는지, 그가 얼마나 다정했는지와 같은 옛 일기라도 들려주는 듯한 시간이 이어졌다. 나는 살짝 한숨을 쉬었다.

　"고지는 온천을 정말 좋아했어요. 특히 아오모리의 아오니 온천을 좋아했죠."

　아오니 온천이라면 가본 적이 있다. 침엽수 사이로 한 줄기 강물처럼 흐르는 산길을 올라간 계곡 끝자락에 갑자기 드러나는 숙소. 전기도 없고 휴대전화 전파도 미치지 않는다. 밤의 장막이 드리우면 주황색 램프 불빛만이 어슴푸레 떠오른다. 실내에 놓인 화로에 생선을 굽는 소리와 숙소 옆을 흐르는 강물 소리를 배경음악 삼아 현세의 굴레에서 벗어나고픈 투숙객들이 훈훈하게 담소를 나눈다. 그곳에는 한 손에 휴대전화를 들고 정보를 검색하는 사람도, 여행지 풍경을 SNS로 생중계하는 사람도, 거동 수상한 사람을 경찰에 신고하는 사람도 없다. 사기꾼 또한 맘 편히 잠을 청했을 것이다.

"아오니 온천에 가면 왠지 고지를 만날 수 있을 것 같다는 기분이 들어요."

창문으로 드는 잔광이 의뢰인 가와스미 료코의 흔들리는 눈동자를 비췄다. 믿었던 약혼자가 사기꾼이었음을 받아들이기 쉽지 않으리라. 이야기는 한참 전부터 상담이 아닌 추억담으로 바뀌어버린 터였다.

나는 료코 씨의 상담 기록으로 시선을 떨궜다.

사흘 전인 4월 5일 밤, 도쿄에 위치한 의뢰인의 집에서 뜨거운 정사의 여운에 잠겨 있을 때 약혼자 기타우라 고지는 료코의 머리를 쓰다듬으며 말했다.

"요즘에는 비밀번호를 요구하는 곳이 너무 많아서 일일이 다 외울 수가 없잖아. 료코는 어떻게 하고 있어?"

의뢰인은 별 의심 없이 반려묘 마론의 생일로 통일했다고 말했다. 다음 날 아침에 눈을 뜨니 약혼자는 온데간데없었다. 방 안에 별다른 변화는 없었으며, 고지의 휴대전화는 연결되지 않았다. 어떻게 된 일인지 궁금해하면서 직장인 부동산회사에 일단 출근부터 했다. 오전에 고지에게 수차례 연락했지만 연결되지 않았다. 의뢰인의 지갑에서 현금과 카드가 모조리 사라졌다는 사실을 알게 된 것은 다 먹은 점심 값을 치르려 할 때였다. 몹시 당황한 의뢰인은 함께 점심을 먹은 동료의 조언에 따라 오후 반차를 내고 회사에서 가장 가까운 아카사카 경찰서로 향했다.

경찰서로 향하며 간밤의 기억을 더듬으며 필사적으로 생각한 결과 짚이는 바가 있었다.

분명 잠든 사이 도둑이 든 것이다. 더워서 창문을 살짝 열고 잤으니까. 그러고 보니 늦은 밤 뭔가 소리가 들린 것도 같았다. 자신은 너무 졸려서 무시했지만 고지는 정신을 차리고 범인을 목격하고 말았다. 그래서 범인과 몸싸움이라도 벌였던 걸까. 연락이 안 되는 것은 도저히 그럴 상황이 아니라서? 상대는 여러 명이었을지도 모른다. 어떻게 그런 일을 지금까지 눈치채지 못했을까? 그때 잠에서 깼다면 좋았을 텐데. 혹시 고지에게 돌이킬 수 없는 일이라도 벌어진 거면 어떡하지? 제발 고지가 무사하길…….

의뢰인은 숨을 헐떡이며 아카사카 경찰서로 달려갔다. 일
각을 다투는 사태인 것이다. 경찰관에게 텅 빈 지갑을 보이
며 의뢰인은 큰 소리로 자신의 추측을 늘어놓았다. 하지만
얼굴이 동그란 중년 경찰은 담담한 어조로 이렇게 말했다고
한다.

"그건 애인이 가져간 거 아니에요?"

"그런 사람 아니에요. 그 사람한테 무슨 일이라도 생겼으
면 어떡하려고 그래요?"

빨리 수색해달라고 눈꼬리를 치켜세우며 그와 자신은 약
혼한 사이라고 호소하는 의뢰인을 경찰이 뻔한 답변으로 회
피한 모양이다.

"말씀은 정말 잘 알겠는데, 저희는 융통성 없는 오래된 조
직이라서요. 혈연관계인 가족이 신고하지 않는 한 도저히
움직일 수 없습니다. 애인분 가족의 연락처 아세요?"

"아뇨. 본가는 후쿠오카라고 들었지만, 아직 인사하러 가
기 전이어서……."

의뢰인이 입을 다물자 "그러신가요" 하며 난처한 듯 맞장
구를 치며 이렇게 덧붙였다.

"카드사나 은행에는 연락했어요? 일단 그쪽부터 막아야죠."

의뢰인이 고개를 젓자 경찰은 곧바로 코팅된 종이를 내밀
었다. 도난이나 분실 등 긴급 시 필요한 은행과 신용카드사

연락처 목록이었다.

"당장 전화하세요."

의뢰인은 약혼자를 의심하는 듯한 경찰에게 불만을 느끼며 은행과 신용카드사 세 곳에 전화를 걸었지만 사후약방문이었다. 예금만 털린 것이 아니라 신용카드도 이미 설정 한도까지 현금 서비스를 받은 상태였다. 피해 총액은 300만 엔. 게다가 의뢰인이 아무리 도난이라고 주장해도 비밀번호가 한 번에 제대로 입력된 터라 오히려 신용카드사에서 변제를 해달라고 나왔다는 것이다.

"너무하지 않나요? 제가 범인에게 비밀번호를 알려줬을 거라고 하더라고요. 정말 공범이라면 경찰에 신고하러 갈 리가 없잖아요? 몇 번이나 그렇게 말해도 비밀번호가 한 번에 제대로 입력되었으니 의심할 여지가 없다고만 하는 거예요. 저는 피해자예요. 그런데 아무런 위로도 없이 변제 의무 이야기만 하니 분통이 터질 것 같아요."

의뢰인의 분노와 초조함의 화살은 신용카드사를 향해 있었다. 이 같은 어투로 연신 비난당했을 창구 담당자에게 동정심이 일었다.

애초에 비밀번호를 물어보았을 때 왜 안일하게 대답했냐고 의뢰인의 실수를 지적하고 싶었지만 입을 다물었다. 이 경우 그런 정론은 의미가 없다. 나중에 돌이켜보았을 때 왜 그렇게 바보 같았을까 하는 일을 저지르는 것, 그게 바로 사랑에 빠지는 일이라고 지난 1년간의 변호사 상담 업무를 통해 배웠다.

휴대전화 진동음이 들렸다. 상담 개시 45분 후에 울리도록 미리 설정해놓았다. 변호사 사무소에 방문한 사람의 상담에 응할 경우 시간제로 상담료를 받는다. 우리 사무소는 시간당 5천 엔이다. 의뢰인의 호소를 듣는 것도 업무에 속하기는 하나 마음이 흘러가는 대로 두었다가는 여분의 상담료를 청구해야 한다.

나는 상담 기록에서 시선을 떼고 의뢰인을 바라보았다.

"상황은 잘 알겠습니다. 그래서 료코 씨는 어떻게 하고 싶으신가요?"

"어떻게라뇨?"

"약혼자를 잡아 벌을 받게 하고 싶은 건지, 약혼자에게서 돈을 되찾고 싶은 건지, 신용카드사에 도난 피해를 인정받고 싶은 건지…… 최종적으로 어떤 상황이 되기를 바라는지 확인이 필요합니다. 저도 변호사로서 할 수 있는 일과 할 수 없는 일이 있으니까요."

변호사 사무소에 찾아오는 사기 피해자들은 당황한 나머지 자신이 어떻게 대처하고 싶은지조차 정리가 안 된 사람이 많다. 어쨌든 범인을 잡으려면 경찰에게, 범인에게 돈을 돌려받거나 배상금을 요구하려면 변호사에게, 사기로 인한 정신적 후유증에 시달리고 있다면 피해자 모임이나 의료 기관에 찾아가야 하니 각각 전문 영역이 다른 셈이다. 일단 초동 대처가 중요하고, 시간이 지날수록 결국 포기하고 마는 비율이 높아지기 마련이다.

의뢰인의 눈동자가 요동쳤다. 망설이는 것이리라. 빗질하듯 몇 번이나 머리를 쓸어 넘겼다. 나와 시선이 마주치자 머뭇거리듯 몸을 내밀며 내 얼굴을 들여다보았다.

"저, 가능하면 다시 한번 고지를 만나 제대로 이야기를 나누고 싶어요."

한숨이 나올 것 같은 대답이 돌아왔다.

"이리저리 생각해봤는데요, 혹시 회사에 뭔가 문제가 있어서 급전이 필요하게 된 건 아닐까요? 사업을 하다 보면 그럴 수도 있잖아요?"

의뢰인은 매달리는 눈빛으로 내게 동의를 구했다. 약혼자의 악행에 어떻게든 이유를 대서 필사적으로 희망의 빛을 찾으려 하는 것이다. 객관적으로 무리가 있어 보이는 해석에 매달리려 하는 의뢰인의 언행에 가슴이 아프다.

"료코 씨, 마음은 잘 알겠습니다만, 지금은 냉정하게 생각하는 게 좋을 것 같네요."

혹시 사업 자금이 필요했더라도 여자의 지갑에서 말없이

현금카드나 신용카드를 꺼내 사라지는 것은 예삿일이 아니다. 하지만 의뢰인은 내 말은 들으려고도 하지 않은 채 목소리를 높였다.

"아무리 말하기 어려운 일이라도 변호사 선생님에게라면 고지도 사정을 밝히지 않을까요? 남자의 자존심이라는 게 있잖아요. 고지를 찾아서 이야기 좀 나눠주시겠어요? 인터넷에서 봤는데, 변호사님이 흥신소에 의뢰해 사람을 찾아주실 수도 있죠?"

기타우라 고지. 후쿠오카 현 출생. 나이는 의뢰인보다 세 살 아래인 36세. 자칭 컨설팅 회사 사장. 현주소, 본적, 경력, 혈액형 등등 완전히 외울 수 있을 정도로 내 머릿속에 새겨진 약혼자의 상세한 개인정보는 분명 허위 데이터이리라. 그것이 바로 사기꾼이라는 것이다.

"조사를 의뢰할 수는 있지만 시간과 비용이 드니까요."

"얼마나 들죠?"

"아마도 최소 열흘 정도. 길면 한 달 이상 걸릴 수도 있어요."

신원이 확실하면 이삼일 만에 찾아낼 수도 있지만 이번에는 그렇지 못하다. 게다가 상대는 의뢰인에게서 도망치고 있는 중이니까.

"사진이라면 있어요. 사진 찍는 걸 싫어했는데 막 사귀기 시작했을 때쯤 찍은 딱 한 장이."

"조사하게 되면 사진도 요청드리겠습니다. 하지만 기간이 늘어나면, 조사 비용도 늘어납니다. 못해도 10만 엔은 생각하셔야 할 거예요. 물론 사전에 견적서를 드릴 수도 있지만."

구체적인 액수를 듣자마자 얼굴이 흐려진 의뢰인은 어깨를 축 늘어뜨렸다.

예금을 모두 날린 데다 신용카드 빚까지 지고 있는 것이다. 아무리 의뢰인이 희망한다고 해도 도저히 추천할 수 없다.

"료코 씨, 고지 씨와 마주하고 이야기하지 않는 이상 이해가 되지 않는다는 그 마음은 잘 압니다. 하지만 우선 눈앞의 문제부터 해결해야 하지 않을까요? 카드 변제 기한은 이달 말이죠?"

의뢰인이 고개를 푹 숙였다.

"우선 그에 대한 대처부터 해야죠. 경찰에 피해 신고는 되어 있죠?"

"그건⋯⋯."

의뢰인이 입술을 굳게 다물었다.

"신고 안 했어요?"

"고지를 범인으로 의심하는 것 같잖아요."

어이가 없어서 나는 천장을 올려다보았다. 피해 신고를 하지 않으면 경찰은 움직이지 않는다. 고지는 경찰의 레이더망에서 벗어난 채 다른 사냥감을 노리고 있을 것이다.

나는 현시점에서 대응 가능한 선택지를 종이에 써서 설명했다. 하지만 내가 제시한 내용은 약혼자인 고지가 사기꾼임을 전제로 하고 있다. 료코 씨는 아무래도 이해가 되지 않는지 이야기를 들으면서 양손 엄지손가락을 빙글빙글 번갈아 돌렸다.

"고야나기 선생님, 말씀 도중 죄송합니다."

파티션 너머로 사무원 스카하라 씨가 고개를 내밀었다.

"지금 미사토 선생님에게서 전화가 와서요."

그 말과 함께 메모를 내민다. 나는 보스의 전언으로 시선을 향했다.

곧 미사토 선생님 지인이 사무소를 방문할 거라 합니다. 사기사건과 관련된 일인데 응대를 부탁한다고 하십니다. ─스카하라

"알겠습니다."

나는 고개를 끄덕였다. 스카하라 씨는 의뢰인의 표정을 슬쩍 살피며 파티션 너머로 돌아갔다.

시선을 의뢰인에게로 돌리자 아직도 손가락을 빙글빙글 돌리고 있었다. 그렇게 쉽게 마음의 정리가 되지는 않으리라. 오늘은 이 이상 이야기한들 상담료만 늘어날 뿐이다.

"료코 씨, 취미가 뭐예요?"

엉뚱한 내 질문에 의뢰인이 눈을 여러 번 깜박였다.

"이럴 때는 맛있는 거 먹고 취미에 몰두하는 게 제일 좋아

요."

"네에."

"스트레스 때문에 뭘 해도 잘 안 되니까요."

내가 어깨를 으쓱하자 "그런 것 같네요" 하고 의뢰인이 처음으로 동의했다.

"기분전환을 하고 곰곰이 생각해보세요."

바람을 받지 않게 된 풍차가 멈추는 것처럼 의뢰인의 손가락이 천천히 정지했다. 책상 위에 올려놓은 내 명함을 바라보고 있다.

"어떻게 하실지 내일이라도 연락주시겠어요?"

료코 씨는 작게 고개를 끄덕이며 내 명함을 백에 넣었다.

"하바리움 만들기예요."

"네?"

"제 취미요."

대답의 의미를 몰라 나는 머리를 긁적였다.

"그 하바리움이라는 게 뭔가요?"

"작은 유리병에 전용 오일과 드라이플라워, 특수 보존 처리된 꽃을 넣어 만드는 장식품이에요."

"죄송합니다. 그런 쪽엔 좀 둔해서. 설명을 들어도 어떤 건지 이미지가 잘 잡히지 않네요."

료코 씨는 재빨리 휴대전화를 두드려 자기가 만들었다는

하바리움 사진을 보여주었다. 올리브 오일이 든 듯한 가늘고 긴 투명한 병 속에 흰 안개꽃과 분홍 장미, 노랑 장미가 물속을 떠도는 듯 흔들리고 있다. 이 안에 든 액체가 물이 아니라 전용 오일인 모양이다. 하이힐 모양의 병과 파랗게 빛나는 전구 모양 병, 별똥별을 형상화한 별 모양까지 병 모양도 다양했다.

"가게에서 팔아도 될 것 같네요."

"다음에 하나 가져올까요?"

나도 모르게 내뱉은 소감에 료코 씨가 얼굴을 반짝이며 말했다.

"얼마예요?"

"에이, 돈 받는 거 아녜요. 너무 많이 만들어서 집에 더 놓을 데가 없거든요. 받아주신다면 좋겠어요."

료코 씨가 사무소를 빙 둘러보았다.

"이거 어떨까요? 변호사 사무소니까 무난한 게 좋을 것 같은데."

사진을 보이는 목소리에서 활기가 느껴졌다.

"감사합니다. 선택은 료코 씨에게 맡길게요."

"알겠습니다. 다음에 가져올게요."

료코 씨가 사명감에 찬 얼굴로 그렇게 말하고 일어섰다. 나도 같이 자리에서 일어났다.

"그럼 내일, 연락 기다리겠습니다."

"덕분에 좀 편해졌네요. 감사합니다."

료코 씨가 미소를 지으며 허리를 숙였다. 발길을 돌린 의뢰인을 나는 엘리베이터 앞까지 배웅했다.

사무소로 돌아와 상담 때 사용한 서류를 정리하고 문득 창밖을 내다보니, 마침 빌딩에서 료코 씨가 나온 참이었다. 료코 씨의 오렌지색 트렌치코트는 5층에서도 눈에 띄었다. 같은 계열의 석양빛에 눌리며 작은 키의 몸으로 요쓰야 역 방면으로 향한다. 분명 앞으로 몇 번이나 마음의 동요를 겪을 것이다. 약혼자가 사기꾼이었다는 사실을 인식한 후 함께한 시간의 무위無爲함을 실감했을 때 자기혐오로 견딜 수 없게 된다. 어째서 자신이 먹잇감이 된 것인지, 무엇이 잘못되었는지, 그런 남자에게 속아 넘어갈 정도로 바보인 건지……

그런 모습을 지켜보는 일은 몇 번을 경험해도 익숙해지지 않는다.

"오늘도 끔찍한 이야기였네요."

손님용 찻잔을 치우면서, 즈카하라 씨가 한숨을 쉬었다.

"그 사람, 정말로 아오니 온천에 가서 옛 약혼자를 기다릴 것 같지 않아요?"

"그러게요. 아직 약혼자를 믿고 있으니까요."

"고야나기 선생님은 너무 상냥하세요. 확실하게 말해주는 게 좋아요. 애인은 사기꾼이니까 정신 차리라고요. 경찰에 신고도 하지 않다니 사랑에 눈이 멀어도 정도가 있지."

"스스로 받아들인 후에 어떻게 할지 결정하지 않으면 의뢰인에게 득이 되지 않으니까요."

"그런 말을 늘어놓고 계시다간 또 미사토 선생님께 비효율적이라고 한 소리 들으실 텐데요."

스카하라 씨의 지적에 나는 쓴웃음을 지었다. 보스는 결론이 뻔한 안건을 미루는 것을 극단적으로 싫어한다. 이 일을 보고했다가는 또다시 매도당할 공산이 크다.

여기 '니쿠라·미사토 법률사무소'는 공동대표인 니쿠라 에이스케 변호사와 내가 보스라고 부르는 미사토 치하루 변호사가 3년 전에 차린 사무소다. 두 사람 모두 국제기업 관련 법무변호사로 업계에서 명성이 자자했는데, 62세의 니쿠라 선생님과 36세의 보스가 각각 대형 로펌을 그만두고 파트너가 되었다는 사실에 대해 설립 당시에는 갖가지 소문이 무성했다. 실제로는 지금은 돌아가신 보스의 부친과 니쿠라 선생이 사촌 간으로, 보스는 사연이 있어서 니쿠라 부부의 집에서 신세를 진 시절이 있었던 모양이다. 두 사람은 눈여겨본 변호사를 신진, 중견 가리지 않고 차례로 스카우트해 현재는 15명의 변호사가 재직 중이다.

실적 좋은 변호사들로 가득한 이 사무소에서 갓 사법연수원을 수료한 신참 변호사인 나는 이색적인 존재다. 보스의 명령으로 인턴으로 채용되었는데, 사법연수원 동기 중에서도 성적은 하위 집단에 속해 결코 눈에 띄는 존재가 아니었던 나를 왜 보스가 채용했는지 모두 의아하게 생각했으리라.

약 1년 동안 사법연수원에서 함께 연수를 받다 보면 판사, 검사, 변호사 중 어느 직종에 적합한지 서로 알게 된다. 일부 동기들은 연수에 관여한 선배 검사와 변호사에게서 부디 우리 쪽으로 와달라는 요청을 받았다는 말도 심심찮게 떠돈다. 그런 소문과는 무관했던 내가 기업법무가 중심인 이 사무소에 내정되었을 때 주위가 술렁였을 정도였다.

하지만 내가 이 사무소에 들어오자마자 서고 일부를 파티션으로 구분하고 '프로보노' 섹션을 설치하자, 사무소 일동은 보스의 의도를 이해한 모양이다.

프로보노란 라틴어로 '공익을 위하여'라는 뜻으로, 무료 또는 저렴한 요금으로 법률 서비스를 제공하는 것을 말한다. 구체적으로는 복지·인권 등과 관련된 단체를 위해 법률 업무를 하거나 전담 변호사로서 피의자를 면회하거나 공공기관이나 일본사법지원센터가 개최하는 무료 법률 상담회에 담당 변호사로서 참여하기도 한다.

"변호사는 기본적 인권을 옹호하고 사회정의를 실현하는

것을 사명으로 한다"는 규정이 변호사법 제1조 제1항에 규정되어 있다. 말하자면 돈벌이뿐 아니라 사회공헌을 하는 부서로 프로보노 섹션이 마련되었다는 것이다. 사무소 홈페이지에서도 법률 상담을 받고 있으며, 해당 문의의 창구가 되기도 한다.

나는 그 전담 변호사로서 보스의 엄격한 지도 아래 매일 관련 업무를 처리하고 있다. 올해 환갑을 맞는 베테랑 사무원 스카하라 씨는 사무소 총무 겸 내 비서로서 항상 서포트해주는 든든한 아군이다. 그녀와 보스는 전 직장부터 알던 사이로, 보스의 성격이나 성향도 잘 알고 있다. 내가 가끔 보스의 지뢰를 밟을라치면 미리 알아차리고 적당히 조언해준다.

그렇다고 내가 맡은 일이 이익을 전혀 내지 않아도 된다는 것은 아니다. 저렴한 안건을 효율적으로 처리해 일정 이상의 이익을 올리라는 강한 압력을 받고 있다. 이렇게 말하면 프로보노는 기업 이미지 제고 전략일 뿐 결국은 이익을 최우선으로 하는 배금주의자처럼 들리지만 보스는 결코 그렇지 않다. 마음에 들지 않으면 천만 엔 단위의 성공 보수가 예상되는 의뢰를 거절하기도 하고, 영 이득이 되지 않는 의뢰를 받기도 한다. 그 선 긋기의 기준은 아직 잘 모르겠지만, 내가 보기에도 알 수 있는 명확한 기준이 하나 있다.

그것은 '맡은 일은 무조건 이긴다'라는 것이다.

내 자리로 돌아와 컴퓨터를 켰다. 사무소 내 모두의 스케줄을 알 수 있는 앱을 열어 예정을 확인한다. 18시에 내가 모르는 예정이 잡혀 있었다.

―혼조 나코 님 상담

나는 보스의 전언 메모가 생각났다. 분명 스카하라 씨가 입력해주었을 것이다. 보스의 예정을 확인하니 '19시까지 CI사'라고 되어 있다. CI사는 보스가 고문으로 있는 IT기업 사이버앤드인피니티 사를 말한다.

나는 서류 작성을 재개했다. 어제 임금 문제로 상담하러 온 의뢰인의 소장 작성이다.

변호사 업무에는 작성해야 할 서류가 산더미다. 매매나 대차에 관한 계약서, 의뢰인의 요구를 상대방에게 전달하기 위한 통지서, 갈등을 서로 합의해 해결했을 경우의 협의서나 합의서, 물론 재판에도 서류 작업이 필요하다. 일일이 문서로 남겨두는 것은 나중에 문제가 생겼을 때 증거가 되기도 하므로 빠트릴 수 없는 작업이다.

컴퓨터 앞에 앉아 서류 작업에 몰두하고 있는데 손님 내 방을 알리는 인터폰이 울려 퍼졌다.

"분명 미사토 선생님 지인분일 거예요."

스카하라 씨가 그렇게 말하고 마중을 나갔다. 나는 작성 중인 문서를 저장하고 노트북 컴퓨터를 닫았다. 주머니에 명함지갑이 있는 것을 확인하고 의뢰인과 만날 때 필요한 서류를 정리했다.

"의뢰인이 오셨습니다."

돌아온 스카하라 씨가 의외라는 듯 눈을 깜박였다. 그 의미가 무엇일까 생각하며 상담석으로 향했고, 의뢰인을 보고는 스카하라 씨가 보인 표정의 의미를 이해했다. 보스의 지인이라는 말을 듣고 멋대로 나이 지긋한 어르신을 상상했지만, 눈앞의 의뢰인은 세련된 회색 모자를 깊이 눌러쓴 학생 같은 분위기의 젊은 여성이었다. 검은색 바탕에 영문 로고가 새겨진 캔버스 천으로 만든 토트백을 가슴팍에 감싸 안고 가죽 재킷에 얼굴을 파묻듯 앉아 있다. 이런 자리는 낯설 것이다. 벽면 책장에 죽 늘어선 판례집을 신기한 듯 바라보고 있었다.

"처음 뵙겠습니다. 고야나기 다이키라고 합니다."

다가가 명함을 내밀자 그녀는 굳어 있던 표정을 누그러뜨리고 자리에서 일어섰다.

"혼조 나코입니다."

모자를 벗고 가볍게 고개를 숙였다. 끝에 컬을 넣은 머리카락이 살짝 어깨로 늘어졌다.

"앉으세요."

의자를 손으로 가리키자 그녀는 다시 자리에 앉았다.

"미사토 선생님이 말씀하신 대로라서 안심했습니다."

그녀가 눈웃음을 지었다.

"뭐라고 하셨는데요?"

"담당할 변호사는 나이 차도 별로 나지 않아 말하기 편할 테니 안심하라고."

그 마음은 나도 마찬가지였다. 의뢰인 중에는 내 얼굴을 보자마자 노골적으로 불안한 기색을 보이는 사람도 있다. 이런 20대 애송이로 괜찮을까 싶은 것이다. 그럴 때에는 내 어깨에도 저절로 힘이 들어간다. 신뢰받기 위해 말투나 대응에 최대한 신경을 쓴다. 나보다 어린 의뢰인이 찾아온 것은 처음이었다.

"그리고 특히 사기사건에 열심인 변호사라고 들었습니다."

그녀는 이미 나를 전폭적으로 신뢰하는 듯 미소를 지었다. 확실히 나는 사기사건에 특별한 의지가 있다.

"미사토 선생님과 아는 사이라면서요?"

"네."

"친척이라든가?"

"아뇨. 그저께, 사기범 일당에게 쫓기고 있는데, 우연히 지나가던 미사토 선생님께서 도와주셨어요."

완전히 마음을 놓을 수 있는 편한 상담은 아니다. 아무래도 큰 문제를 안고 있는 모양이다.

"그때 쫓기는 이유를 미사토 선생님께 말했더니 도와줄 수 있을 것 같으니 언제든 연락하라고 명함을 주셨고, 그 뒤 곰곰이 생각한 끝에 오늘 미사토 선생님께 전화를 드렸어요."

천천히 사정을 들어볼 필요가 있을 것 같다. 나는 처음으로 법률 상담하러 온 사람이 작성하는 상담표와 펜을 내밀었다.

"우선 여기에 적어줄 수 있을까요?"

"알겠습니다" 하고 그녀는 펜을 들었다. 동그란 글씨체로 정성스럽게 기입했다.

혼조 나코. 21세. 메구로 구 아오바다이2-△-△△. 연락처 090-8954-5△△△. 월드미용전문학교 메이크업과 재적.

상담 내용 항목에서 그녀의 손이 딱 멈추었다.

"여기는 뭐라고 적어야 하나요?"

"사기사건 상담이라고 쓰면 돼요. 자세한 건 지금부터 질문할 테니."

그녀는 고개를 끄덕이고 그대로 적었다.

기입을 마친 상담표를 대충 훑어본 나는 펜을 들고 리걸 패드를 펼쳤다.

"그럼 무슨 일이 있었는지 말해봐요."

그녀의 동공이 잠시 흔들렸다.

"어디부터 말해야 하나요?"

"처음부터 다 이야기하면 돼요."

"하지만 여러 가지 복잡한 사정이 있어서."

머릿속으로 내용을 반추하는지 그녀는 우물쭈물 입을 다물고 시선을 떨구었다.

"만약을 위해 말해두는데, 변호사는 법으로 정해진 비밀유지의무가 있기 때문에 의뢰인에게 들은 내용을 다른 사람에게 말하는 일은 절대 없어요. 그러니까 안심하고 다 말해줬으면 좋겠어요. 그러지 않으면 제대로 된 조언을 할 수 없고 필요한 변호도 할 수 없으니. 의뢰인이 숨김없이 말할 수 있도록 비밀유지의무가 있는 거예요."

그녀는 내 쪽을 슬쩍 올려다보았다.

"어떤 내용이든요?"

"물론이죠."

"고야나기 선생님이 기겁할 만한 일이라도?"

"상관없어요."

"예를 들어 경찰의 수사가 들어오면?"

"그래도. 비밀유지의무가 있기 때문에 말할 수 없다고 대답하죠. 경찰도 변호사법이나 형법에 비밀유지의무가 정해져 있는 건 알고 있고. 의뢰인 본인의 허가가 있으면 모를까. 즉, 나코 씨가 이야기해도 좋다고 말하지 않는 한, 나는 절대로 말하지 않아요. 혹시라도 말했다간 형법에 따라 처벌받게 되고 변호사협회에서도 징계 처분을 받게 되니까."

"그렇군요." 그녀가 천천히 고개를 들었다. "저, 사기사건인데요." 주저하면서 입을 열었다.

"어떤 사기사건에 휘말렸죠?"

"아니에요."

그녀는 한 박자 뜸을 들인 뒤 나를 바라보았다.

"제가 사기를 쳤어요."

그녀는 먼 곳을 바라보는 듯한 눈으로 말하기 시작했다.

2년 전 4월, 고등학교를 졸업한 혼조 나코는 희망찬 마음으로 월드미용전문학교를 다니기 시작했다. 그동안 다니던 중고교 일관(여타의 입시 없이 그대로 상급 학교에 진학하는 학교. 대부분 사립이며 대학교까지 연계되어 있는 경우가 많다-옮긴이) 여고는 교풍이 엄격해 불편했고 속마음을 터놓을 친구도 전혀 없었기 때문이다.

통학도, 점심을 먹는 것도, 화장실에 가는 것도 함께. 좋아하는 음악이나 아이돌에 공감해야 하고, 집에 돌아와서도 SNS로 수시로 연락을 주고받는 것을 당연하게 여기는 환경에 싫증이 나서 맞장구치는 것을 그만두었더니 완전히 고립되고 말았다고 나코는 씩씩하게 말했다.

집단에서 고립되면 그 이유가 따라붙는다. 나코는 '스스로를 특별하게 생각하는 자존심 강한 여자'로 정의되면서 단숨에 기피 대상이 되었다. 그런 식으로 여기고 그냥 놔둔다면 그것은 그것대로 좋았으리라. 하지만 이후 나코가 하는 행동 하나하나가 비난을 받게 되었다. 찰나의 표정을 몰래 찍어서 SNS상에서 공유하고는 비웃는다든가. 도시락, 필통, 체육복이 갑자기 사라진다든가. 다른 학교 사람이니 괜찮지 않을까 하고 등하굣길에 말을 걸어온 남학생과 차를 마셨더니 학교 동급생들이 계획한 악랄한 함정이었던 적도 있었다.

그래서 중고교 때의 지인이 단 한 명도 없는 전문학교에 희망을 가졌다. 대다수의 동급생들은 같은 재단 대학교에 그대로 진학했기에 겨우 인연이 끊겼다고 생각했다.

"옛날부터 메이크업에 관심이 많았어요. 자연스럽게 예쁘게 보이게 하는 메이크업이 아니라 완전히 다른 사람으로 만들어주는 특수 메이크업. 영화 같은 데서 쓰이는 쪽요. 계속 다른 사람이 되고 싶은 바람이 있었기 때문이려나."

쓸쓸한 듯 그렇게 토로한 그녀의 눈동자가 겨울비에 젖어 있는 듯해서 나는 무심코 시선을 돌리고 리걸패드에 특수 메이크업이라는 불필요한 기록을 남겼다.

하지만 역시 그곳에서도 친구는 생기지 않았다고 한다.

"제가 문제예요. 아무래도 거리를 두게 되어서."

한번 마음에 입은 상처 탓에 방어본능이 강해진 모양이다. 모처럼 이야기할 기회가 있어도 진심을 털어놓는 것을 피하고 만다. 여럿이 모여 떠들고 있는 것을 보면 자신의 험담을 하고 있는 것은 아닌지 지레 겁먹게 된다. 그런 나코가 도망친 곳이 인터넷 세상이었다.

아이디로 활동할 수 있는 세상은 즐거웠다. 좋아하는 것을 좋아한다고 말하고, 싫어하는 것은 거부할 수 있다. 특히 전 세계의 메이크업 아티스트들이 모이는 '인터내셔널 메이크업 아티스트 트레이드쇼'에 대한 이야기를 나누는 SNS에서 알게 된 사키와는 의기투합했다.

"사키도 특수 분장을 배우고 있었던 터라 서로 자신 있는 작품을 사진으로 찍어 교환하게 되었어요. 마네킹 얼굴을 유명한 영화 캐릭터의 얼굴로 만드는 건 실로 즐거운 작업이었죠. 배트맨의 조커, 프랑켄슈타인, 아바타, 천사와 악마나 할리우드 여배우의 얼굴까지 정신없이 만들었어요. 사키와 SNS로 연락하는 게 너무 즐거워서 현실에서도 만나고 싶어졌어요."

그것은 사키도 마찬가지였는지 알게 된 지 3개월 만에 두 사람은 직접 만나기로 했다.

"약속했던 하라주쿠 카페로 향할 때는 데이트를 앞둔 때처럼 긴장했어요. 만나서 서로 안 맞으면 어쩌나, 설마 남자는 아니겠지 하고."

그만큼 이제야 속마음을 터놓을 수 있는 상대를 만나게 된 기쁨과 기대가 컸을 것이다. 실제로 만난 사키는 기대대로 성격이 호탕하고 특수 분장에 푹 빠진 여자로, 나코보다 두 살 위였다.

"친언니가 생겼다는 기분이 들어 그 후로는 자주 사키의 집으로 만나러 갔어요."

나코는 그리운 듯 말했다. 그럼에도 본명을 밝힐 수는 없었다고 한다.

"인터넷에서 안이라는 아이디를 쓰고 있었던 탓에 첫 대면 때 이름을 물어볼 때 나도 모르게 구스노키 안이라고 대답해버렸어요. 사키의 이름은 미나미 사키여서, 서로 아이디가 본명이었구나 하고 웃었기 때문에 더욱 밝히기가 힘들었죠."

주위의 반응에 겁을 먹으면서 허세를 부렸던 혼조 나코보다는 진심을 다해 이야기를 나눌 수 있는 친구가 생긴 구스노키 안으로 있는 편이 기분 좋았다는 마음은 잘 이해할 수 있었다.

그러다 사키의 집에 찾아오는 친구들도 만나게 되었고, 거기서 사키의 남자친구도 만났다고 나코는 어두운 얼굴로 말했다.

사키의 남자친구는 29세의 가와사키 다쿠토. 오지랖이 넓고, 박식하며, 리더십이 있는 가와사키를 처음에는 좋은 사람이라고 생각했다고 한다. 하지만 가와사키는 보이스피싱 범죄조직의 수거책을 관리하는 리더였다.

"처음엔 그런 사실을 전혀 몰랐어요. 같이 밥을 먹으면 사주고 친구가 감기에 걸리면 약이나 음식을 전해주더군요. 그런 모습을 보고 사키가 좋아하는 것도 당연하다고 생각했어요. 그래서 사키가 열이 나서 아르바이트를 못 하니 좀 도와달라고 가와사키에게 갑자기 연락이 왔을 때 바로 승낙했어요. 사키가 아픈 건 저도 알고 있었으니까요."

나코는 가와사키가 지정한 장소로 바로 향했다. 네리마 구 나카무라바시의 주택가에 있는 작은 공원이었다. 불길한 예감이 든 것은 그 공원에서 일 내용을 전해 들었을 때였다.

"가와사키가 맞은편 집을 가리키며 말하더군요. 저 집에 가서 아드님 회사에서 나왔다고 인사하고 봉투를 받아오라고. 여자가 가기로 되어 있다면서."

"시간이 다 됐으니 당장 가"라며 생각할 겨를도 주지 않고 재촉하기에 나코는 그 집의 인터폰을 눌렀다. 가와사키를 만나고 100만 엔이 든 봉투를 다시 가와사키에게 건네기까지 불과 5분 남짓. 자신이 무슨 짓을 한 것인지 깨닫게 된 것은 가와사키와 헤어진 뒤였다.

"소위 말하는 보이스피싱의 수거책을 한 게 아닌가 싶었지만 한동안은 사키에게도 말하지 못했어요. 입에 담으면 사실이 될 것 같아서 확인하기가 무서웠죠. 사키의 남자친구는 그런 짓을 할 사람이 아니라며 스스로를 부정하기도 했고요."

그녀는 입술을 깨물었다.

하지만 가와사키는 그날을 경계로 표변했다. 나코에게도 당연하다는 듯 수거책 일을 시키기 시작한 것이다. 그는 나코가 현금을 받는 모습을 사진으로 찍어놓고, 혹시라도 거절하면 우린 한 배를 탄 동지가 아니냐며 그 사진을 나코에게 문자로 보냈다. 완전한 협박이다. 그래서 수거책 일을 계속할 수밖에 없었다고 말하며 나코는 고개를 떨구었다.

그런 가와사키에 반기를 든 것이 사키였다. 나코를 끌어들인 사실을 알게 된 사키는, 가와사키에게 "안을 휘말리게 하는 것만은 그만둬. 내 진짜 친구니까. 내가 그렇게 부탁했잖아"라며 매달려 호소했다고 한다. 하지만 팀워크를 깨는 자는 용서하지 않는다, 성별도 자신과의 친분도 관계없다며 가와사키는 팀원들 앞에서 자신에게 맞서면 어떻게 되는지 본보기 삼아 사키를 때렸다. 몇 번이고 몇 번이고……. 모두 고개를 돌릴 정도였다.

나코가 같이 일할 테니 그만하라고 외치며 사키를 감쌌을 때 사키는 거의 숨만 붙어 있는 상태였다.

구급차로 사키를 병원으로 옮겨 응급처치를 받게 했고, 사키는 간신히 목숨을 건졌다. 내장 파열로 인한 복막염이 발생해 중환자실에 입원한 사키에게 나코는 매일 병문안을 갔다. 2주 정도 후에야 간신히 말할 수 있게 된 사키의 손을 움켜쥐고 "왜 가와사키 같은 남자와 사귀는 거야? 몸이 나으면 같이 도망가자"라고 호소했다.

사키는 나코의 손을 두 손으로 감싸며 미소 짓더니 이렇게 말했다고 한다.

"그건 돌아갈 장소가 있는 사람이나 할 수 있는 말이야."

사키의 부모는 사키가 초등학생 때 이혼했고 함께 살던 어머니는 고등학생 때 유방암으로 사망했다. 아버지는 이혼 후 재혼한 데다 초등학생과 중학생 딸이 있어 교류는 거의 없었다. 그렇다고는 해도 사키가 입원한 병원에는 몇 번인가 모습을 보이는 등 유일한 혈육으로서 최소한의 성의는 보였던 모양이다. 하지만 퇴원 후의 이야기에 관해서는 입을 다물었던 듯하다. 현재의 가족에게 사키에 대해서 비밀로 하고 있다는 사실이 나코에게도 느껴졌다.

퇴원한 뒤 사키가 혼자 움직일 수 있게 될 때까지 자신이 곁에서 돌보겠다고 나코가 말하자 사키의 아버지인 고바야시 히로야는 진심으로 안도하는 표정을 지었다. "잘 부탁합니다"라고 고개 숙여 인사하고, 나코에게 연락처를 건넸다.

사키가 입원해 있는 동안에도 가와사키는 아무렇지도 않은 얼굴로 나코에게 연락해서는 동료들과의 식사에 끼라고 하거나 일을 도우라고 요구했다.

"그 무렵부터 가와사키에게 적극적으로 접근했어요. 뭔가 약점이 될 만한 증거를 잡아서 가와사키 일당에게서 빠질 기회를 찾으려고. 그래서 가와사키의 신뢰를 얻기 위해 다시 한번 수거책으로 일했어요."

나코는 항상 녹음기를 켜고, 틈틈이 가와사키의 휴대전화를 체크하고, 가와사키가 통화를 할 때는 통화 내용에 귀를 기울였다.

"그렇게 준비해서 사키와 함께 빠지려고 했는데."

사키의 병세가 갑자기 악화된 것은 약 한 달 전. 복막염에서 패혈증으로 발전해 미나미 사키는 23년간의 짧은 생애를 마감했다.

말을 채 잇지 못하는 나코가 두 손을 힘껏 움켜쥐었다. 고개를 숙인 얼굴에서 물방울이 뚝 책상에 떨어졌다.

"가와사키를 용서할 수 없었어요."

사키가 죽은 뒤 가와사키에 대한 증오를 불태우던 나코는,

드디어 그저께, 계획해온 복수를 실행했다.

"조직 보스의 지시로 가와사키가 직접 움직여야 하는 일
거리가 있었어요. 중요하니까 네가 직접 움직이라고 한 모
양이었죠. 만일 가와사키가 그 일을 실수하면 엄벌이 내려
지겠죠? 가와사키가 사키를 후려쳤듯이 가와사키 또한 윗사
람에게 무지막지하게 벌받았으면 좋겠다고 생각했어요. 그
러면 일당도 뿔뿔이 흩어질 거고. 그래서 가와사키의 일을
방해하기로 했죠."

그저께 4월 6일 토요일, 가와사키가 명령받은 일은 지바
현의 마쿠하리 페리아에서 개최되는 행사장에서 그 행사 주
최 측 사장의 가방을 훔쳐내 야마시타 부두에서 기다리는
남자 두 명에게 전달하는 것이었다. 나코는 가와사키에게
자동차 운전기사로 동행하겠다고 나섰다. 나코의 수거책 현
장 사진을 갖고 있는 가와사키는 자신을 배신할 리가 없다
고 생각하고 있었으리라. 아무 의심 없이 나코에게 운전기
사 역할을 맡겼다.

나코는 지시대로 차량 운전석에 앉아 마쿠하리 페리아 주
차장에서 대기했다. 가방을 훔쳐 달려온 가와사키를 조수석
에 태우고 곧바로 야마시타 부두로 차를 몰았다. 가방을 훔
친 것이 오후 3시 전후. 고속도로를 달려 4시경에는 요코하
마에 도착했다.

야마시타 부두에서의 만남은 오후 5시였기 때문에 두 사람은 야마시타 공원길의 패밀리 레스토랑에 들렀다. 그곳에서 나코는 승부수를 던졌다. 가와사키가 화장실에 간 틈을 타 가와사키가 훔친 가방에서 서류봉투를 꺼내 패밀리 레스토랑 휴지통에 버린 것이다.

"그 서류봉투는 야마시타 부두에서 만나기로 한 두 남자가 원하는 것이었어요. 가와사키와 윗사람이 통화할 때 그렇게 말하는 게 들렸거든요."

"봉투 안의 내용물은 뭐였어요?"

"얇은 서류와 USB 메모리가 들어 있었던 것 같아요. 하지만 확실히는⋯⋯. 가와사키가 돌아오기 전에 자리로 돌아가야 한다는 생각에 초조해서 제대로 살필 여유가 없었어요."

"봉투에 무언가 인쇄되어 있지 않았어요? 예를 들어 회사명이라든가."

"회사명 같은 게 인쇄되어 있었던 것 같은데 기억이 안 나요."

나코는 미간을 찌푸렸다. 학생이라면 그런 점에 주목하지 않는 것도 당연하리라.

봉투가 사라진 것을 깨닫지 못한 채 가와사키가 가방을 상대방에게 건네게 하는 것이 나코의 목적이었다.

5시가 되어, 가방을 든 가와사키가 남자 둘의 곁으로 향하는 것을 나코는 차 안에서 물끄러미 바라보았다. 가와사키는 나코의 의도대로 아무것도 깨닫지 못한 채 가방을 남자들에게 내밀었다. 그들은 가방 안을 확인하자마자 험악한 표정으로 가와사키의 멱살을 움켜쥐었다.

"그 순간 성공했다고 생각했어요. 하지만……."

가와사키 쪽이 한 수 위였다. 가와사키는 순간 차 쪽을 가리키며 "저 여자다. 저 여자가 훔쳤다"라고 소리쳤다. 나코에게 실수를 덮어씌우려 했던 것이다. 돌이켜 생각하면 그 자리에 머문 채 시치미를 떼는 편이 좋았을지도 모른다. 하지만 지레 겁을 집어먹은 나코는 반사적으로 차에서 뛰어내려 필사적으로 도망쳤다. 가와사키와 남자 둘이 맹렬한 기세로 쫓아왔다. 이젠 틀렸다고 생각했을 때 달려온 택시가 멈추고 문이 열리면서 안에 탄 여성이 빨리 타라며 나코를 태웠다. 바로 보스였다.

"그때 우연히 지나가던 미사토 선생님이 도와주지 않았다면 지금쯤 어떻게 되었을지……."

나코는 몸을 떨었다. 보스는 가와사키와 남자들의 추적을 따돌리기 위해 택시를 두 차례 갈아타고 나코를 집까지 바래다주었다고 한다.

"그런데 이제 와서 제가 자수할 수 있을까요?"

나코가 굳은 표정으로 말했다.

지난 한 달간, 자신 때문에 사키가 죽었다는 슬픔이나 죄책감, 가와사키에 대한 증오만이 소용돌이쳤지만, 나코의 사정을 들은 보스가 "자신이 한 일도 조금 되돌아봐야 할 필요가 있지 않을까?"라고 말해 깜짝 놀랐다고 한다.

친구를 소중히 여긴 탓에 사기 범죄에 말려들어 거듭해 죄를 지은 나코의 이야기에 나는 완전히 몰입해 있었다. 과거의 기억이 나코의 눈동자에 겹겹이 겹쳐진다.

나는 이 의뢰인을 위해 할 수 있는 모든 일을 하고 싶다고 생각했다.

나코가 저지른 수거책 범죄는 총 3건, 피해 총액은 400만 엔에 이른다.

방문한 상대방의 이름, 일시, 주소 등의 연락처, 당시 상황이나 이야기한 내용 등을 가능한 한 자세하게 써달라고 요청했고, 나코가 당시의 일을 떠올리며 적어 내려가는 동안 나는 이 건에 어떻게 대처할지를 생각했다.

사기죄에는 약식기소에 따른 벌금형이 없다. 기소되면 집행유예가 되지 않는 한 형법 제246조에 따라 10년 이하의 징역형이다. 이것이 단독으로 저지른 사기이고 초범이라면 조속히 피해자에게 사과하러 가서 손해를 배상하고 합의하는 경우, 불기소되어 전과가 붙는 것을 피할 가능성이 높아진다. 검사가 피의자를 기소할지 불기소할지 결정할 판단 재료로 합의 여부를 가장 중시하기 때문이다.

하지만 나코의 경우, 조직범죄이며, 여러 차례 수거책을 맡았다. 보이스피싱 같은 조직범죄는 거의 확실하게 기소된다. 특수사기가 범람하는 요즈음, 검사와 판사가 이런 건에 대해 엄중한 태도로 대하는 것은 범죄조직을 적발해 근절하려는 의도가 있기 때문이다. 당연히 구속 기간도 길어진다. 특수사기는 건마다 별개의 사건으로 다루기 때문이다.

가능한 한 감형을 끌어내기 위해 사건 개요와 나코의 심경을 정리한 반성문을 작성한 뒤 나코가 자수할 때 내가 변호사로서 동행하는 것이 필수적이다. 신원을 보증하고 도망의 우려가 없다는 점, 증거를 인멸할 우려가 없음을 증명한다. 그럴 준비가 갖춰지면 경찰에 연락해 출두 날짜를 확인한다. 이때는 당일 입었던 옷이나 증거가 될 만한 것도 챙겨야 한다.

출두 후에도 할 일이 많다. 우선 피해자 모두를 만나야 한다. 사죄의 뜻을 전하고 손해를 배상하고 합의서를 주고받는다. 그러기 위해서도 자수는 중요하다. 자수한 것과 체포된 것은 피해자에 대한 사죄가 전달되는 방식 자체가 다르다.

가와사키에게 협박당했음을 나타내는 증거 보전은 물론 사기 조직과 결별했다는 사실을 나타내기 위해 나코의 휴대전화 번호를 변경하는 것도 필요할 것이다. 가족에게 정상 참작 증인을 서달라고 부탁하고, 향후 어떻게 감독할 것인지 법정에서 발언을 부탁하는 것도 필요해진다. 따라서 나코의 부모에게도 연락을 취해야 한다.

이런 것들을 전부 다 챙겼을 경우 집행유예가 될 가능성도 보인다. 나코에게 범죄 이력은 없지만 사기죄 3건, 피해 총액 400만 엔은 판례로 볼 때 집행유예가 가능할지 아슬아슬해 보였다.

사법거래라는 단어가 뇌리를 스쳤다. 2018년 6월부터 시행된 사법거래는 검사의 수사나 소추에 협조함으로써 자신의 형사처분에 관해 유리한 처분을 받는 제도다. 보이스피싱 같은 조직범죄의 사실 규명을 위해서는 내부 관계자에게 증거를 얻을 필요가 있지만 좀처럼 진술을 확보하기가 어렵다. 더욱이 최근에는 검사의 무리한 수사에 대한 사회 비판도 거세지는 추세라 증거 수집 방법의 적정화와 다양화를 위해 도입된 제도가 사법거래다. 사법거래가 적용되는 범죄는 한정적이지만, 이른바 조직범죄의 수거책, 인출책에게 혜택을 주어 그 뒤에 숨어 막대한 이익을 챙기는 주모자를 적발한다는 것은 사법거래가 검토될 때 대표적인 적용 사례로 꼽히기도 했다.

나코는 가와사키의 약점을 잡기 위해 일부러 가와사키에

게 접근해 증거 수집을 했다. 특수사기사건의 경우 아직 사법거래의 전례는 없지만 나코가 포착한 증거를 토대로 사법거래를 신청하는 것도 방법일 수 있다. 어떤 증거가 있는지 구체적으로 확인할 필요가 있어 보였다.

"다 썼어요."

나코가 펜을 놓고 고개를 들었다. 그녀에게서 서류를 받아 훑어보았다.

그때 갑자기 우당탕 하고 큰 소리가 났다.

"꺄악."

나코가 비명을 지르며 의자에서 굴러떨어지듯 바닥에 주저앉았다. 책상 밑에서 몸을 웅크리고 온몸을 덜덜 떨었다.

"죄송합니다."

즈카하라 씨가 파티션 위로 얼굴을 내밀고는 고개를 숙였다. 서고 정리를 하다가 선반의 책이 눈사태처럼 무너진 모양이었다.

나는 바닥에 무릎을 꿇고 나코의 얼굴을 들여다보았다.

"괜찮아요?"

두 손으로 머리를 움켜쥔 나코의 목덜미에 땀방울이 송골송골 맺혔다. 그녀의 급변한 태도에 적잖이 당황했다.

"왜 그래요? 많이 놀랐어요?"

"누가 온 거 아닌가요?"

나코가 조심조심 얼굴을 들었다.

"아니, 서고 책더미가 무너졌을 뿐이에요. 놀라게 해서 미안."

나코는 문 쪽으로 시선을 향한 다음에야 안심한 듯 몸의 긴장을 풀었다. 얼굴이 아직 창백했다.

"미안해요. 가와사키가 쫓아온 줄 알고."

나코가 비틀비틀 일어섰다.

"아무리 그래도 여기까지 쫓아오지는 않을 거예요."

"그건, 몰라요. 그 사람들 무슨 수를 써서라도 찾아내니까."

나코는 지친 표정으로 의자에 다시 앉았다.

"그렇구나. 가와사키는 나코 씨가 서류봉투를 들고 도망쳤다고 알고 있으니 물건을 되찾기 위해 찾아오지 않을까 걱정되는 거죠?"

나코는 작게 숨을 몰아쉬며 고개를 끄덕였다.

"실제로 왔었어요. 집 쪽으로."

그저께 보스 덕에 무사히 집에 도착해 한숨 돌렸을 때 나코의 휴대전화가 쉴 새 없이 울리기 시작했다고 한다. 가와사키에게서 걸려온 전화였다. 진동으로 전환하고 받지 않자 "서류봉투를 가져와. 그러지 않으면 어떻게 될지 보장 못 해"라며 귀청을 찢는 듯한 고성이 음성사서함에 여러 차례 녹음되었다. 휴대전화가 진동할 때마다 등골이 얼어붙었다.

연락을 차단하려고 휴대전화 전원을 끄자 이번에는 집 전화가 울리기 시작했다. 구스노키 안이라는 이름밖에 모를 텐데 어떻게 자택 전화번호를 알고 있는 것일까. 혹시 주소도 알고 있는 것은 아닐까? 또 다른 공포와 불안이 나코를 덮쳐왔다. 문단속이 제대로 되었는지 재차 확인하고 커튼을 치고 실내에 틀어박혔다.

아니나 다를까. 이튿날부터 가와사키와 몇몇 남자들이 집 주위를 에워쌌다. 인터폰이 울릴 때마다 살아 있는 기분이 들지 않았다고 나코는 떨리는 목소리로 말했다.

"이불 속에서 웅크리고 귀를 막고 있는데 쾅 하고 유리창에 돌을 던진 것 같은 소리가 났어요. 이제 틀렸다고 생각했더니 스스로도 어쩔 수 없을 정도로 몸이 떨리기 시작해서 꼼짝할 수 없었어요. 다행히 집의 방범벨이 요란하게 울려서 가와사키 일당도 당황했는지 일단 물러나더군요. 곧바로 세콤 경비원이 와줘서 그대로 함께 집을 나온 뒤로 돌아가지 않았어요."

어젯밤은 호텔에 묵었다고 말했다.

서두르지 않으면 가와사키가 무슨 짓을 할지도 모른다는 생각에 나는 초조함을 느꼈다. 분명 지금도 나코의 행방을 필사적으로 찾고 있을 것이다. 만약 나코가 자수하려 한다는 사실을 알게 되면 무슨 짓을 해서라도 방해하려 들리라.

자신들도 줄줄이 체포될 테니 당연하다.

"나코 씨, 부모님께 협조를 부탁할 수 있을까요? 연락처를 알려줬으면 하는데."

서둘러 준비를 권하려고 나코에게 물었다. 하지만 나코의 얼굴에 갑자기 그늘이 졌다.

"그런 게 필요해요? 저 성인인데."

"알아요. 하지만 협조해주신다면 받는 게 좋죠. 재판에는 여러 절차가 필요하고 돈도 드니까."

"이 상담에 대한 변호사 비용이라면 미사토 선생님께 들었습니다. 그건 괜찮아요. 작년에 돌아가신 할머니가 생전에 약간의 목돈을 제 명의의 은행계좌에 넣어주셨거든요. 생전 증여 비과세분이라던가. 손주에게 돈을 주는 건 세금이 안 붙는다고."

"그뿐만은 아니에요. 정상참작 증인이라고 해서, 가족이 감독자로서 확실히 도와준다고 재판에서 증언하는 건 감형 받기 위한 하나의 기준이 되죠. 게다가 피해자와 합의하기 위한 합의금도 필요하고. 세 건이다 보니 액수 또한 상당할 거예요. 할부로 협상할 수도 있지만 문턱이 높아지고, 사기를 당한 피해자의 마음을 생각하면 일시불로 사과하는 게 나으니까. 부모님의 협조를 받지 않으면 어려울 거예요."

"우리 부모님은 협력 같은 거 안 해요." 나코가 내뱉듯 말했다. "사이가 안 좋아요. 부모님은 쇼윈도 부부고 얼굴만 마주치면 싸우거든요. 평범한 대화는 못 하냐고 물어보는 것도 이젠 진절머리가 나요. 부모님과 저, 3인 가족이지만, 부모님은 별거 중이에요. 그 편이 충돌하지 않아서 서로 편하거든요. 그렇다면 헤어지면 좋겠지만 가족이라는 울타리는 해체하지 않겠대요. 겉으로는 저를 위한 것처럼 정당화하고 있지만, 사실은 자신들의 사회적 체면 때문이에요. 최악이죠?"

호적상 가족일 뿐이라고 나코가 내뱉듯 말했다.

"그래도 딸이 비상 상황이잖아요. 이야기를 나눠보면 분명……."

그렇게 말하던 나는 실언을 했다는 사실을 깨달았다. 나코의 얼굴에 먹구름이 드리웠다.

"보통은 그렇죠. 그런데 우리 집은 달라요. 딸이 무엇을 하는지 파악하기 위해 딸과 대화하는 게 아니라 몰래 감시카메라를 설치하거든요. 흥신소 직원에게 미행당한 적도 있어요. 그런 부모예요. 학교가 불편해서 자주 빠졌었거든요. 그런 일로 학교에서 연락이 오는 게 곤란했었나 봐요. 그래서 생각한 게 딸을 감시하자는 거예요. 고야나기 선생님이 굳이 연락하지 않으셔도 제가 이런 문제에 휘말린 사실도 이미 알고 있을지 몰라요. 어딘가에 도청기가 붙어 있을지도 모르고요."

건조한 목소리로 웃는 나코의 본심을 어떻게 해석해야 좋을지 나는 헤아릴 수 없었다. 의뢰인 중에는 절대로 가족에게 알려져서는 안 된다고 신신당부하는 사람이 있다. 본인은 원치 않지만 가족이 나서서 협조하겠다는 사람도 있다. 반대로 변호사로서 가족에게 협조 연락을 했다가 거절당하기도 한다.

"그러니까, 연락하지 말라는 뜻인가요?"

내 질문에 나코는 굳게 입술을 다물었다. 탁자 위 서류를 물끄러미 바라보며 생각에 잠겨 있다. 나는 가만히 나코의 대답을 기다렸다.

"고야나기 선생님, 자수하면 언론에 보도되거나 하지는 않겠죠?"

어려운 문제라고 생각했다. 보이스피싱 같은 특수사기는 체포 이삼일 만에 실명 보도(일본의 경우 중범죄자가 아니어도 실명 보도하는 경우가 많다-옮긴이)되는 경우가 많다. 일반 시민의 주의를 환기하거나 사기 단체에 대한 경고의 의미를 담아 각 경찰서장의 판단으로 언론에 제보된다.

"일반적으로 자수는 웬만한 유명인사가 아닌 이상 보도되지 않는 경우가 많은데, 이번에는 조직범죄인지라 솔직히 모르겠어요. 경찰에 문의해볼 생각인데."

고개를 든 나코의 시선이 잠시 초점을 잃고 헤매다 "유명 인사가 아닌 이상" 하고 중얼거렸다.

"고야나기 선생님, 생각할 시간을 좀 주세요."

"알았어요. 하지만 서두르는 편이 좋겠어요. 피해자가 피해 신고를 했다면 경찰도 수사를 하고 있을 테니 갑자기 체포될 가능성도 있어요. 그 전에 자수하지 않으면 기회를 잃게 될 거예요. 게다가."

"피해자분께 사과하러 가는 게 먼저겠죠."

"그래요."

"알고 있어요. 오늘 하룻밤만 생각하게 해주세요."

나코는 먼 곳을 바라보는 듯한 눈으로 그렇게 말하고는 가볍게 목례했다.

흰 케이크 상자를 들고 보스가 사무소로 돌아온 것은 시곗바늘이 오후 8시를 넘긴 무렵이었다. 사무소 바닥은 소리가 잘 울리는지 또각또각 하는 굽 소리가 보스가 돌아온 사실을 알린다. 광택이 감도는 회색 바지 정장 차림으로 나타난 보스는 "이거 선물. 받은 건데 바스크 치즈케이크 같아요" 하며 스카하라 씨에게 흰 상자를 내밀었다. 스카하라 씨가 환호성을 질렀다.

"치즈케이크 안 싫어하죠?"

벌써 두 시간째 상담 중인 나와 나코를 배려한 것인지 나코에게 말을 걸었다.

"완전 좋아해요."

나코의 눈꼬리가 내려가며 볼도 살짝 부풀었다.

나코가 스카하라 씨가 우려낸 홍차와 함께 치즈케이크를 먹는 동안 나는 자리에서 일어나 보스의 방으로 향했다.

노크를 하고 방으로 들어가자 보스가 정면 안쪽 창가에 놓인 책상 앞에서 자료를 훑어보는 중이었다. 들어오라는 손짓에 보스의 책상으로 다가갔다. 책상에 놓인 컴퓨터에는 스크린세이버로 설정된 꽃산딸나무가 연분홍색 꽃잎 같은 꽃받침을 활짝 피우고 있었다. 20대를 미국에서 보내고 뉴욕 주 변호사 자격도 가진 보스는 봄이면 벚꽃 이상으로 산딸나무 꽃을 사랑한다.

PC 옆에는 보스의 애독서인 《갈리아 전쟁기》가 놓여 있었다. 고대 로마의 정치인이자 군인이었던 율리우스 카이사르가 현재의 스위스·프랑스·벨기에 등에 해당하는 갈리아라는 지역을 평정한 전쟁 기록이다. 당시 갈리아 지역은 많은 부족이 세력 다툼을 거듭하고 있었으며, 이를 진압한 카이사르의 전투는 기적의 쾌진격으로 불렸다. 그 8년간의 여정은 결코 평탄했던 것이 아니어서 몇 번이나 절망적 상황에 빠졌고, 그 상황 속에서의 역전극이 카이사르의 정밀한

필치로 기록되어 있다. 보스 가로되, "업무상 전투에 필요한 건 모조리 여기에 적혀 있다"고 하여 나도 보스의 권유로 사무소에 입소한 직후 읽었다. 보스는 판단을 내리기 망설여질 때 반드시 이 책을 다시 읽는다.

애용하는 까렌다쉬 펜을 내려놓고 보스가 내게 눈길을 돌렸다. 나는 나코와의 상담 내용을 보고하고, 나코의 가정 사정으로 인해 자수에 대한 준비가 중단되었다고 알렸다.

"부모님 사정은 나도 들었어. 그 부분은 나코 양의 결심에 달렸지. 위임 계약서는?"

"아직입니다. 이제부터 설명을 하고 기입해달라고 요청할 생각이었습니다."

법률 상담을 하러 온 의뢰인의 이야기를 듣고 정식 변호를 맡을 때는 위임 계약서를 작성한다. 이에 의해 의뢰인의 정식 대리인으로서 합의와 관련된 교섭을 하거나 재판에 필요한 서류를 작성하거나 하는 등의 변호 활동을 할 수 있다.

"그건 내일까지 기다리도록 하지. 부모의 협조 여하에 따라 방향성도 달라질 테니. 지금 상황에서 안이하게 책임을 떠맡아서는 안 돼."

보스다운 대답이었다. 보스가 일에 사사로운 감정을 품는 일을 본 적이 없다. 보스의 지인이니 응대를 부탁한다는 전언 메모를 봤을 때 자신을 의지해온 어린 친구 편을 드는 것

이 아닐까 했는데 아무래도 그렇지는 않은 모양이다. 나는
쓴웃음을 지으며 "알겠습니다" 하고 대답했다. 보스의 지시
대로 위임 계약서 작성을 내일로 하루 미룬들 별 문제는 없
으리라.

"그것보다 나코 양을 호텔까지 데려다주지 않겠어? 시로
카네다이의 쉐라톤미야코호텔에 묵고 있는 것 같거든. 가와
사키에게 쫓기고 있다는 이야기는 들었지?"

"네, 혼자 두기 걱정되어 어쩌나 했어요."

"호텔 안에 있으면 괜찮겠지."

"알겠습니다."

"그 전에 뭐 좀 안 먹을래? 점심을 못 먹어서 방전 상태야.
나코 양도 분명 제대로 된 음식을 먹지 못했을 테고. 지난
이틀 동안 가와사키와 그 일당들에게 겁을 먹고 밖에 나가
지 못한 것 같으니까."

"알겠습니다. 나코 씨와 즈카하라 씨에게 말해보겠습니
다."

"평소 그 가게로."

보스가 말하는 그 가게란 사무소에서 도보로 3분 거리에
있는 이탈리아 레스토랑 '알바'를 뜻한다. 사무소 문단속을
마친 나는 나코와 즈카하라 씨와 함께 알바로 향했다. 상업
빌딩 3층에 위치한 그곳은 가정집 분위기가 물씬 풍기는 작

은 가게로, 칠할 정도의 손님이 단골일 정도다. 보스는 회식이 아닌 한 자기 집처럼 이 가게를 찾는다. 카운터 왼쪽 안쪽 자리가 보스 지정석이다.

가게 문을 열고 들어가자 세 개뿐인 테이블석 하나에 예약석이라는 푯말이 놓여 있었다. 다른 두 자리는 친구로 보이는 여성 3인과 직장 동료로 보이는 남녀 4인으로 채워져 있었다. 노출 콘크리트 벽과 크고 작은 조명이 좁은 가게 안을 탁 트인 멋진 공간으로 연출한다. 카운터 안에서 친숙한 마스터가 "어서오세요"라고 인사했다. 먼저 와서 지정석에 앉아 있던 보스가 와인 잔과 치즈가 올라가 있는 작은 접시를 들고 예약석으로 옮겨왔다.

"술은 마셔?"

자리에 앉자 보스가 나코에게 말을 걸었다.

"조금은요."

"그래. 그럼 좋아하는 걸 사양하지 말고 주문해. 자기들도."

보스가 마스터에게 와인 리스트와 메뉴판을 받아 우리에게 건넸다. 각자 메뉴판을 들여다보며 먹고 싶은 것을 주문했다. 바냐카우다, 프리토 믹스, 타르타르소스를 얹은 참치, 트러플과 포르치니 버섯 리조트와 라구소스 타야린을 셋이 나눠 먹기로 했다.

보스는 먹는 것이 정해져 있다. 주문하지 않아도 익히 알고 있는 마스터가 보스의 단골 메뉴를 접시에 올려 가져온다. 모차렐라 치즈가 들어간 소량의 샐러드에 한입 크기의 미트로프, 카포나타, 파프리카 소스 가스파초. 거기에 바롤로 와인을 두 잔 정도 마신다.

"미사토 선생님, 항상 사진을 찍으시나요?"

눈앞에 놓인 요리를 휴대전화로 찍는 보스를 보고 나코가 물었다.

"맞아. 식단 관리 앱에 입력하고 있어."

앱이 사진을 분석하여 섭취한 영양이나 칼로리를 기록하는 모양이다.

"항상 똑같은 걸 드시는 데 질리지 않나요? 이쪽 것도 드세요."

즈카하라 씨가 그렇게 권했지만 "맛있고, 메뉴를 생각하지 않아도 좋으니까 이쪽이 좋은 거예요"라고 말하며 스푼에 담긴 가스파초를 입으로 가져갔다.

보스의 예상대로 나코는 요 이틀간 제대로 식사를 하지 못한 모양이다. 허기와 안도감 덕에 각자의 몫으로 나눈 음식을 재빨리 완식하고 추가로 페스카토레를 주문했다.

사건에 대해서는 생각하고 싶지 않은 듯, 나코는 시종 자신이 자동차 면허를 따는 데 얼마나 걸렸는지에 대해 말했다. 필기시험에 아홉 번 떨어지고 기능시험에 일곱 번 떨어졌다고 한다.

"이렇게 힘들게 면허를 땄는데 앞으로 10년이면 자율주행이 정착되고 교통법규도 바뀌어 운전기술도 불필요해진다잖아요. 헛된 노력을 한 기분이에요"라고 걱정하고 있다.

즈카하라 씨는 "면허는 쉽게 따셨나요?"라는 질문에 "워낙 옛날 일이라 어떻게 땄는지도, 면허를 몇 번을 갱신했는지도 잊었네요"라고 답해 나코를 미소 짓게 했다.

"미사토 선생님은 운전 잘하실 것 같아요."

나코가 보스 쪽으로 얼굴을 돌렸다.

"잘 못해."

"의외네요. 혹시 면허 없으세요?"

"신분증 대신해 취득했지만 운전은 하지 않아."

"어째서요?"

"법을 지키지를 못 해. 속도를 너무 내거든."

농담인 줄 알고 나코는 유쾌하게 웃었지만 보스의 말은 사실이다.

두 시간 정도 담소를 나누고 우리는 가게에서 나왔다.

엘리베이터를 타고 1층에 내려 거리로 나섰을 때 나코가 잔뜩 긴장한 채 좌우로 시선을 향하고 있다는 사실을 깨달았다.

"호텔까지 데려다줄 테니까 걱정 마요."

"그러셔도 돼요?"

"돌아가는 방향은 같으니까."

습관적으로 휴대전화를 확인하려다 충전 중인 채 사무소에 두고 온 사실을 깨달았다.

"미안한데 사무소에 잠깐 돌아갔다 가도 될까요? 휴대전화를 깜빡해서."

"물론이죠."

보스와 스카하라 씨와는 그 자리에서 헤어지고 나는 나코와 함께 사무소로 향했다.

"신주쿠 거리에서 안쪽으로 조금만 들어왔을 뿐인데 엄청 조용하네요."

요쓰야 주변은 익숙하지 않은지 나코는 신기한 듯 문을 닫은 가게에까지 흥미를 보였다. 사무소가 있는 빌딩 앞까지 오자 나코가 갑자기 앗 하고 하늘을 가리켰다.

"빛났다. 별똥별? 아닌가. 저기, 빛나지 않았어요?"

"별똥별은 비록 보인다 해도 0.2초 정도면 사라지니 아마 아닐 거예요."

"그래요? 그렇게 금방 사라지면 별똥별이라고 생각한 게 사실은 다른 거였다는 일도 자주 있을 것 같네요."

"그러게. 게다가 실제로는 별이 흐르고 있는 게 아니라 지구 쪽의 움직임이 더 활발하거든요. 지구가 우주 먼지로 돌진해 공기와 충돌한 먼지가 빛나는 거죠. 지상에서 100킬로미터 정도 되는 곳에서."

"그럼 육안으로 보이는 게 기적인 거네요. 전 은하수조차 본 적이 없어요. 그림책에서 견우와 직녀가 은하수를 건너는 걸 본 정도라."

"도쿄에서 은하수를 볼 수 있었다는 공식 발표는 1972년이 마지막이니까. 도쿄는 너무 밝아요. 시가 고원 근처에 가면 볼 수 있어요."

"고야나기 선생님은 별에 대해 잘 아시는군요."

"어릴 때는 몸이 약해서 체육 시간에 참관만 했거든요. 낮에는 독서나 영화감상, 밤에는 별자리 도감을 한 손에 들고 천체망원경으로 하늘만 올려다봤죠. 고향인 아와지 섬에서는 별이 잘 보였으니까."

"체육을 못하면 인기가 없죠."

나코가 눈웃음을 지었다. 유감스럽게도 그 말이 맞다.

"오늘 감사했습니다."

나코가 갑자기 허리를 숙였다.

"고맙다는 말은 아직 일러요. 이제 시작인걸."

나코는 고개를 들고는 다시 한번 하늘을 올려다보았다.

"제대로 보상하고, 누구에게서도 도망치지 않고 일이 제대로 해결되면 시가 고원에서 은하수를 보고 싶네요."

매일 법률 상담을 하다 보면 가끔 응원하고 싶은 마음이 들 때가 있다. 그것은 의뢰인에게서 고난에 맞서 앞으로 나아가겠다는 강한 의지를 느꼈을 때다.

보이지 않는 별을 계속 찾듯 하늘을 올려다보는 나코를 보며 어떻게든 힘이 되어주고 싶다는 생각을 했다.

빌딩에 들어가 1층 엘리베이터 앞에서 나코가 문득 걸음을 멈추었다.

"고야나기 선생님, 휴대전화 가지고 오세요. 저는 여기서 기다릴게요."

아무리 빌딩 안이라고는 하지만 나코를 혼자 두는 것이 걱정되었다.

위까지 같이 가자고 말하려다 나코의 눈길이 1층 여자화장실을 향해 있는 것을 깨달았다.

"알았어요. 바로 가져올게요."

나코가 화장실 쪽으로 걸음을 옮기는 것을 보고 나는 엘리베이터에 올랐다. 5층에서 내려 사무소 문을 열고 내 자리로 향했다. 책상 위에서 휴대전화 램프가 빛나고 있었다. 휴대전화를 집어 상의 주머니에 넣고는 곧바로 출입구로 향했다. 도중에 최근 사용하는 일이 적은 팩스에 뭔가 도착해 있는 것을 발견하고 발걸음을 멈췄다. 팩스 용지를 들어 내용을 확인했다. 아무래도 무작위로 대량 전송된 광고인 모양이다. 굳이 더 읽을 필요는 없을 것 같아 그냥 두고 사무소를 나왔다.

1층 엘리베이터 앞에서 나코를 기다리며 휴대전화로 업무 메일을 확인했다. 바로 답장할 수 있는 것은 답신했다. 대충 메일 확인이 끝났을 때쯤 시각을 확인하니 11시가 넘어가고 있었다. 벌써 10분은 기다린 것 같다.

조금 오래 걸리는 것 같은데 나코는 괜찮을까. 술이 들어가서 몸이 안 좋아졌을지도 모른다. 그렇게 많이 마셨나 싶어 기억을 더듬었다. 알코올은 분명 처음 건배했을 때 마신 프로세코 한 잔 정도일 것이다. 딱히 취한 모습도 느껴지지 않았다.

이럴 경우 상식적으로는 얼마나 기다려야 할까. 화장실 안쪽을 향해 이름을 부르기는 꺼려진다. 하지만 여자화장실 쪽에서 아무런 소리가 들리지 않는 것도 신경이 쓰였다.

휴대전화로 전화해보려고 상의 주머니에서 휴대전화를 꺼냈지만 가와사키의 연락을 피하기 위해 휴대전화를 꺼두었다는 말이 생각났다. 그렇게 고민하는 사이에 또 5분이 지났다.

역시 궁금한 마음이 망설임을 넘어 여자화장실 앞으로 가보았다.

"나코 씨?"

화장실 안에서는 아무 소리도 나지 않는다.

"나코 씨? 괜찮아요?"

역시 대답이 없다. 갑자기 가슴 고동이 빨라졌다.

"여자화장실에 누구 없어요? 미안하지만 들어갈게요."

소리를 지르고 호소하며 화장실 안으로 발을 들여놓았다.

안에는 아무도 없었다. 세 개 있는 개인 칸도 문이 열려 있었다.

"나코 씨!"

나는 소리를 지르며 복도로 뛰쳐나갔다. 빌딩 밖으로 달려가 주위를 둘러보았다. 젊은 여성의 모습은 보이지 않고 역쪽으로 걸어가는 중년 남성 두 명의 뒷모습만 있을 뿐이다. 조금 떨어진 곳에 세워져 있는 차가 눈에 들어왔다. 전속력으로 달려가 안을 들여다보았다. 하지만 아무도 없다.

"나코 씨! 나코 씨!"

적절한 방향도 모른 채 소리만 질렀다. 말도 안 되는 일이 벌어졌다는 초조함에 내 맥박이 한층 더 빠르게 뛰었다.

빌딩 주위를 뛰어서 한 바퀴 돈 뒤 다시 들어와 1층 관리실 문을 두드려봤지만 역시 이 시간에는 아무도 없다.

"그 사람들 무슨 수를 써서라도 찾아내니까"라는 나코의 말이 뇌리를 스친다. 역시 잠시라도 나코를 혼자 두지 말았어야 했는데. 엄청난 후회가 온몸을 덮쳤다.

나는 휴대전화를 꺼내 보스에게 전화를 걸었다.

"죄송합니다. 나코 씨가 사라졌어요."

내 목소리가 어지간히도 엉망이었던 모양이다.

"침착해. 무슨 일이 있었는데?"

보스가 나를 진정시켰다. 나는 나코가 실종된 경위를 다급하게 설명했다.

"바로 사무소로 돌아갈 테니까 거기 있어."

보스가 간략하게 그렇게 말하고 전화를 끊었다. 보스의 목소리에서도 초조한 빛이 배어났다.

나는 보스가 도착할 때까지 다시 한번 빌딩 주변을 수색했다. 비상계단과 지하출입구, 사무소 안이나 각 층의 화장실까지 뛰어서 확인했지만 역시 나코의 모습은 없다. 1층으로 돌아와 나코의 소지품 같은 것이 떨어져 있지는 않은지 엘리베이터 주변이나 여자화장실 바닥을 살폈지만 역시 아무것도 없었다.

1층 엘리베이터 앞에 서서 냉정하게 돌이켜보았다. 가게를 나와 이 빌딩에 도착한 것은 10시 45분경이다. 나코와 헤어져 사무소로 향했다 여기로 돌아오기까지 걸린 시간은 기껏해야 5분이나 10분 정도. 그런 다음 여기 서서 메일 확인을 했다. 그동안 여자화장실에서는 소리 하나 들리지 않았다. 그렇다면 역시 10시 45분에서 50분 사이에 나코가 끌려갔다는 것이 된다. 미행당했던 것일까? 아니면 이 빌딩이 감시당하고 있었나? 위기감을 갖고 있었음에도 전혀 경계하지 않았다는 사실에 심한 자기혐오를 느꼈다. 어떻게 하면 좋을까. 어떻게 움직여야 나코를 구할 수 있을까?

원래라면 경찰에 신고를 해야 할 사안이다. 하지만 그러기 위해서는 나코와 가와사키와의 관계나 지금까지의 경위를 밝히지 않으면 안 된다. 의뢰인의 사정을 말하는 것은 완전한 비밀유지의무 위반이다. 하물며 나코는 자수하고 싶다고 상담하러 온 것이다. 나코의 사기행위를 경찰에 이야기하는 것은 의뢰인의 이익을 지키는 것이 생업인 변호사에게는 있을 수 없는 행위다.

혹시 모르니까 집으로 가봐야 할까.

"오늘 하룻밤만 생각하게 해주세요"라고 말했을 때의 나코의 표정이 생각난다. 그토록 부모님께 말씀드리기를 주저했을 정도니 집에 찾아갔다 부모 중 누군가와 접촉하는 일은 꺼려진다.

속수무책인 채 고민만 하고 있는 사이 보스가 도착했다. 지금까지의 경위를 다시 한번 상세히 설명했다.

"나도 확인해볼게."

보스가 1층 여자화장실에 들어가 꼼꼼히 확인했지만 결

과는 마찬가지였다. 보스와 나는 서로 마주 보며 깊은 한숨을 내쉬었다.

사무소에서 이야기하자는 보스의 지시에 따라 사무소로 발길을 돌렸다. 실내의 괘종시계가 자정을 알렸다.

"상황을 지켜보는 수밖에 없나."

보스 방 소파에 마주 앉자 보스가 결심한 듯 말했다.

"나코 양이 끌려갔다고 확정된 건 아니야. 스스로 돌아갔을 가능성도 있고."

"그렇게 무서워했던 사람이요? 혼자 돌아간 것 같지는 않습니다."

"여기는 도쿄 중심지야. 이 빌딩에서 억지로 끌고 가 차에라도 실었다면 누군가 한 명 정도는 비명을 들었을 거야. 내일 빌딩 관리회사에 CCTV를 확인해달라고 하는 방법도 있어."

"그래서는 너무 늦지 않을까요?"

"애당초 경찰에 신고할 수도 없고 부모님께 연락할 수도 없는데 이 상황에 뭘 더 할 수 있겠어?"

"그건 그렇지만……. 호텔에 확인해볼까요?"

"요즘 세상에 투숙객 동향을 쉽게 알려주는 호텔이 어디 있겠어. 알려주면 그게 더 문제야. 하룻밤 생각하게 해달라고 했지? 자수에 대한 망설임이 있었던 거 아닐까?"

"그건 부모님께 말씀드릴지 생각해보고 싶다고 한 거예요."

"단언할 수 있어? 뭔가 아직 우리에게 숨기고 있는 게 있다고 느끼지는 못했고?"

그 말을 듣자 말문이 막혔다. 부모 이야기가 나왔을 때 생각에 잠긴 나코의 얼굴이 뇌리를 스친다.

"아직 각오가 서지 않았기 때문에 변호사의 에스코트를 받는 걸 피하려 한 걸지도 몰라."

"자수하겠다는 그녀의 각오에 망설임은 없었을 겁니다."

제대로 속죄하고 은하수를 올려다보고 싶다던 나코의 말에 거짓은 느껴지지 않았다.

"그렇다면 더더욱 나코 양의 연락을 믿고 기다릴 수밖에 없잖아."

보스의 책상 위 《갈리아 전쟁기》가 눈에 들어왔다. 사람은 보고 싶은 대로 사물을 본다는 것은 율리우스 카이사르가 한 말이다.

나는 보스의 말처럼 나코가 어떤 사정으로 떠났지만 내일 각오를 다지고 돌아올 것이라고 믿기 시작했다. 그래, 믿고 싶었다.

하지만 그 희망적 관측은 허무하게도 무너졌다.

집에 돌아와 숙면을 취하지 못한 채 아침에 텔레비전을 켠 내 눈에 뉴스 속보가 날아들었다.

대학생 납치. 몸값 10억 엔 모금 요구

혼조 나코를 납치한 범인이 크라우드펀딩으로 몸값 10억 엔을 모금하도록 요구했다는 황당한 사건을 알리는 뉴스였다.

2장

미증유의 협박장

사무소로 달려간 나는 역시 보도에 놀라 평소보다 일찍 출근한 즈카하라 씨와 함께 회의실에 틀어박혀 텔레비전 뉴스 프로그램을 뚫어지게 바라보았다.

　"안녕하세요. 4월 9일 화요일 모닝쇼 시간입니다. 아침부터 믿을 수 없는 뉴스가 들어왔습니다. IT기업 사이버앤드인피니티 사 크라우드펀드 사업부에 대학생을 납치했으니 몸값 10억 엔을 크라우드펀딩으로 모금하도록 요구하는 메일이 도착했다고 사이버앤드인피니티 사가 밝혔습니다. 납치된 피해자는 월드미용전문학교 혼조 나코 씨, 21세. 나코 씨는 최근 며칠간 집에도 돌아오지 않고 연락이 되지 않았습니다. 이에 경찰은 나코 씨가 납치되었을 가능성이 높다고 보고 수사본부를 꾸려 확인을 서두르고 있습니다. 이것이 오늘 오전 5시 18분에 사이버앤드인피니티 사에 도착한 협박 메일 전문입니다.”

짙은 녹색 안경을 쓴 연륜이 느껴지는 앵커가 협박 메일을 확대해 붙인 것으로 보이는 보드 옆으로 이동했다. 화면에 협박 메일 전문이 비쳤다.

제목 : 대학생 납치 및 몸값 요구 공지
수신인 : 관계자 일동
월드미용전문학교 학생인 혼조 나코(21세)를 보호 중이다. 무사히 돌려받고 싶다면 귀사의 크라우드펀딩 사이트 ‘선라이즈’에서 몸값 10억엔을 모금할 것을 요구한다.
다음은 우리가 제안하는 ‘납치 프로젝트’이다. 즉시 모금 준비에 착수해주기 바란다. 이는 국민의 뜻을 묻는 프로젝트다.

‘납치 프로젝트’
① 몸값 10억 엔은 크라우드펀딩으로 일본 국민에게서 모금한다.
(해외에서의 접속은 차단할 것)

모금액의 단가 설정은 다음과 같다.
• 100만 엔(최대 50건)·50만 엔(최대 100건)·1만 엔(최대 1만 건)
• 5천 엔(상한 없음)

또한 신청은 1인당 2건까지로 한다.

② 기간은 4월 11일(목) 오전 0시에서 24시까지 24시간.

③ 모인 몸값은 1천 개의 계좌로 분할해 이체할 것.

송금 기한은 4월 12일(금) 엄수. 입금 계좌는 추후 연락.

④ 몸값 송금 확인 후 혼조 나코는 신속하게 해방한다.

또한 몸값 모금이 10억 엔에 미달한 경우나 당 메일 규정에 위배되는 방법으로 모집한 경우, 혹은 기일까지 송금하지 않은 경우 혼조 나코의 신변 안전은 보장할 수 없다.

이상

"이게 뭐야?"

나는 나도 모르게 소리를 질렀다.

"사람의 목숨을 대가로 크라우드펀딩이라니 웃기지 마. 이건 게임 따위가 아니야."

분노와 초조함으로 온몸이 떨렸다. 나코에게 대체 무슨 일이 일어나고 있는 거지? 어젯밤부터 사그라들 줄 모르는 불안감과 어떤 예측도 할 수 없는 상황 때문에 가슴이 터질 것만 같았다.

"고야나기 선생님, 크라우드펀딩이 뭔가요? 몸값을 모금하라는 게 무슨 뜻이죠?"

스카하라 씨가 곤혹스러운 얼굴을 내 쪽으로 향했다.

"크라우드펀딩은 인터넷상에서 불특정 다수의 사람에게서 자금을 모을 수 있는 제도입니다. 예를 들어, 새로운 상품을 개발할 때 옛날 같으면 은행에서 대출을 받아서 개발비를 융통하는 게 일반적이었습니다. 하지만 그 경우, 대기업이나 실적이 있는 저명인사들은 자금을 빌리는 데 어려움이 없지만, 그 밖의 사람들은 새롭고 재미있는 아이디어가 있다 해도 자금을 구하지 못해 신상품 개발이 거의 불가능했죠. 하지만 크라우드펀딩이라면 자신의 아이디어를 인터넷에 발표하고 그 아이디어를 지지하는 사람을 찾으면 됩니다. 1인당 1만 엔, 5천 엔 등 개인도 얼마든지 투자할 수 있습니다. 동참하는 사람이 많을수록 모이는 자금도 많아지죠. 이 방법으로 농업대학 학생들과 지방 양조장이 공동으로 자금을 모아 새로운 술을 만들어내기도 하고, 무명 감독이 영화 제작비를 모아 독립 영화를 개봉하기도 합니다. 투자한 사람에게는 답례로 완성된 신상품을 출시 전에 보내주거나 영화 개봉 첫날 초대권을 보내기도 합니다. 이런 답례를 '리턴'이라고 하는데 이 리턴 내용까지 아예 정해놓고 아이디어와 함께 인터넷에 발표하는 거예요."

"그럼 그 리턴을 원해서 투자하는 거네요."

"그럴 수도 있고 새로운 걸 응원하고 싶은 마음으로 투자

하는 사람도 있겠죠. 아직 세상에 알려지지 않은 아이돌을 응원하는 것과 마찬가지로."

"그렇군요."

"리턴을 보장하는 건 투자형 크라우드펀딩이라고 하는데 리턴이 없는 단순 기부형 크라우드펀딩도 있어요. 동일본 대지진과 태풍에 의한 재해 지역 부흥지원자금 모으기에도 기부형 크라우드펀딩이 사용되었습니다. 나코 씨의 몸값 모금은 이 기부형 크라우드펀딩을 악용한 거예요."

츠카하라 씨는 미간을 찌푸린 채 고개를 끄덕였다.

"어떤 방식인지 알 것 같네요. 그런데 왜 나코 씨의 납치 협박장을 사이버앤드인피니티 사로 보냈을까요? 보통 가족에게 보내지 않나요?"

"사이버앤드인피니티 사는 '선라이즈'라는 크라우드펀딩 전용 사이트를 갖고 있어요. 자금을 모으고 싶은 사람이 사이버앤드인피니티 사를 방문해 자신이 생각한 프로젝트를 프레젠테이션하고, 사이버앤드인피니티 사가 그 내용을 심사합니다. 프로젝트가 실현 가능한 것인지, 실현에는 어느 정도의 기간이 필요한지, 실현하기 위해 필요한 자금은 어느 정도인지. 프로젝트 발안자의 신원 확인도 할 테고요. 그러지 않으면 크라우드펀딩으로 자금이 모인 후 리턴 상품이 도착하지 않는다거나 발안자가 자금만 가지고 도망친다거나 하는 문제가 발생할 테니까요. 응원하려고 투자한 사람이 바보가 되는 걸 피하기 위해서 사이버앤드인피니티 사가 심사를 해서 합격한 사람만이 선라이즈라는 크라우드펀딩 사이트에서 자금을 모을 수 있는 거죠. 범인은 선라이즈 사이트를 이용하여 몸값을 모금시키기 위해 사이버앤드인피니티 사에 협박 메일을 보냈을 겁니다. 크라우드펀딩 전용 사이트는 그 밖에도 있지만 선라이즈가 가장 유명한 사이트니까요."

"사이버앤드인피니티 사는 미사토 선생님이 고문을 맡고 계신 회사죠?"

"맞아요. 아침에 사건 속보를 보고 미사토 선생님께 전화했더니 바로 데라이와 사장님을 만나러 가겠다더군요. 아마 사이버앤드인피니티 사도 대응에 여념이 없을 겁니다."

나코의 납치사건에 대해 보스와 천천히 이야기하고 싶지만 보스 쪽은 당분간 사이버앤드인피니티 사 관련 일로 정신이 없을 것 같다.

"어라?"

갑자기 즈카하라 씨가 깜짝 놀란 목소리로 텔레비전 화면을 가리켰다.

텔레비전 화면에는 남녀의 얼굴 사진이 나오고 있었다. 그 밑에 아버지 혼조 겐고(65세) 앵커, 어머니 혼조 게이코(49세)

요리연구가라는 자막이 떠 있었다.

"납치된 것으로 보이는 혼조 나코 씨는 평일 밤 10시부터 재팬TV에서 방송되고 있는 '뉴스10'의 메인 앵커 혼조 겐고 씨와 요리 프로그램이나 잡지 등에서 친숙한 요리연구가 혼조 게이코 씨 부부의 외동딸이라고 합니다."

베테랑 앵커의 해설에 나는 입을 반쯤 벌린 채 잠시 텔레비전 화면을 응시했다.

"선생님, 나코 씨 부모님이 이 두 분인 거 알고 계셨어요?"

"아뇨, 전혀."

나코가 왜 부모님께 알리는 것을 주저했는지 어렴풋이나마 이해할 수 있었다.

"자수하면 보도가 되거나 하지는 않겠죠?"라고 물은 나코의 말이 새삼 의미 있게 다가왔다. 나코는 자신이 저지른 실수로 부모에게 영향을 끼칠까 두려워했던 것이다.

스튜디오에 있는 해설자들도 깜짝 놀란 모양이다.

혼조 부부의 사진이 화면 가득 클로즈업되었다. 오뚝한 코에 희고 갸름한 얼굴의 혼조 게이코를 보고, '아, 동영상의 그 사람이구나' 하고 깨달았다. 몇 달 전 일요일, 갑자기 고기 왕만두가 먹고 싶어져 가게를 찾으려고 인터넷을 검색했더니 혼조 게이코의 요리 채널이 떴다. 직접 왕만두를 만드는 동영상이었다. 고기소를 맛있게 만드는 방법과 고기소와 반죽이 분리되지 않도록 잘 감싸는 방법 등이 알기 쉽게 해설되어 있어 초보자인 나도 한번 만들어볼까 하는 생각이 들었다. 오븐레인지로 간편하게 만들 수 있다는 점도 내 의욕을 돋웠다. 완성된 왕만두는 시판되는 왕만두를 방불케 하는 맛으로, 이후 혼조 게이코의 요리 동영상에는 종종 신세를 지고 있다.

아버지 혼조 겐고는 잘 알고 있다. '뉴스10'은 집에 있으면 꼭 틀어놓고 보는 보도 프로그램이다. 혼조의 거침없는 진행은 정평이 나 있는 데다, 상대가 아무리 거물급 정치인이어도 묻고 싶은 것을 솔직하게 묻는 자세에 호감을 느꼈다. 신문기자 출신인 그는 앵커가 된 뒤에도 직접 취재하러 나서는 것으로 알려져 있다.

무심코 화면 한쪽에 비치는 나코의 얼굴과 두 사람의 얼굴을 비교했다. 닮았는지는 잘 모르겠지만 흰 피부는 어머니에게 물려받은 것일 수도 있다.

방송에서는 게스트가 앵커에게 연달아 질문을 던졌다.

"나코 씨와는 언제부터 연락이 두절되었다고 하나요?"

"자세한 건 아직 모릅니다. 다만, 요 며칠간 수상한 인물들이 혼조 씨의 자택 주변을 서성거렸다는 이웃의 목격 제보가 들어왔습니다. 또한 이틀 전인 4월 7일 일요일 오후 8시경, 집의 방범벨이 작동하여 세콤 경비원이 집으로 출동했다고 합니다. 누군가가 돌을 던져 1층 거실 유리창에 금이 간 걸 경비원이 확인한 모양입니다. 그때 나코 씨는 혼자 집에 있었다고 하며 경비원이 돌아갈 때 친구 집에 간다며 외출했다고 합니다. 이후의 나코 씨의 행동에 대해서는 알려져 있지 않습니다."

"경비원도 수상한 사람을 목격했나요?"

"출동했을 때는 그런 인물이 없었다고 말했습니다."

"협박을 메일로 했다면 발신자를 특정할 수 없나요? 전문가가 조사하면 어디서 전송되었는지 알 수 있다고 들었는데요."

"관련 내용은 전문가에게 듣겠습니다. 전직 경시청 수사 1과장이었으며 현재 작가로 활약 중인 돗토리 세이이치 씨를 모셨습니다. 돗토리 씨, 부탁드립니다."

흰머리에 갸름한 얼굴의 남성이 스튜디오로 들어왔다. 대형 사건이 터지면 텔레비전에서 자주 보이는 해설자다.

"돗토리 씨, 경찰은 협박 메일을 어디서 발신했는지 파악했나요?"

"파악하지 못한 것 같습니다. PC나 스마트폰에는 IP 주소라고 하는, 인터넷에서 각 기기를 식별하기 위한 주소가 할당되어 있습니다. 그 IP 주소를 조사하면 어느 PC 혹은 스마트폰에서 보낸 메일인지 보통은 알 수 있습니다. 하지만 이 정도로 엄청난 일을 벌인 범인인 만큼 흔적을 남기지 않는 방법으로 메일을 보냈을 것입니다. 어디서 어떻게 이동하는지 접속 경로를 익명화해주는 소프트웨어도 많거든요. 경시청 사이버범죄대책과와 수사1과 특별수사반이 합동으로 특별대

책본부를 꾸려 수사 중일 텐데 이런 소프트웨어가 사용되었다면 현재 기술로는 추적하는 데 어려움이 있습니다."

"몸값 10억 엔을 크라우드펀딩으로 모금한다. 이런 납치사건은 전대미문입니다만, 돗토리 씨는 이 사건을 어떻게 보고 계십니까?"

"이 사건은 기존 납치사건의 법칙을 모조리 뒤집어놓은 것 같아요. 먼저 공개성입니다. 대개의 납치사건에서는 피해자의 신변안전을 위해 언론에도 엠바고를 요청하고 비밀리에 수사를 진행합니다. 그도 그럴 것이 가족에게 몸값을 요구한 범인이 경찰에는 연락하지 말라는 지시를 내리는 경우가 대부분이기 때문입니다."

"확실히 그렇네요."

"네. 하지만 이번에는 몸값을 국민들에게서 모금하라고 요구하고 있습니다. 즉, 빨리 사건을 공개하라는 것과 같습니다. 모금 기한도 이틀 뒤입니다. 시간이 많지 않아요."

"그러니까 경찰도 재빨리 정보를 공개한 거군요. 신속한 대응이네요."

"사이버앤드인피니티 사에서 경찰에 신고가 빨랐던 것으로 알고 있습니다. 이 협박 메일이 도착한 건 오전 5시 18분이군요. 사이버앤드인피니티 사는 상당수의 직원들이 재택근무를 하고 있다고 합니다. 이 메일의 존재를 가장 빨리 알아차린 직원도 재택근무를 위해 집에 컴퓨터를 가지고 갔다가 새벽 5시에 켰다고 합니다."

"부지런한 직원이 협박 메일이 도착한 것과 거의 동시에 메일을 확인한 건가요? 많이 놀랐겠네요.”

"아마 반신반의하지 않았을까요. 하지만 내용이 내용인 만큼 즉시 상사에게 연락하여 경찰에 신고했다고 합니다. 방치했다가 나중에 큰 문제가 될지도 모른다는 사실을 우려했을 것입니다.”

"훌륭한 판단이었네요. 그 밖에 이 사건의 특징은 어떻습니까?”

"몸값을 일부러 모금시키는 것도 범인의 진의를 가늠하기 어렵지만, 가장 큰 특징은 몸값을 받는 방법일 것입니다. 돈을 받는 건 범인 입장에서 납치사건의 가장 어려운 지점입니다. 반대로 말하면 경찰 입상에서는 범인을 체포할 수 있는 가장 좋은 기회라고도 할 수 있죠. 그래서 범인은 아슬아슬한 시한까지 돈을 주고받는 방법을 통보하지 않습니다. 그 경우, 경찰은 여러 경우를 상정하여 수사망을 펼치는 것이 일반적입니다만, 이번 경우에는 분할하여 입금하라고 처음부터 통보했습니다. 이게 사실이라면 처음부터 끝까지 범인이 모습을 보일 기회가 없어요. 천 개의 계좌를 어떻게 준비할 것인가? 입금 후 어떻게 인출할 것인가? 그 지점이 해결의 열쇠가 될 수도 있지만 매우 난해하네요. 예측이 안 돼요.”

"이틀 뒤인 4월 11일, 실제로 몸값 모금이 이뤄지나요?”

"경찰로서는 웬만하면 피하고 싶겠죠. 이 모금액의 단가 설정을 보세요. 100만 엔, 50만 엔, 1만 엔 등 고액 모금에는 굳이 상한선을 설정해두었습니다. 계산하면 10억 엔을 달성하기 위해서는 최소 17만 150건의 모금이 필요합니다. 게다가 일인당 두 건까지로 제약을 두었습니다. 정말 그만큼이 모금될지 안 될지, 해보지 않으면 알 수 없겠지요. 게다가 모이지 않으면 혼조 나코 씨의 신변에 위험이 미칠 우려가 있습니다. 수사를 불확실한 흐름에 맡기는 건 어쨌든 피하고 싶을 겁니다. 사이버앤드인피니티 사가 대응할 수 있을지도 확실치 않고요. 하지만 범인과 협상할 수단이 없어요. 과거의 납치사건은 범인에게 전화가 걸려왔고 경찰도 협상이나 유도할 기회가 있었습니다. 이번 납치사건은 그것이 일절 없습니다. 범인을 프로파일링할 요소도 부족하고 범인의 목적도 알 수가 없어요. 게다가 시간도 얼마 없고요. 실로 어려운 사건입니다."

텔레비전에서 얻은 정보를 바탕으로 객관적으로 살펴보면 의문점이 여럿 생긴다.

혼조 나코가 겐고와 게이코 부부의 딸이라면 범인은 왜 먼저 부모에게 몸값을 요구하지 않은 것일까. 부자 동네에 저택을 가진 저명인사 부부다. 나코의 부모가 10억 엔을 현금으로 마련할 수 있을지는 역시 알 수 없지만 협상도 불가능하지는 않을 것이다. 몸값이 목적이라면 결과가 어떻게 될지 모르는 모금으로 모으는 것보다 그쪽이 훨씬 확실할 텐데……

납치범은 나코의 부모가 어떤 인물인지 몰랐을까. 그래서 10억 엔이라는 거금을 마련하기 위해 모금으로 모을 것을 요구한 것일까. 그렇다면 범인은 가와사키 다쿠토가 아니라는 이야기가 된다. 가와사키라면 나코의 집주소를 알고 있고, 나코의 부모가 누구인지 조사는 되어 있을 것이다.

나는 팔짱을 끼고 생각에 잠겼다.

나코는 어젯밤 이 빌딩 1층에서 납치되었다. 집요하게 나코를 쫓았던 가와사키라면 모를까, 나코의 거처를 알고 있는 인물이 그 밖에도 있었다고는 생각하기 어렵다. 아마 혼자가 되는 순간을 노렸을 것이다.

하지만 가와사키가 범인이라면 왜 몸값을 모금하지? 혹시 몸값이 모이지 않으면 나코를 해칠 수 있는 이유로 쓸 수 있기 때문일까?

"국민 여러분이 너를 도울 마음이 없는 모양이다. 원망할 거면 세상을 원망해"라며 사악한 미소를 지으며 미나미 사키에게 했듯이 나코를 폭행하려는 것인가. 자신을 배신하면 어떻게 되는지 똑똑히 봐두라는 듯이. 가와사키라면 그럴지도 모른다. 하지만 동료에게 보여주기 위한 본보기라면 이런 식의 공개 모금은 필요 없다는 생각이 든다.

역시 가와사키는 10억 엔이 꼭 필요한 것일까. 가와사키는 훔친 서류봉투를 전달하는 일에 실패했다. 서류봉투에 무엇이 들어 있었는지는 모르지만 운반책 일을 그르친 것은 뼈아픈 실수다. 의뢰인에게서는 그에 상응하는 선금을 받았을 것이고, 서류봉투의 내용물이 거금이 되었을지도 모른다.

그것을 실패했으니 보충은 필요할 것이다. 천 개나 되는 계좌를 어떻게 준비할 생각일까 싶었지만 가와사키는 보이스피싱 그룹의 수거책들을 거느리고 있다. 보이스피싱용 대포통장을 다수 보유하고 있어도 이상하지 않다.

역시 아무리 생각해도 모든 발단은 어젯밤에 나코를 혼자 내버려둔 데 있었다. 왜 휴대전화를 놓고 왔을까. 게다가 굳이 가지러 돌아가지 않아도 되었을 텐데. 나도 모르게 고함이라도 지르고 싶은 충동이 들었다.

"선생님, 어제 나코 씨가 여기 온 사실을 경찰에 알리지 않아도 될까요?"

즈카하라 씨가 내 안색을 살피며 말했다.

"그걸 미사토 선생님께 확인하고 싶어서 오늘 아침에 전화했는데, 일단 선생님이 사무소에 나올 때까지 기다리라더군요."

"의뢰인에 대해서는 함부로 말할 수 없으니까요. 하지만."

즈카하라 씨는 말을 고르듯 입을 다물었다. 즈카하라 씨가 하고자 하는 말은 알 것 같다. 나코의 목숨이 걸려 있는데 알고 있는 정보를 전부 경찰에 제공하지 않아도 되냐는 것이다. 내 안에서도 같은 질문이 몇 번이나 오가고 있다.

"나코 씨의 집 주위에서 목격된 수상한 사람은 가와사키 일당을 말하는 거겠죠?"

"그럴 거예요."

"그 사실을 경찰에 알리면 수사가 급물살을 타지 않을까요?"

즈카하라 씨가 내 마음의 응어리를 딱 집어냈다.

"아니, 그런 일은 없어."

등 뒤에서 목소리가 났다. 스프링코트와 백을 손에 든 보스가 회의실 입구에 서 있었다.

"가와사키가 나코 양을 납치했다고 확정된 건 아니잖아. 수사는 경찰의 몫. 멋대로 펼친 억측으로 의뢰인의 정보를 누설하는 건 변호사 실격, 징계감이야."

보스가 찌르는 듯한 시선으로 나를 쳐다보았다.

"네, 압니다."

나는 살며시 고개를 끄덕였다.

"즈카하라 씨도 마찬가지니까요. 사무소 직원인 이상 업무상 알게 된 정보에 대해서 비밀유지의무를 지게 돼요. 좀 더 경계심을 가졌으면 좋겠군요."

"죄송합니다. 쓸데없는 소리를 했어요."

즈카하라 씨가 복잡한 표정으로 고개를 숙였다.

"하지만." 나는 참견할 수밖에 없었다.

"나코 씨가 우리 사무소에 상담하러 왔다가 없어진 것 정도는 경찰에 이야기해도 되지 않을까요? 상담 내용은 이야기하지 않더라도."

"그건 내가 상황을 봐서 적절히 대처할게. 사이버앤드인피니티 사 쪽 대응이 먼저야. 고야나기 군, 지금부터 오후 2시 정도까지 시간 좀 낼 수 있어?"

"네. 오늘은 3시에 피의자 접견이 예정되어 있는데, 나머지는 사무소에서 서류 작업과 다음 주 재판 준비로 교통사고 현장 조사를 가려던 게 전부니까요."

"그럼 스케줄을 조정해서 사이버앤드인피니티 사에 같이 가주지 않을래? 니쿠라 선생님은 담당 사건의 재판이 있어서 2시까지는 움직일 수 없어. 납치사건에 대한 대응을 논의하는 긴급대책회의가 11시부터 있어서 데라이와 사장님이 고문변호사 참석을 요청했는데 일손이 부족해서."

기업 안건은 준비할 서류의 양도 많고, 대응도 다방면에 걸쳐 있을 뿐 아니라 상대측에서 여러 명이 참석할 경우가 많기 때문에 반드시 복수의 변호사가 참석하는 것을 기본으로 하고 있다.

"알겠습니다."

"사이버앤드인피니티 사는 몸값 모금에 협력하나요?"

즈카하라 씨가 보스에게 물었다.

"그걸 회의에서 이야기할 거예요. 쉽게 맡을 수 있는 건이 아니니 회사 전체가 대응으로 난리라서요. 앞으로도 범인의 연락이 사이버앤드인피니티 사로 올 가능성이 충분히 있으니 경찰 또한 사내에 수사진을 배치해 감시하게 해달라고 하고 있고요. 당연히 몸값 모금에도 협조해달라는 요청이 오고 있고 홍보 창구에는 취재와 문의가 쇄도 중이고. 일상 업무가 완전히 마비된 상태예요."

보스가 어깨로 숨을 쉬었다.

"자료가 준비되면 30분 후에 출발할 테니 잘 부탁해."

보스가 회의실을 나와 자기 방으로 향하자, 즈카하라 씨가 "괜한 말을 했네요. 죄송합니다" 하며 나를 향해 고개를 숙였다.

텔레비전 화면이 스튜디오에서 혼조 가 주변 영상으로 바뀌었다. 한적한 주택가에 들어선 흰 저택은 모든 창문에 커튼이 처진 채 조용했다. 반면 자택 앞 도로에는 취재진이 넘쳐흐를 듯 대기 중이었다.

"엄청난 인파네요. 피해자 가족과 이웃 분들의 모습은 어떤가요?"

앵커가 스튜디오에서 짙은 녹색 안경을 손가락으로 가볍게 밀어 올리면서 현장의 기자를 불렀다.

"보시다시피 커튼이 처져 있어 내부 모습은 알 수 없지만 혼조 부부와 경시청 수사관 여러 명이 안에서 대기하고 있는 것으로 보입니다. 현재 취재진이 다수 모여 있기도 해서인지 이웃집들도 모두 창문에 커튼을 치거나 덧문으로 막아두었습니다."

"혼조 나코 씨의 행적에 대해 뭔가 알아낸 것이 있습니까?"

"조금 전 이웃에게 물어본 바로는, 나코 씨는 만나면 반드시 인사하기 때문에 마주쳤다면 기억이 날 거라고 합니다만, 지난 이삼일은 만나지 못했다고 전했습니다. 또한 최근 며칠 동안 남자 네댓 명이 근처를 배회하는 게 매우 신경 쓰였다는데, 나코 씨가 어떤 트러블에 휘말린 게 아닐까 우려했습니다. 경찰은 주변 탐문과 CCTV의 해석을 서두르고 있는 것으로 보입니다."

갑자기 화면 안쪽이 술렁이기 시작했다. 현관이 열리고 남자 두 명이 모습을 보였다. 양복을 입은 풍채 좋은 중년 남성과 혼조 겐고였다. 흰색 셔츠에 검은색 카디건을 걸치고 체크무늬 회색바지를 입은 혼조는 앵커로 일할 때 입는 정장 차림보다 부드러운 인상을 주었다. 현관 앞에 서자 주위를 둘러본 뒤 깊이 고개를 숙였다.

"혼조 씨입니다. 혼조 씨가 나왔습니다. 이대로 인터뷰를 이어가겠습니다."

기자의 열띤 목소리가 흘러나온다.

고개를 든 혼조는 중년 남성에 이끌리듯 대문 쪽으로 향했다. "혼조 씨!", "괜찮으십니까?"라며, 기자들의 목소리가 엇갈리듯 난무했다.

문을 열고 도로로 나서자 혼조를 보호하듯 중년 남성이 앞에 서서 마이크를 입에 댔다.

"여러분, 이번에는 폐를 끼쳐 죄송합니다. 저는 혼조 겐고의 사무소 직원입니다. 이른 아침부터 취재 중이신 기자 여러분께는 대단히 죄송합니다만, 이 길은 공공장소이기도 하고, 이웃에도 매우 폐가 되고 있습니다. 잠시 후 혼조 씨가 직접 인사를 드릴 테니, 그 후에는 일단 물러나주실 수 있을까요? 정보나 코멘트는 사무소를 통해 수시로 전달해드리겠습니다. 모쪼록 이해와 협조를 부탁드립니다."

말을 마친 남자가 마이크를 혼조에게 건네고 비스듬히 뒤로 물러났다.

혼조가 앞에 서서 마이크를 입가에 댔다. 대량의 불꽃이 동시에 터지는 것처럼 격렬한 플래시가 혼조에게 쏟아졌다.

"이번에 이런 일이 벌어져 대단히 송구합니다. 많은 분들이 걱정해주셔서 사무소과 자택으로 연락이 오고 있지만 갑작스러운 일에 제 한 몸 추스르기에 바빴고 답변과 대응이 지연된 점을 이 자리를 빌려 깊이 사과드립니다."

텔레비전 화면에 혼조의 얼굴이 한층 클로즈업되었다. 윤곽이 뚜렷한 얼굴에 피로감이 보인다. 움푹 팬 눈이 한층 콧대를 돋보이게 했다.

"제 직업상 이런 말씀을 드리기 송구하지만, 지금 설명해드린 것처럼 주위 분들께 큰 불편을 끼치고 있습니다. 앞으로는 저희가 정보를 전달할 테니 취재를 자제해주시기 바랍니다.”

혼조가 허리를 깊숙이 숙였다. 다시 격렬한 플래시가 터진다. 동행한 혼조 겐고의 사무소 직원이 대문을 열고 혼조를 안으로 들어가도록 이끌었다. 현관으로 향하는 혼조의 등에 대고 기자가 “혼조 씨, 지금 심정을 한 말씀만 부탁드립니다”라고 외쳤다.

혼조가 뒤돌아보았다.

“딸아이가, 일상생활이, 무사히 돌아오기만을 바랍니다.”

쥐어짜듯 낸 그 목소리는 아버지의 목소리였다. “혼조 씨, 힘내세요”라는 응원이 여기저기서 들렸다.

오전 10시 넘어 나는 보스와 함께 롯폰기에 있는 사이버 앤드인피니티 사로 향하기 위해 사무소를 나왔다. 요쓰야 역으로 향하려는데 “이게 더 빠르니까”라며 촌음을 아끼자는 듯 보스가 달려온 택시를 세웠다.

“이걸 훑어보고 기억해.”

택시에 타자 보스가 메모를 내밀었다. 11시부터 열리는 긴급대책회의 참석자 명단이다. 사내 사정을 파악하지 못한 나를 위해 보스가 즉석에서 써둔 것 같다. 이름, 나이, 직책, 외모, 특징이 적혀 있었다.

- 데라이와 이사오(55세), 사장, 포켓치프

- 이나바 시호(50세), 부사장, 여성, 원색 양복

- 기리시마 소지(55세), 통괄부문 전무이사, 웨이브헤어, 검은 뿔테 안경

- 와카바야시 나오키(51세), 법무 담당 이사, 무테안경

- 이자키 미키(48세), IR 홍보 담당 이사, 여성, 보브헤어

- 가와이 다이치(47세), 시스템 담당 이사, 소프트 모히칸헤어

- 나카오 노리유키(44세), 크라우드펀드 사업부 부장, 단발, 검은 티셔츠

나는 특징과 이름을 몇 번이나 작은 소리로 반복해서 외웠다.

"오늘 이나바 부사장의 정장은 그린이니까."

늘 원색 정장을 입고 다닌다는 이나바 부사장에 대해 보스가 보충했다. 2년 전, 데라이와 사장이 컨설팅 회사에서 스카웃해 부사장으로 발탁한 것으로 알려졌다.

기리시마 전무에 대해서는 몇 번인가 보스에게 들은 적이 있다. 사이버앤드인피니티 사는 대학 시절 친구 사이였던 데라이와 사장과 기리시마 전무 둘이서 세운 회사다.

리스트가 어느 정도 머리에 들어왔을 무렵 택시가 롯폰기에 도착했다.

사이버앤드인피니티 사는 이미 경찰로 둘러싸인 상태였다. 15층짜리 자사 건물 입구 주변에는 경시청 완장을 찬 수

사요원들이 여럿 배치되어 출입자 신원을 확인 중이었다. 행인들이 하나같이 영화 촬영장이라도 보는 듯한 눈으로 삼엄한 경비태세를 바라보며 지나간다.

정문에는 IT기업답게 안면 인식 시스템이 도입되어 있어 카메라에 얼굴을 대면 사전 등록된 데이터와 대조해 출입구 바가 열리게 되어 있다. 공항의 안면 인식 탑승 수속과 같은 시스템이다.

보스는 항상 드나들기 때문에 얼굴만 대고 바로 들어갔지만, 나는 데이터가 등록되어 있지 않아 접수처에 명함을 제시하고 방문처를 알렸다. 보스가 사전에 연락해놓은 덕에 내 이름은 사장실 방문객으로 등록되어 있어 출입이 허가되었고, 그 자리에서 얼굴 사진도 등록했다.

무사히 입구를 통과해 보스와 함께 13층에 있는 사장실로 향했다.

접수처에서 연락이 간 모양이다. 엘리베이터에서 내리자 등줄기를 꼿꼿하게 세운 사장 비서인 듯한 여성이 마중 나와 있었다. 이쪽이 쑥스러울 정도로 정중하게 "기다리고 있었습니다"라며 고개를 숙인다. 보스와는 낯익은 사이인 듯 오늘은 전에 없던 분주함이라고 투덜댔다.

"사장님은 자리를 비웠으나 곧 돌아올 것이니 기다려주십시오."

사장실로 안내받은 나는 보스와 함께 접객용 중앙 소파에 앉았다.

눈앞 선반에는 무한대의 수학기호를 모티브로 한 회사 로고와 창업기념이라고 인쇄된 남성 두 명의 사진이 장식되어 있다. 이것이 젊은 날의 데라이와 사장과 기리시마 전무일 것이다.

비서가 노트북 컴퓨터 두 대를 안고 들어왔다.

"출장 중인 임원도 있어 긴급대책회의는 온라인으로 진행합니다. 보안 설정이 되어 있기 때문에 선생님들은 이쪽 컴퓨터로 회의에 참가해주십시오. 제가 지금부터 준비하겠습니다."

비서가 보스와 내 앞에 각각 노트북을 한 대씩 놓았다. 전원을 켜고 온라인 회의 화면에 접속한다. 컴퓨터가 제대로 연결되는 것을 확인한 다음 데라이와 사장의 데스크로 향했다. 회의를 위해 사장의 컴퓨터도 세팅할 모양이다.

데라이와 사장의 책상 위에 놓인 작은 액자가 눈에 들어왔다. 내 시선을 알아차린 비서가 말했다.

"이 사진, 사장님 따님이에요."

비서가 사진을 내 쪽으로 돌렸다. 시치고산(七五三, 아이들의 성장을 축하하는 행사로 3세, 5세, 7세 때 행해진다-옮긴이) 사진인지 붉은 기모노를 입고 머리를 경단 모양으로 묶은 여자아이가

장수를 기원하는 치토세 사탕을 들고 볼에 보조개가 패도록 웃고 있다.

"벌써 초등학교 3학년이 되었어요. 눈에 넣어도 아프지 않은 모양이에요. 직원한테는 엄격하셔도 따님한테만은 꼼짝 못 하세요. 미사토 선생님도 그렇게 생각하시죠?"

흐뭇한 미소를 짓던 보스가 고개를 끄덕였다.

바로 그때 가슴에 연분홍 포켓치프를 꽂은 남성이 분주하게 들어왔다. 데라이와 사장이다. 초면이지만 눈썹이 진하고 단정한 생김새는 언론을 통해 여러 번 본 적이 있다. 보스가 나를 소개했고 나는 명함을 내밀며 인사했다.

"오쿠이 경위와의 협의였나요?"

보스의 질문에 데라이와 사장이 어깨를 들썩이며 숨을 몰아쉬었다.

"맞아. 사내 회의가 있다는 핑계로 일단 중단시켰지. 빨리 끝내고 돌아오라던데."

사장은 책상에 이르자 "그럼 시작하지"라고 말했다.

PC 화면에는 참가자 전원의 얼굴이 비쳤다. 보스의 메모 덕분에 누가 누구인지 바로 파악할 수 있었다.

"여러분 잘 들리나요?"

사장이 자리에 앉은 것을 보고 녹색 양복을 입은 이나바 부사장이 말했다.

"다 모인 것 같군요. 그럼 긴급대책회의를 시작하겠습니다. 먼저 사장님, 말씀하시죠."

데라이와 사장이 가볍게 헛기침을 하고 표정을 다잡았다.

"여러분도 이미 들었겠지만 경찰로부터 납치사건에 대한 수사협조 요청을 받았네. 이에 당사의 입장을 시급히 답변해야 하는데, 만약 전면적인 협조를 하겠다고 대답할 경우 제대로 대응할 수 있을까?"

"그게 좀" 하고 누군가가 쓴웃음을 터트렸다.

"솔직히 그렇겠지. 하지만 협력하지 않을 수도 없어. 실제로 어디까지 할 수 있는지를 이 회의에서 결정하고 싶네. 범인이 요구한 일정대로 몸값 모금을 준비할 수 있을까? 그 경우, 발생할 문제는 어떤 것들이 있는지, 업무에는 어떤 영향을 미치는지 솔직한 의견을 내놓기 바라네. 현실적인 결론을 얻기 위해서라도 먼저 자유롭게 의견을 내놓으면 좋겠어."

"알겠습니다" 하고 일동이 긴장된 표정으로 고개를 끄덕였다.

"그럼 우선 몸값 모금 준비가 가능한지 확인해볼까요. 나카오 부장, 어때요?"

진행을 맡은 이나바 부사장의 질문에 "네" 하고 검은 티셔츠를 입은 남자가 말문을 열었다. 크라우드펀드 사업부의 나카오 부장이다.

"당사 사이트에 몸값 모금 배너를 걸고 11일 목요일 자정부터 모금을 시작하는 건 시스템적으로는 가능합니다."

"그럼 문제는 없는 건가요?"

"아니요, 여러 문제가 있습니다. 먼저 결제 방법을 어떻게 할 것인가 하는 겁니다. 모금 기간은 단 24시간이고, 10억 엔에 도달했는지의 여부를 적시에 알아야 합니다. 신용카드 결제라면 바로 데이터에 반영되지만 은행 송금은 시간대에 따라 반영되지 않을 수 있으니까요."

"그건 큰 문제인데 대응 방법은 없나요?"

"이체 가능한 은행을 지정할 수밖에 없지 않을까 합니다. '모어타임시스템'이라는 금융 서비스가 있는데, 이를 도입한 은행을 통한 이체는 24시간 365일, 언제든지 실시간으로 이체 데이터가 반영됩니다. 하지만 도입하지 않은 은행의 당일 이체는 대체로 오후 3시까지의 입금만 반영되거든요."

"그런 식으로 은행을 지정하면 왜 우리 동네 은행에서는 안 되냐고 문의가 쇄도해서 홍보 쪽은 업무 마비예요."

IR 홍보 담당, 보브헤어의 이자키 이사가 씁쓸한 표정을 지었다.

"전화 문의는 일절 받지 않는다고 공지하게. 홈페이지에 Q&A를 올려 대응할 수밖에."

소프트 모히칸헤어의 시스템 담당, 가와이 이사가 과감한 의견을 던졌다.

"만일 현금이나 모금함을 사옥으로 직접 갖고 오는 사람이 있으면 어떡하죠? 충분히 있을 수 있는 일이라고 생각하는데요."

보브헤어 이자키가 차분한 목소리로 물었다.

"제발 그것만은 막아주세요. 현금 수령이라니 무리예요. 관리가 안 돼요."

검은 티셔츠의 나카오가 당황해서 거부의사를 밝혔다.

"인명을 위해 모금하려는 분들의 후의를 무턱대고 거절하는 건가요? 회사의 자세 문제로 번질 것 같은데요."

이자키가 반박한다.

"1층 로비에 대응 부스를 차리는 게 어때요? 컴퓨터를 여러 대 설치하고 직접 방문한 사람은 그 자리에서 필요한 사항을 입력하고 1층 ATM에서 이체하면 되지 않을까요? 손이 많이 가지만 아무런 대처도 하지 않는 것보다 낫겠죠."

가와이가 제안한다.

"그러려면 입력 방법을 안내하는 직원이 필요하겠군요, 나카오 부장."

이자키가 나카오에게 화살을 돌렸다.

"그건 홍보 쪽에서 부탁드립니다. 우리 부는 인력이 부족해요.”

나카오가 반론했다.

“통째로 던지는 건가요? 같은 회사라고는 하지만 홍보부 직원은 크라우드펀딩에 대해 잘 모르니 그쪽에서도 직원을 보내주시죠.”

“저희는 모금 준비로 시간이 없어요.”

“그건 홍보도 마찬가지예요. 이쪽은 모든 문의의 창구가 되고 있으니까.”

“진정들 좀 하시죠.”

뜨거워진 이자키와 나카오의 언쟁에 이나바가 브레이크를 걸었다.

“그 문제에 대해서는 나중에 조율할 수밖에 없잖아요. 다시 말해 세부적인 대처는 필요하지만 크라우드펀드 사업부로서 몸값 모금 준비는 가능하다는 것이지요?”

이나바 부사장이 나카오에게 확인했다.

“네. 하지만 그 밖에도 문제는 많습니다. 현재 크라우드펀딩을 하고 있는 클라이언트에 대한 영향입니다. 몸값 모금 배너는 당연히 메인 화면에 올려야겠죠. 경찰의 요구를 받아들임으로써 당사 사이트의 지명도는 올라갈지 모르지만, 다른 클라이언트의 프로젝트는 뒷전으로 미뤄질 수밖에 없습니다. 아무리 범죄 사건에 대한 대응이라고 해도 자신의 프로젝트가 실패하면 당연히 불만이 나올 것으로 생각됩니다. 모금 기간을 연장하거나 하는 등의 대처를 검토할 필요가 있습니다."

나카오의 호소에 일동이 고개를 끄덕인다.

"그것도 나중에 검토해야겠군요."

이나바가 뭔가를 열심히 필기했다.

"문제는 또 있습니다."

웨이브헤어에 검은 뿔테안경을 쓴 기리시마 전무가 끼어들었다.

"몸값 모금 같은 걸 하다가 당사 사이트가 사이버 공격을 당하거나 하지 않을까요? 이런 일을 방해하는 '유쾌범'이라는 것도 있을 수 있습니다만."

"그럴 수 있죠."

무테안경을 쓴 남자가 맞장구를 쳤다. 법무 담당 와카바야시 이사다.

"법무를 맡은 입장에서는 범죄자 자금을 모으는 데 크라우드펀딩이 사용되는 것에 대해 우려가 매우 큽니다. 안 그래도 크라우드펀딩이 자금세탁의 온상이 될 수 있다는 일부 우려의 목소리가 있습니다. 예를 들어 반사회적 세력이 크라우드펀딩에 프로젝트를 내걸고 드러내지 못하는 비자금을 스스로 입금한다. 프로젝트 목표 금액이 달성되고 모인 자금을 당사를 통해 당당히 받는다. 이렇게 검은 자금을 세탁하는 수단으로 사용되는 걸 피하기 위해 당사는 반사회적 세력과는 일절 거래하지 않는다는 기본 방침을 명문화하고 홈페이지에도 내걸고 있습니다. 비상사태라고는 하나 예외를 둬도 될까요?"

어려운 질문에 순간 자리가 조용해졌다.

"전례를 만들면 그걸 방패 삼아 또다시 비합법적 수단에 내몰리는 게 세상의 이치니까."

기리시마가 팔짱을 꼈다.

"하지만 경찰의 요청을 거절한다는 선택지는 없지 않나요?"

이나바 부사장이 미간을 찌푸렸다.

"홍보만 하는 입장에서 말하자면 하든 안 하든 결국 항의가 빗발칠 것 같다는 생각이 드네요."

이자키의 솔직한 의견에 일동이 쓴웃음을 지었다.

"하지만 안이하게 수락하면 너무 막중한 책임을 지게 되겠지. 일단 준비는 됐다고 하고, 실제로 몸값 모금을 하는 도중에 만일 시스템이 다운되면 어떻게 하지? 그게 원인이 되어 10억 엔을 달성하지 못하면 당사가 책임 추궁을 당하게 될 거야. 한꺼번에 접속이 폭주할 경우, 우리 시스템이 견딜 수 있을까?"

기리시마 전무의 질문에 시스템 담당 가와이가 응했다.

"폭주할 경우, 조회 수에 제한을 둬 다운은 피할 수 있지만 사이트에 연결되지 않는다는 민원이 다수 접수될 가능성이 큽니다. 도쿄올림픽 티켓 발매 당시를 생각해보시면 되지 않을까 합니다."

"그것도 당사의 책임 문제가 되잖아. 모두 우리가 뒤집어쓰게 생겼군."

이나바 부사장이 날카롭게 말했다.

"접속하기 쉬운 시간대나 상황을 SNS 등을 통해 수시로 알리는 수밖에 없지 않을까요. 적어도 열심히 대응한다는 자세는 보여줄 수 있습니다."

홍보의 이자키가 담담하게 대답했다.

"직원들 생각도 해야 할 거야. 특히 크라우드펀드 사업부와 시스템부, 홍보부 직원들은 대응에 쫓겨 업무량이 폭증할 것이고 야근도 피할 수 없어. 이 경우, 노동국이 너그럽게 봐주겠지? 직원들이 스트레스니 뭐니 호소해도 당사도 피해자라고, 이건."

기리시마 전무의 익살스러운 말투에 실소가 일었다.

"뭐, 농담은 제쳐두고."

기리시마가 정색을 하고 데라이와 사장에게 호소했다.

"경찰의 감시 하에 놓이는 게 언제까지인지 상세한 건 알 수 없지만 길어지면 실적에 미치는 영향도 우려됩니다. 이 상황은 신중한 판단이 필요하다고 생각합니다."

데라이와 사장이 고개를 끄덕였다. 가능하다면 요청을 거부하고 싶다는 전원의 속내가 뼈저리게 전해진다.

"기업의 고문 변호사로서의 의견은 어떠신가?"

데라이와 사장이 보스에게 말했다. 옆에서 보스가 고개를 끄덕이며 컴퓨터 쪽으로 몸을 내밀었다.

"레퓨테이션 리스크라는 게 있습니다. 기업 평판 리스크 말입니다. 부정적인 정보가 순식간에 확산되는 정보화사회인 현재, 평판 저하는 고객, 종업원, 투자자, 채권자, 감독 당국과의 관계를 악화시켜 기업의 존속마저 위태롭게 하는 중대한 리스크라 할 수 있습니다."

보스의 말에 데라이와 사장이 고개를 끄덕였다.

"경찰에서 요청해온 몸값 모금을 맡을 경우와 거부할 경우 귀사의 평판이 어떨지 생각해보았습니다."

일동이 진지하게 귀를 기울인다.

"우선 맡을 경우인데, 아까부터 논란이 되었듯이 여러 가지 우려 사항이 있을 수 있습니다. 먼저 시스템에 관한 리스크입니다. 유쾌범에 의한 사이버 공격, 시스템에 부하가 걸리는 것에 의한 트러블, 모두 충분히 생각할 수 있습니다. 범인이 뭔가 공격을 걸어올 가능성도 있을지 모르죠. 하지만 귀사의 시스템은 반드시 경찰이 감시 하에 놓이게 될 겁니다. 즉, 책임을 공유할 수 있다는 말입니다. 최악의 경우, 시스템 미비가 몸값 모금에 영향을 주었다고 해도 경찰의 감시 하에 놓여 있었다는 사실이 세간에 알려지면 비난의 눈은 귀사 이상으로 경찰로 향할 것으로 예상됩니다. 그것이 꼭 좋은 것만은 아니지만 귀사의 평판을 고려할 때 리스크는 분산된다고 할 수 있습니다."

"하긴" 하고 몇 명이 고개를 끄덕인다.

"귀사는 사이버 보험에 가입되어 있지요?"

시스템 담당 가와이가 "가입했습니다"라고 대답했다.

"만약 사이버 공격 등을 당해 시스템 수복이 필요하게 된다고 해도, 손실이나 고객에의 배상은 보험으로 보전됩니다. 이 정도의 대사건이기 때문에 만일의 경우에는 보험회사도 진지하게 대응해줄 것입니다. 보험회사도 평판이 중요하니까요."

가와이가 고개를 두 번 끄덕였다.

"다음은 실적에 미치는 영향인데요."

보스가 컴퓨터 화면 속 기리시마 전무를 보고 말했다.

"실제로 얼마나 손해를 볼지 안타깝게도 지금 단계에서는 예측할 수 없습니다. 길어지면 일상 업무가 밀리고 손해가 발생하는 건 분명합니다. 사건이 바로 해결되면 다음 주에는 평상시로 돌아가 거의 영향을 받지 않을 가능성도 있죠. 만일 손해가 발생했을 경우, 내용에 따라 다르지만 재해로 인한 특별 손실로 회계 처리가 가능할 겁니다. 따라서 실적이 부진한 이유는 주주나 고객에게 설명이 되고 평판이 떨어지는 걸 막을 수단은 있다고 할 수 있습니다."

기리시마가 검은 뿔테안경을 고쳐 썼다.

"와카바야시 이사님이 말씀하신 범죄자 자금 모금에 협조하면 도의적으로 문제가 생길 수 있다는 우려에 대해서는, 유감스럽게도 그렇습니다. 하지만 평판이라는 관점에서 보면 피해자를 구하기 위한 인도적 협력이라고 보는 사람도 있을 겁니다. 귀사의 협력을 범죄자의 자금 조달에 대한 협력으로 볼 것인가, 피해자를 구하기 위한 인도적 협력으로 볼 것인가, 어느 쪽으로 보는 사람이 더 많다고 생각하시나요, 이자키 부장님?"

보스는 홍보 담당 이자키에게 물었다.

"저는 피해자 구제를 위한 협력이라고 보는 사람이 더 많을 것 같은데요."

누구에게서도 반론은 나오지 않았다.

"그럼 다음으로 몸값 모금 요청을 거부한 경우에 대해 생각해보도록 하겠습니다."

보스가 작게 헛기침을 했다.

"귀사는 거부 이유에 대해 일상 업무가 불가능하게 됨에 따른 클라이언트에 미치는 영향, 임직원에 대한 과도한 부담 등을 들어 경영상 판단으로 발표하게 될 것으로 생각합니다. 범죄행위 가담을 거부한다는 이유도 첨부할 수 있겠네요. 그런데 이 판단에 동참해줄 사람이 도대체 얼마나 될까요?"

몇몇이 쓴웃음을 지었다.

"아마 그 거부 이유에 동의를 표시해주는 건 경영자 쪽 입장에 있는 몇 안 되는 사람들에 국한될 겁니다. 귀사의 평판은 유감스럽게도 한없이 저하되겠죠. 귀사를 향한 맹비난에 대처할 수 있는 수단은 없다고 사료됩니다."

이나바가 팔짱을 꼈다.

"그렇게 되면 먼저 투자자들이 썰물처럼 떠납니다. 클라이언트도 동종 업계의 타사로 옮겨가는 게 자연스러운 흐름이겠죠. 말기 증상은 사내의 인력 유출입니다. 세상에서 회사가 비난받는다는 건, 상상 이상으로 사원의 근로 의욕을 저하시킵니다. 비난의 대상이 되는 건 직원뿐만이 아닙니다. 사원의 가족, 특히 자녀가 괴롭힘이나 놀림이라는 형태로 받는 학교에서의 스트레스는 부모인 사원에게 크게 작용합니다. 그렇게 해서 쌓인 직원들의 울분은 안에서부터 회사를 무너뜨릴 겁니다."

"즉, 인명보다 우선할 경영상 이유가 없다. 그런 말씀이 군."

데라이와 사장의 말에 보스가 고개를 끄덕였다.

"당사는 전적으로 경찰에 협력하도록 하지. 힘들지만 모두 힘을 보태주게."

데라이와 사장의 결단에, 일동이 "네" 하고 목소리를 한데 모았다.

"지금 제시된 문제점에 대해서는 각 부문에서 시급히 대처법을 마련하도록. 전사가 하나가 되면 이 난국도 이겨낼 수 있다고 나는 믿는다."

몸값 모금 준비를 위해 사이버앤드인피니티 사가 단숨에 움직이기 시작한 순간이었다.

회의 후, 플로어 남쪽에 있는 휴게공간에서 커피를 마시며 한숨 돌렸다. 나코의 사건으로 사이버앤드인피니티 사가 받게 되는 부담은 상상 이상으로 크다고 절실히 느꼈다.

휴대전화로 인터넷 뉴스를 확인하자 메인화면에 대학생 납치사건 속보가 속속 보도되었다. 혼조 나코라는 이름을 볼 때마다 온몸에 찌르는 듯한 통증이 느껴진다. 나코는 괜찮을까?

이럴 때 상상력이란 잔혹하다. 갇힌 상태에 지쳐 옷마저

흐트러진 나코의 모습이 뇌리를 스치고 가슴이 조여든다.

이대로 방관자로 있어도 되는 것인가. 나코에게 들은 정보를 바탕으로 뭔가 행동할 수 있는 방법은 없을까. 그런 초조함과 자기혐오가 가슴속에 움튼다.

"복잡한 얼굴로 왜 그래?"

보스가 동전을 자판기에 넣으면서 나에게 말했다.

"나코 씨가 괜찮은지 궁금해서요."

"고야나기 군이 걱정한들 상황은 변하지 않아."

"그건 그렇지만요."

"미사토 선생님."

등 뒤에서 목소리가 들렸다. 뒤돌아보니 남자 두 명이 이쪽을 향해 걸어온다.

"납치사건 담당 형사야."

보스가 살짝 귀띔했다.

"지금 시간 괜찮으세요?"

몸에 강철 기둥이라도 박혀 있는 것처럼 등줄기가 쭉 뻗은 장신의 남자가 보스와 내 얼굴을 번갈아 보며 말했다.

"우리 변호사인 고야나기입니다. 이쪽은 수사 1과의 오쿠이 씨와 가와카미 씨."

보스의 소개로 나는 서둘러 명함을 꺼냈다.

"오쿠이입니다."

장신의 사내가 기름한 눈으로 나를 물끄러미 바라보며 명함을 내밀었다.

경시청 수사1과 제1특수반 수사2계 경위 오쿠이 유토. 기민하고 뭔가 독특한 분위기가 느껴지는 사람이다.

"가와카미라고 합니다."

걷어붙인 와이셔츠에서 뻗은 근육질 팔뚝으로 또 다른 형사가 명함을 내밀었다.

수사1과 제1특수반 수사2계 경사 가와카미 히로시. 늠름한 체격에 어울리지 않게 상냥해 보이는 처진 눈매에서 친근감이 느껴진다.

"좀 여쭤볼게 있어서요."

명함지갑을 상의 주머니에 넣자 오쿠이가 보스에게 눈길을 돌렸다.

"뭐죠?"

"혼조 나코 씨의 휴대전화 통화이력을 확인했더니 어제 의외의 번호로 전화를 걸었더라고요."

설마.

"'니쿠라·미사토 법률사무소' 전화번호더군요."

역시나.

"사무소 명의의 휴대전화로도 걸었던 것 같은데 아는 사이인가요?"

"네에."

보스가 코에 바람이 빠지는 듯한 소리를 냈다.

"어제 법률 상담을 받으러 왔었어요."

"기업법무 변호사님 사무소로요?"

"저희 홈페이지를 보시면 아시겠지만 법률 상담 또한 열심히 하고 있거든요. 프로보노의 일환이죠."

"프로보노?"

"공익 활동이에요. 국선 변호인으로 등록하거나 무료 법률 상담에 협력하거나. 홈페이지를 통해 찾아온 일반인의 법률 상담에도 무료는 아니지만 비교적 낮은 금액으로 응하고 있습니다. 변호사 보수를 도외시한 사회 활동을 저희도 제대로 하고 있거든요. 여기 고야나기 선생이 담당하고 있어요."

오쿠이가 내 쪽으로 고개를 돌렸다.

"그럼 어제 혼조 나코 씨도 고야나기 선생님이 상담에 응하신 건가요?"

"그렇습니다."

나는 고개를 끄덕였다.

"구체적으로 여쭤보고 싶은데 저기서 잠깐 이야기할 수 없을까요? 시간 괜찮으세요?"

오쿠이가 근처 회의실을 가리켰다. 수사용으로 준비된 방인 모양이다.

"참고인 조사인가요?"

보스가 오쿠이의 얼굴을 살폈다.

"상황이 이렇다 보니까요. 바쁘신 와중에 죄송하지만 협조
해주셨으면 합니다."

"알았습니다."

오쿠이와 가와카미의 뒤를 따라 나와 보스는 회의실로 들
어갔다. 기록을 하려는 듯 가와카미가 노트북을 책상에 놓
고 전원을 켰다.

오쿠이가 정면에서 내 얼굴을 직시했다.

"어제 혼조 나코 씨가 사무소에 온 건 몇 시쯤입니까?"

"18시입니다. 전화로 약속한 대로 오셨습니다."

"그래서 몇 시까지?"

"20시 반쯤까지였던 것 같아요."

"기네요. 두 시간 반짜리 법률 상담이 일반적인가요?"

"처음 오신 분치고는 긴 편이에요."

가와카미가 소리를 내며 키보드를 두드렸다.

"그 후, 혼조 나코 씨는 바로 돌아갔나요?"

"아니요."

뭘 어디까지 말해야 할까? 순간적인 망설임에 말문이 막
혔다. 오쿠이의 눈매가 날카로워졌다.

"그렇다면?"

"식사에 초대했어요."

보스가 옆에서 담담하게 대답했다.

"식사? 선생님들이랑 혼조 나코 씨가 같이요?"

"네. 나코 양도 배고프다고 해서 식사하러 가는데 같이 하면 어떻겠냐고 물었더니 가고 싶다더군요. 그래서 저랑 고야나기 선생, 우리 사무원인 스카하라 씨, 그리고 나코 양 이렇게 넷이서 갔습니다. 사무소 근처 이탈리아 식당인 알바입니다."

"몇 시쯤까지?"

"10시 반쯤이네요."

"그 후 혼조 나코 씨는 어떻게 했나요?"

나는 오쿠이에게 고개를 돌렸다.

"저와 함께 사무소 건물로 돌아왔습니다."

오쿠이가 흥미로운 듯 내 쪽으로 시선을 옮겼다.

"나코 씨를 배웅하려고 했는데 제가 휴대전화를 사무소에 두고 와서 같이 돌아왔어요. 10시 45분쯤에."

"그래서?"

"1층 엘리베이터 앞까지 함께 있었는데 나코 씨가 여자화장실 쪽을 보고 있어서 저는 휴대전화를 가져오겠다고 말하고 혼자 엘리베이터를 탔습니다. 그래서 사무소에 들어가 휴대전화를 들고 1층으로 돌아오니 나코 씨가 없었어요."

오쿠이와 가와카미의 눈길이 마주쳤다. 오쿠이가 다시 내 쪽으로 시선을 돌렸다.

"그래서 고야나기 선생님은 어떻게 하셨나요?"

"이상하다는 생각이 들어 한동안 그 근처를 찾았습니다. 근데 없었어요."

목소리가 저절로 작아졌다.

오쿠이가 내 동요를 꿰뚫어본 듯 몸을 내밀었다.

"왜 이상하다고 생각했죠? 뭔가 짚이는 거라도?"

있다고 대답하는 것이 정답인가, 없다고 대답하는 것이 정답인가. 어떤 식으로 대답해도 마음에 앙금이 남을 듯했다.

"인사도 없이 갑자기 사라져 무슨 일인가 싶었죠. 근데 보이지 않아서 저도 그냥 집에 갔어요."

결국 무난한 답이 되었다.

"혼조 나코 씨의 상담 내용은 무엇이었나요?"

오쿠이가 눈을 가늘게 뜨고 나를 살폈다.

어제 나눈 나코와의 대화가 가슴속을 스친다. 설령 경찰 수사를 받더라도 나코의 허락이 없는 한 절대 말하지 않겠다고 비밀유지의무를 설명한 것은 다름 아닌 나였다.

"죄송합니다만, 그건 대답할 수 없습니다."

한 박자 쯤을 들인 뒤 대답했다. 오쿠이는 그 짧은 틈을 놓치지 않았다.

"고야나기 선생님, 웬만한 문제가 아니면 변호사에게 상담하러 가지 않겠죠?"

"일반적으로는 그렇습니다."

"혼조 씨의 자택 주변에서는 요 며칠간 수상한 사람들이 여러 번 목격되었는데, 무슨 일인지 모르세요?"

오쿠이의 안광이 나를 찔렀다.

"아니요, 짐작 가는 바가 없네요."

"고야나기 선생님, 지금 보통 사태가 아닙니다. 혼조 나코 씨의 목숨을 구할 수 있을지 어떨지는 정보의 유무에 달려 있습니다."

그들 또한 법과 책무를 지키고 있을 뿐인데 잠자코 있는 것에 강렬한 괴로움을 느꼈다. 비밀유지의무 면제 규정이 뇌리를 스친다. 말하는 것이 허용되는 것은 의뢰인 본인의 허락이 있는 경우, 의뢰인이 중대 범죄나 테러를 저지르려 하는 경우, 변호사 자신이 계쟁係爭의 당사자가 되어 있는 경우 등으로, 이번에는 어느 것에도 해당되지 않는다.

"고야나기 선생님, 비밀을 지키겠습니다. 아는 게 있으면 이야기해주시겠어요?"

오쿠이가 압박했다. 비밀유지의무는 절대적이다. 머리로는 충분히 알고 있는데 마음이 흔들린다.

"말할 수 없습니다. 비밀유지의무에 대해서는 형사님도 아시죠?"

나는 강한 어조로 잘라 말했다. 이 이상 오쿠이와 마주 보고 있으면 마음이 흔들릴 것 같다.

"오쿠이 씨, 빨리 혼조 나코 씨를 구해주세요. 의뢰인이 허락하면 저희도 스스럼없이 설명드릴 수 있으니까요."

보스가 거들듯 옆에서 끼어들었다. 오쿠이가 입가에 쓴웃음을 지었다.

"법이란 융통성이 전혀 없네요. 사람 목숨이 달렸다는데."

"네, 그렇게 생각해요."

보스가 동조하듯 고개를 끄덕였다.

오쿠이가 보스에게 몸을 돌렸다.

"그런데 궁금하네요. 제가 스무 살 즈음 변호사와 상담할 생각은 해본 적이 없었으니까요. 하물며 여성이잖아요. 도대체 어떤 고민이 있었던 걸까요? 저로선 도무지 상상이 안 되네요."

"오쿠이 씨는 행복한 청춘이었군요."

보스가 눈으로 웃었다.

"미사토 선생님은 있으신가요? 학창시절 변호사와 상담하고 싶었던 적이?"

"있었죠. 도와줬으면 했어요."

"흐음. 그래서 어떻게 됐어요?"

"변호사가 되어야겠다고 생각했죠."

오쿠이는 "그렇군요"라고 턱을 쓰다듬은 후 끄덕였다.

"나중에 사무소로 찾아뵙겠습니다. CCTV 같은 걸 확인하고 싶군요."

"알겠습니다."

오쿠이와 가와카미가 자리에서 일어나 회의실을 나갔다.

나는 크게 숨을 내쉬며 보스 쪽으로 고개를 돌렸다.

"미사토 선생님, 학창시절에 변호사에게 어떤 걸 상담하고 싶었나요?"

"글쎄? 이젠 까먹었어."

보스는 과장되게 고개를 갸웃거리더니 그만 가자며 자리에서 일어났다.

사이버앤드인피니티 사를 나와 신주쿠 경찰서에서 피의자 접견을 마치고 사무소로 돌아온 것은 석양이 땅을 붉게 비추기 시작할 무렵이었다.

사무소 건물 앞에 주차된 경찰차가 눈에 들어왔다. 벌써 오쿠이 형사가 도착한 모양이다.

빌딩 정문 옆 관리실 앞을 지날 때 다케나카 씨가 "고야나기 선생님" 하고 불렀다. 낯익은 빌딩 관리인이다. 영업사원으로 오랜 세월 근무한 주조업체를 정년퇴직하고 빌딩 관리업체에 재취업했다는 다케나카 씨는 사람의 얼굴과 이름을 기억하는 것이 특기다. 이 빌딩에 드나드는 회사나 사무소 직원들을 항상 이름으로 부르며 정겨운 인사를 건넨다.

"그 납치사건 대학생이 어제 고야나기 선생님 사무소에 왔었군요. 놀랐어요."

관리실로 시선을 돌리자 오쿠이와 가와카미를 포함한 네 명의 수사원이 CCTV 영상을 들여다보고 있는 모습이 눈에 들어왔다.

"1층 CCTV는 어디 있나요?"

다케나카 씨가 정면 현관 위쪽을 가리켰다.

"거기 정면 현관과 뒤쪽 출구, 그 앞 비상계단 출입구, 엘리베이터 앞 네 곳이에요."

의식하고 살피니 확실히 카메라가 벽 위쪽에 설치되어 있다. 평소에는 깨닫지 못했구나 하고 올려다보고 있는데, "고야나기 선생님"이라고 오쿠이의 목소리가 들렸다.

"돌아오길 기다리고 있었어요. 잠시 확인하고 싶은 게 있는데 괜찮으실까요?"

관리실에 들어가 오쿠이와 함께 의자에 앉았다. 가와카미가 내 앞에 노트북을 놓았다. CCTV 데이터를 PC로 옮겨 넣은 것 같다.

"지금부터 어젯밤 오후 10시 45분부터 50분까지의 영상을 틀겠습니다."

가와카미가 그렇게 말하고 재생 버튼을 눌렀다. PC 화면은 네 개로 분할되어 정면 현관, 엘리베이터 앞, 비상계단, 뒤쪽 출구까지 네 곳의 같은 시각의 영상이 흘러나왔다.

나와 나코가 나란히 정문을 통과해서는 엘리베이터 앞에 멈춰 섰다가 나만 엘리베이터에 올라타는 모습이 선명하게 찍혔다.

"잠깐 멈출게요."

가와카미가 영상을 일시 정지시켰다.

"이 여성이 혼조 나코 씨 맞나요?"

오쿠이가 영상 속 나코를 가리켰다. 티셔츠에 가죽 재킷, 데님 스커트에 짧은 검정 부츠. 어젯밤의 나코가 나왔다.

"네, 맞습니다."

"그럼 재생하겠습니다."

가와카미가 영상을 재생했다. 화장실 쪽으로 향했던 나코가 약 1분 뒤 엘리베이터 앞으로 돌아왔다. 잠시 그 자리에 멈춰 섰다. 그런 다음 정면 현관 쪽을 보고 누군가를 발견한 듯 살짝 손을 들었다. 그대로 잰걸음으로 정문을 향했다. 영상은 나코가 정문을 나서면서 끊겼다. 시각은 오후 10시 48분이다.

"지금 영상을 보고 어떤 생각이 들었나요?"

오쿠이가 내 눈을 들여다보았다.

"확실히는 모르겠습니다만, 혼조 씨가 누군가를 보고 나간 것 같았습니다."

"네, 저도 그렇게 생각합니다."

오쿠이가 가볍게 고개를 끄덕였다.

"누구인 것 같아요?"

나는 고개를 저었다.

"죄송하지만 저는 모르겠어요."

진짜 짐작 가는 바가 없었다. 정문 밖에 나코가 알고 있는 인물이 있었던 것은 틀림없다고 생각한다. 만약 그것이 가와사키 다쿠토라면 목격한 순간 도망쳤을 것이다. 나코는 자기 발로 나갔다. 적어도 나코가 잘 아는 인물이었을 것이다. 가와사키가 나코의 지인을 이용해 꾀어낸 것일까. 그런 일도 충분히 있을 수 있다.

"뭔가 짐작 가는 게 있나요?"

내 표정을 살피듯 오쿠이가 눈동자를 움직였다.

"아니요. 도대체 누구였을까 생각했을 뿐이에요."

"그래요?" 오쿠이가 후 하고 한숨을 쉬었다.

"그럼 뭐든 생각나는 게 있으면 연락주세요."

"알겠습니다."

나는 꾸벅 고개를 숙이고 관리실에서 나왔다.

엘리베이터 쪽으로 향하는 나를 다케나카 씨가 쫓아왔다.

"고야나기 선생님, 말씀드릴 게 하나 있는데요."

나는 걸음을 멈췄다.

"한 시간쯤 전이었나, 주간마이아사 기자라는 사람이 와서, 고야나기 선생님에 대해 물어보더라고요."

"기자가요? 뭐를요?"

"평소 고야나기 선생님은 몇 시쯤 오시고 몇 시쯤 귀가하시냐고요. 사무소 쪽에 전화했다가 안 계시다고 들은 거 아닐까요?"

"진짜 저요? 다른 사람과 착각한 거 아니에요?"

"니쿠라·미사토 법률사무소의 고야나기 선생님이라고 분명히 말했으니까요."

왜 주간지 기자가 찾아온 거지? 생각할 필요도 없이 짐작 가는 바는 전혀 없다.

"있다. 이 사람입니다."

다케나카 씨가 명함지갑에서 명함 한 장을 꺼내 내게 내밀었다.

주간마이아사 고다 히토시. 전혀 모르는 이름이다.

"몇 살 정도였나요?"

"그게…… 마흔 중후반쯤 되었으려나요."

나는 명함을 뚫어지게 쳐다보았다.

"오는 시간도 돌아가는 시간도 날에 따라 다르다고 대답해놓았어요. 제가 멋대로 말씀드려서는 안 될 것 같아서요."

"감사합니다. 혹시 모르니 이 명함을 가져가도 될까요?"

"그럼요."

다케나카 씨에게 감사 인사를 하고 엘리베이터에 몸을 실었다.

5층에서 내려 사무소 문을 열자 스카하라 씨가 기다렸다는 듯이 달려왔다.

"고야나기 선생님, 자동응답기 들으셨나요? 조금 전 경찰에서 왔었어요. 나코 씨 건으로."

"네. 밑에서 만났어요."

"어제 나코 씨가 이 사무소에 왔다는 사실은?"

"이미 말했어요. 같이 식사한 것도요. 그 외에는 물론 말하지 않았지만요."

스카하라 씨가 안심한 듯 어깨의 힘을 뺐다.

"다행이다. 저한테 물으면 어떻게 해야 할지 몰랐거든요. 아, 그리고."

스카하라 씨가 책상 위의 메모를 집어 들었다.

"주간마이아사의 고다 씨라는 분에게서 세 번이나 전화가 왔었어요."

역시 전화도 걸었던 모양이다. 도대체 뭘까.

"뭐라고 하던가요?"

"용건을 물었더니 대학생 납치사건 때문에 고야나기 선생님을 뵙고 싶대요."

"왜 저에게?"

즈카하라 씨가 목을 갸웃거렸다.

"짐작 가는 바 없으신 거죠? 전화로는 굉장히 느낌이 좋은 분이셨는데요. 또 전화한대요."

나코가 여기에 법률 상담을 받으러 온 걸 알고 있단 말인가? 아니 그럴 리가 없다. 그럼 뭣 때문이지?

나는 다케나카 씨에게 받은 고다의 명함을 물끄러미 바라보았다. 전혀 의도를 알 수 없는 문의는 이렇게 기분 나쁜 것인가 싶다. 다만 나코에 관해 말할 수 있는 것은 그 무엇도 없다. 나는 명함을 명함지갑에 넣었다.

사무소의 문 열리는 소리에 고개를 들었다. 트렌치코트를 손에 든 보스가 굽 소리를 울리며 들어왔다.

창밖은 어둠이 짙어진 상태였다. 시계를 보니 밤 9시가 넘은 참이었다.

"아직 퇴근 안 했어?"

"얼마 전 요코하마 시의 무료 법률 상담 때 오신 분이 저녁때 갑자기 사무소에 오셔서는 서둘러 합의 교섭을 부탁드리고 싶다고 해서요. 그 준비를 좀."

"어떤 내용?"

"대학생 아들이 산악자전거로 초등학교 1학년 남자아이를 치어 중상을 입혔어요. 속도를 상당히 냈던 모양이고, 피해자인 남아는 다리가 복잡 골절되어 후유증이 확실하다고 피해자 측 부모가 이야기합니다. 가해자인 대학생은 보험도 안 들었고 다툼이 좀 있을 것 같아요."

"그런 건 현장도 봐두는 게 좋아."

"네, 그러려고요. 그런데 사이버앤드인피니티 사의 몸값 모금 준비는 됐나요?"

보스가 길게 숨을 내쉬며 내 책상으로 눈을 돌렸다.

"곧 끝나?"

"네."

"그럼 이야기는 저녁 먹으면서 하지 않을래?"

내 질문이 한두 가지로는 끝나지 않을 거라 짐작했을 것이다.

"갑니다. 늘 가시는 거기죠?"

보스의 제안에 즉답했다.

보스는 고개를 끄덕이고 먼저 가 있겠다며 발길을 돌렸다.

나는 책상 위에 내놓았던 자료들을 모조리 정리해 서류함에 넣고 잠갔다.

변호사 업무는 서류가 많다. 의뢰인이 넘겨준 자료, 조사

자료, 소송 관련 서류, 판결 서류, 재판 기록 등, 제때 정리하지 않으면 책상 위는 순식간에 서류더미에 파묻힌다. 매달 데이터화해서 보관하게 되어 있는데 도대체 옛날에는 어떻게 했을까 싶다. 정보 누설은 절대 허용되지 않기 때문에 서류는 자물쇠 달린 서류함에 정리하고 돌아가는 것이 철칙으로, 이제는 완전히 습관이 되어 있다.

나는 사무소 입구를 잠근 후 서둘러 보스를 따라갔다. 장소는 어젯밤과 같은 알바다.

가게 문을 열자 카운터 안에서 마스터가 인사하며 보스 옆자리에 물수건을 놓았다.

보스 앞에는 이미 보스의 단골 메뉴가 진열되어 있었다. 샐러드에 올리브오일과 암염을 뿌리며 "고야나기 군도 원하는 걸 주문해" 하며 보스가 메뉴판을 내민다.

나는 일단 맥주랑 카포나타랑 홍합와인찜, 밀라노식 커틀릿을 주문했다.

"잊을 뻔했네."

보스가 평소처럼 휴대전화 카메라로 음식 사진을 찍었다.

"매번 식단관리 앱에 입력하는 거 귀찮지 않나요?"

"사진을 찍을 뿐인걸. 양치질보다 쉬워."

7년 전의 보스는 아직 식사 관리 앱을 사용하지 않았었다는 생각이 문득 들었다. 도쿄지방법원 식당에서 둘이서 고기우동을 먹었던 기억이 난다. 아직 대학생이었던 내가 법원이라는 곳을 찾은 것은 그때가 처음이었다.

내 앞에 맥주가 놓이자 보스는 수고했다며 바롤로가 든 와인 잔을 들었다.

"몸값 모금 준비는 늦어질 것 같나요?"

보스에게 물었다.

"협력하기로 결정한 이상 시간에 맞출 수밖에 없겠지. 하지만 엄선된 소수 인원으로 대응해야 하기 때문에 담당 직원은 힘들 거야."

"엄선?"

"그래, 경비상의 문제로. 사이버앤드인피니티 사 직원 수는 약 4천 명이잖아. 한 시간에 약 1만 통의 메일이 도착한다고 해. 경시청 사이버범죄대책과와 시스템부가 범인의 연락이나 몸값 모금에 대비해 시스템 관리를 하고 있는데 직원들이 각기 외부와 연락을 주고받으면 관리할 방법이 없대. 거래처로 위장하여 바이러스가 있는 메일을 보내는 건 사이버 범죄의 상투 수단이기도 하고. 게다가 가장 무서운 건 내부에서의 정보 누설이지. 사내에서 보고 들은 수사 상황을 밖에서 별 생각 없이 입에 담으면 큰일이잖아. 아무리 작은 정보라도 어떤 게 수사에 방해가 될지 모르고 남의 입까지는 관리할 수 없으니까. 그래서 사건 대응을 하는 극소수의 직원 외에는 이번 주 내내 자택 대기를 시키기로 했어. 데라이와 사장님의 용단이야."

"사이버앤드인피니티 사가 받는 부하가 점점 커지네요."

"그러게. 고야나기 군이 돌아간 뒤 수사관들이 카메라나 도청기 같은 감청기기가 설치되어 있지 않은지 사이버앤드인피니티 사 건물 안을 구석구석 점검했어. 사무소는 물론 주차장, 화장실, 창고, 탈의실까지 전부. 수사원이 6교대제로 철저히 경비한대."

"6교대?"

"집중력을 잃지 않으려면 그만큼 단시간 단위로 교체해야 한다더라."

보스는 모차렐라 치즈를 베이비리프로 말듯이 해서 입으로 옮겼다.

밀라노식 커틀릿이 지글지글 소리를 내며 철판에 담긴 채 눈앞에 놓였다. 레몬을 뿌리고 나이프와 포크를 집어 든다. 한입 크기로 잘라내자 파르메산 치즈 향이 은은하게 피어올랐다.

나도 잠시 먹는 데 전념했다.

"그 후 범인에게서 연락은 없나요?"

접시가 비기 시작한 것을 보고 보스에게 물었다.

"저녁 6시쯤 사이버앤드인피니티 사에 두 번째 메일이 왔어. 보도는 안 됐어?"

"어, 아직 못 봤어요. 범인은 뭐라고 했나요?"

"아무것도. 문장은 없었어. 사진을 보내왔을 뿐. 오쿠이 씨는 범인이 보내는 무언의 경고일 거라고 말했지만."

"사진이라니, 어떤?"

보스는 순간 한숨을 내쉬며 잔을 바라보았다.

"나코 양이 구속된 사진. 목덜미까지 검은 복면을 뒤집어쓴 여성이 손발이 묶인 채 의자에 앉아 있었어."

갑자기 등골에 한기를 느꼈다. 나코가 납치되었다는 현실을 새삼 실감했다.

얼마 전 본 한국 영화의 한 장면이 뇌리에 떠오른다. 반지하 콘크리트 방에 납치되어 구속된 여성이 공포에 질려 자신의 머리를 벽에 여러 차례 박아 피투성이가 되는 장면이다. 착란을 일으킨 그녀에게는 벽의 낡은 얼룩마저 출구로 보인 것이다. 자신의 피로 벽의 얼룩이 커질수록 출구가 넓어졌다고 착각한다. 그 희미하게 보이는 한 줄기 빛을 찾아 그녀는 힘껏 견고한 콘크리트 벽으로 뛰어드는 것이다.

"나코 씨는 무사한가요?"

목이 따끔따끔 아팠다.

"어떤 상태가 무사하다는 건지 모르겠지만 눈에 띄는 상처나 부상은 보이지 않았어. 복면을 쓰고 있어서 표정은 모르겠지만."

나는 그제야 정신을 차리고 숨을 내쉬었다. 좌우로 고개를 흔들어 뇌리에 달라붙은 영화의 잔상을 털어냈다. 참혹한 장면을 떠올리는 것만으로도 불길한 일이 생길 것 같은 기분이 들었다.

"사진에 찍혀 있던 건, 그녀가 틀림없나요?"

실낱같은 희망에 걸듯이 보스에게 물었다.

"유감이지만 나코 양이 틀림없었어. 흰 티셔츠에 가죽 재킷, 데님 스커트에 짧은 검정 부츠. 어제 나코 양 복장이잖아."

아까 본 1층 CCTV 영상과 똑같다.

"저 때문이에요. 어젯밤에 그녀를 혼자 두고 말았어요. 휴대전화 따윈 사무소에 하룻밤 놔둔들 아무 문제도 없었을 텐데."

나는 주먹을 움켜쥐었다.

"거기에 책임을 느낄 것까진 없어. 법률 상담만 받았을 뿐인 의뢰인을 완벽하게 경호한다는 건 변호사 업무를 벗어나는 일인걸. 우린 경호원이 아니니까."

"그래도 위험한 건 알고 있었는데. 가와사키 일당에게 미행을 당했던 걸까요?"

"글쎄. 그랬을 가능성은 있지."

나는 시선을 테이블에 떨구었다.

"비밀유지의무를 지키는 게 정말 그녀를 위한 걸까요?"

"혼조 나코 씨의 목숨을 구할 수 있을지 어떨지는 정보의 유무에 달려 있습니다."

낮에 오쿠이 경위에게 들은 말이 가슴에 박힌다.

"나코 씨에게 들은 가와사키의 정보를 경찰에 전하면, 한시라도 빨리 그녀를 구해낼 수 있을지도 몰라요."

"사람들은 보고 싶은 대로 사물을 보지."

보스가 내 말을 끊듯이 말했다.

"카이사르가 한 말인가요."

"그래. 사람들은 자신의 마음이 편해지는 쪽으로 사물을 해석하는 법이거든."

"하지만."

"나코 양에게 지나치게 감정이입하는 건 그만둬."

보스가 어조를 높였다.

"무슨 뜻인가요?"

"소중한 친구 때문에 사기에 휘말려 그 친구 때문에 죄를 지었다. 나코 양이 한 일은 7년 전에 고야나기 군의 형이 한 일과 똑같잖아."

보스와 정면으로 시선이 부딪쳤다. 7년 전, 형의 변호인으로 법정에 섰던 보스의 모습이 뇌리에 선하다. 당시 우리 가족의 유일한 아군이었다.

그럴 의도가 아니다, 그런 개인적인 감정으로 말하는 거 아니라고 가슴속에서 보스에게 반발심이 들었다.

"범인의 정보를 가지고 있는데 가만히 보고만 있을 수는 없어요."

"그럼 어떻게 할 건데? 구하러 가기라도 하려고? 변호사는 영웅도 정의의 편도 아니야."

"그래서 그걸 생각하고 있어요."

"게다가 가와사키가 범인이라고 정해진 것도 아니고."

"지금까지의 경위를 보면 아무리 봐도."

"의혹만으로 판단하지 않는다. 재판의 기본 원칙이야. 그렇게 궁금하다면 가와사키가 납치범이라는 증거를 잡으면 어때?"

"알겠습니다. 그렇게 하겠습니다."

보스가 어이없다는 듯이 고개를 흔들며 차가운 잔을 거칠게 움켜쥐었다.

"변호사 일을 단단히 착각하고 있군."

"걱정되어서요. 미사토 선생님은 신경 쓰이지 않나요?"

"신경써봤자 소용없으니 어쩔 수 없지. 이건 경찰의 일이야."

"너무 딱 잘라 말씀하시네요."

나는 맥주를 목에 들이붓고 잔을 놓았다.

"7년 전, 적어도 우리 가족에게는 담당 변호인님이 영웅이자 구세주였습니다."

보스는 차가운 얼음을 입에 머금고 데굴데굴 굴렸다.

"미사토 선생님도 학생 때 사실 구세주를 찾으셨죠? 도와줬으면 했다고 말씀하셨잖아요. 분명 대충대충 대응하는 모습에 실망하셨겠죠? 그래서 스스로 변호사가 되려고 했던 거 아니에요?"

보스는 말없이 얼음을 아작 깨물었다.

"미사토 선생님."

"변호사는 돈을 많이 버는구나 하고 생각했어. 그래서 변호사가 되려고 한 거고."

보스는 왜 이렇게 심술궂은지 가끔 생각한다.

"고야나기 군은?"

"뭐가요?"

"왜 변호사가 되려고 했어?"

"대학생이었을 때 형의 담당 변호인이 그랬어요. 판사는 무죄 판결을 내릴 때도 새하얗다고 생각하는 경우가 거의 없다. 단지 검은색이라고 단정할 수 없을 뿐이다. 하지만 변호사는 주변의 모든 사람이 검은색이라고 생각해도 때로는 자신만은 흰색이라고 믿고 온 힘을 다해 변호하고 싶을 때가 있다. 그러지 않으면, 누명을 벗을 수 없다고. 그 말을 듣고 온 세상이 검은색으로 단정하고 있는 사람을 구할 수 있는 변호사가 되고 싶었습니다."

"내가 한 말이지만 멋지네."

보스는 다시 유리잔의 얼음을 입에 머금고는 와작와작 씹었다.

"그런 말에 넘어갈 정도면 산전수전 겪은 변호사나 검사 상대로 이길 수 없을 거야."

"이젠 됐어요. 어쨌든 혼조 나코 건은 제가 알아서 움직이죠."

"멋대로 움직이다 실수하지 마. 그녀의 부모는 저명인사야. 제대로 변호하면 화제성도 있고 돈도 될 테니."

보스의 의미심장한 말에 깜짝 놀라 나는 보스의 얼굴을 바라보았다.

"미사토 선생님, 혹시 그녀의 부모가 누구인지 처음부터 알고 있었나요?"

"물론이지."

보스는 깨끗이 인정했다.

"야마시타 부두에서 그녀를 구한 뒤 택시를 갈아타고 결국 그녀의 집까지 바래다줬거든. 나코 양에게 들었어. 무엇 때문에 어제 나코 양을 저녁식사에 초대했다고 생각하는 거야?"

돈도 되고 화제성도 있는 의뢰인. 그래서 보스는 그녀를 사무소로 불렀고 상담해주라고 내게 지시한 것이다.

"믿을 수 없네요."

"뭐가?"

"상황이 이렇게 되었음에도 의뢰인을 돈으로 보고 있다는 게."

보스는 손에 들고 있던 잔을 쾅 하고 테이블에 놓았다.

"돈 버는 일이 얼마나 힘든지 모르는 사람은 열심히 돈을 벌어오는 사람을 천하다고 생각하지." 보스가 내 얼굴을 쳐다보았다. "어느 조직이든 그런 식으로 돈을 벌기 위해 노력하고 있는 사람들의 피땀으로 지탱되고 있는 거야. 미적지근한 이상주의자를 키울 생각은 없으니 착각하지 마. 이젠 학생도 아니고 계속 프로보노 일만 맡길 생각도 없으니까."

보스는 마스터에게 잘 먹었다며 신용카드를 내밀었다.

"잘 들어. 혼조 나코 건은 이 이상 끼어들지 마."

보스는 내게 못을 박듯이 그렇게 말한 후 자리에서 슥 일어났다. 화장실에 간 것 같다.

나는 입술을 깨물었다. 이해가 되지 않는데도 아무 말도 할 수 없는 자신의 무력함이 분하다.

흰 그릇에 남은 오렌지색 파프리카 소스가 묘하게 눈에 띄었다. 마스터가 커피를 두 잔 놓았다. 서비스로 내주었으리라. 나는 고맙다는 인사를 하고 커피를 입에 머금었다. 입안에 퍼지는 쓴맛이 그 어느 때보다 진하게 느껴진다.

상의 주머니에 넣어두었던 휴대전화가 진동했다. 즈카하라 씨가 보낸 문자다.

고야나기 선생님, 이 기사 보셨나요? 너무나 걱정되어서 저도 모르게 연락했어요. 밤중에 죄송합니다. ─즈카하라

즈카하라 씨가 보낸 인터넷 뉴스는 사이버앤드인피니티 사에 범인의 두 번째 메일이 도착했다고 보도하는 것이었다. 기사에는 사진도 게재되어 있었다. 구속된 나코의 사진이다. 가는 손발이 트럭의 짐을 고정하는 데 사용될 법한 굵은 밧줄로 빙글빙글 감겨 있다. 밧줄 아래 피부는 분명 긁혀 멍이 들었을 것이다. 검은색 복면을 쓴 머리는 목이 부러진 듯 고개를 떨군 채다. 기절했거나 아니면 수면제라도 먹인 것 같다.

사진을 보고 안절부절못하게 되었다. 이대로 가만히 지켜보고 있을 수만은 없었다.

"역시 혼조 나코의 감금 장소와 가와사키가 납치범이라는 증거를 찾겠습니다."

나는 돌아온 보스에게 선언했다. 보스가 싸늘한 눈빛을 내

게 향했다.

"의뢰인은 애인도 가족도 아니야."

"사이버앤드인피니티 사는 업무와 상관없이 그녀를 구하기 위해 움직이고 있습니다. 그들을 설득해 일치단결시킨 건 미사토 선생님 아닌가요?"

보스와 나의 시선이 맞부딪쳤다.

"사람의 목숨을 소중히 여기는 데 이유 따위는 필요 없을 겁니다."

나는 가방에서 지갑을 꺼내 필요 없다는 보스에게 내 저녁 값을 떠넘겼다.

다음 날 눈을 뜨니 꽃샘추위가 몰아치는 아침이었다.

몸을 떨면서 기합을 넣어 이불을 걷어내고 단숨에 일어났다. 충전기에서 휴대전화를 들고 곧바로 뉴스 프로그램을 켰다.

"안녕하세요. 4월 10일 수요일, 오늘도 대학생 납치사건부터 전해드리겠습니다. 어제 오후 6시 8분, 범인의 두 번째 메일이 사이버앤드인피니티 사에 도착했습니다."

휴대전화를 들고 세면장으로 향했다. 세수를 하고 양치질을 하면서 나코의 사건 소식을 계속 들었다.

"사이버앤드인피니티 사는 몸값 모금 준비에 착수했으며, 오늘밤,

날짜가 바뀌는 0시부터 크라우드펀딩 전용 사이트 선라이즈에서 몸값 모금을 시작할 예정입니다. 또한 크라우드펀딩을 담당하는 금융청은 극히 이례적인 사태로 받아들이고 있으며, 인명 구조가 최우선 사항이라 생각해 특별히 대응하되 크라우드펀딩이 이런 식으로 이용되는 것에 대해 강한 우려와 분노를 느낀다고 밝혔습니다."

재빨리 씻은 뒤 옷장을 열고 며칠 만에 남색 수티앵 칼라 코트를 꺼냈다. 오늘은 사무소 가기 전에 들를 데가 있다. 정장 위에 코트를 걸치고 평소보다 일찍 집을 나섰다.

가까운 오카야마 역까지 도보로 10분 정도 되는 길을 걷는다. 주택가를 빠져나와 철로변까지 나오자 강물처럼 인파가 역까지 이어졌다. 경쟁하는 것은 아니지만 아침에는 왠지 앞다투어 발걸음을 내딛게 된다.

붐비는 전철에 올라 평소처럼 요쓰야 역에서 내린다. 개찰구를 나와 파출소 앞을 지나 교차로를 건넌다. 신주쿠 길에서 외딴 골목의 상가 건물로 발길을 돌린다.

'퍼스트 흥신소'라고 눈에 띄지 않는 회색 글씨로 쓰인 문을 열자, 내객을 재빨리 눈치챈 소장 마쓰노 씨가 바로 손을 들었다.

"고야나기 선생님, 안녕하세요. 기다리고 있었습니다."

"안녕하세요. 와카는요?"

"아직 안 왔어요."

"어? 8시 반 약속일 텐데요."

"사에키 씨는 아침에 잘 못 일어나니까."

나는 작게 한숨을 쉬었다.

"아, 그래도 조사원으로서는 우수해요. 눈치가 빠르고 배짱이 두둑하고 변장에 능숙한데다 남의 환심까지 잘 사니까."

"와카는 오랫동안 연극을 했으니까요."

"소개해주신 고야나기 선생님께 감사드립니다. 저희에게는 귀한 여성 조사원이니까요. 자, 저쪽에 앉아서 기다리세요."

친구 집에 들어온 듯 나는 안쪽 응접실로 가서 소파에 앉았다. 여기 퍼스트 흥신소는 사무소에서 도보로 5분 거리에 있어 자주 조사 업무를 부탁하고 있다.

"어라, 다이키, 빨리 왔네."

20분 정도 기다렸을까? 와카가 그제야 모습을 보였다.

"뭐 때문에 세상에 약속이란 게 있을까? 급한 일을 부탁하고 싶다고 어제 말했잖아."

"알았어, 알았어. 아침부터 짜증내지 마. 이야기를 듣는 게 20분 늦는다고 조사 결과가 달라지지는 않아."

자기 축으로 살고 있다는 것이 바로 와카를 말하는 것이리라. 내 사촌동생이지만 그 사고방식에 감탄하게 된다.

"그런데 이번에는 무슨 조사야?"

"두 건이 있어."

나는 가방에서 남자의 사진과 이력서를 꺼내 책상 위에 놓았다. 그저께 약혼자 실종 상담을 하러 온 가와스미 료코가 역시 약혼자를 찾길 바라니 조사비용의 견적을 받아달라는 메일을 보내왔다.

"꽤 잘생겼네."

와카가 사진과 이력서를 자신 쪽으로 끌어당겼다.

"그래도 자세히 보니 눈을 성형했네. 앞트임을 했어."

"용케 아네."

"이런 거 보면 알잖아."

사진을 집어 들어서 살펴봤지만 나는 전혀 모르겠다.

"그래서 이 기타우라 고지라는 남자는 누구야?"

와카가 이력서를 보면서 말했다.

"상담하러 온 의뢰인의 약혼자야. 현금과 현금카드와 신용카드를 갖고 달아나 총 300만 엔을 인출했어."

"그거 완전 결혼사기네. 지골로 정도라면 처벌당하지 않는데 왜 도둑질까지 하지. 그렇게까지 오랫동안 여자를 사로잡을 수 있는 매력은 없다는 걸 자각하고 있는 걸까."

"그게 뭔 소리야?"

"이런 건 사기 상습범이야. 이 이력서 내용도 대부분 거짓이고."

"아마 그렇겠지. 의뢰인이 약혼자에게 들은 이야기를 정리한 거니까."

"사진은 위조 아니겠지?"

"그건 의뢰인 본인이 찍은 모양이니 괜찮을 거야."

"알았어."

와카가 파일 안에 사진과 이력서를 넣었다.

"미안하지만 견적서부터 받고 싶어. 시간과 조사비용이 많이 든다면 의뢰인도 조사 의뢰를 포기할지 모르니까. 이 조사, 시간이 걸리겠지?"

"이 기타우라라는 남자가 한 번이라도 체포되어 수감된 적이 있다면 경우에 따라서는 의외로 빨리 찾을 수 있을지도 몰라. 사진도 있으니."

"왜?"

"교도소 쪽 인맥을 활용할 수 있으니까."

와카의 말투에 감이 왔다.

"형한테 물어보려는 거야?"

와카가 내 얼굴을 들여다보았다.

"저기, 이제 그만 가즈 오빠랑 연락하고 지내면 어때?"

"별로 피하는 건 아니야."

"출소한 지 벌써 1년이 다 되어가는데?"

"잘 지내?"

"직접 확인하시지."

"그럼 그거 부탁한다."

나는 와카에게서 파일로 시선을 옮겼다.

"숙모님이 쓰러진 게 가즈 오빠 탓만은 아니잖아. 그야 충격이었겠지만 원래 심장이 안 좋았고."

"그런 거 상관없어."

"그럼 뭐야. 보스가 온 힘을 다해 증인과 증거를 찾아내 집행유예를 따냈는데 가즈 오빠가 집행유예 기간에 사고를 쳐 그 모든 걸 망쳐버려 화가 난 거야?"

보스가 당시 얼마나 많은 시간과 노력을 들였는지 변호사가 된 지금은 뼈저리게 알고 있다.

"대체 언제까지 어린애처럼 화내고 있을 거야?"

"그러니까 상관없다고."

나는 가방에서 나코 자료를 꺼냈다.

"미안하지만 이쪽 조사가 더 급해."

와카가 한숨을 내쉬더니 서류에 눈을 돌렸다.

"다짐하지만 이 건, 비밀 엄수해줘."

"당연하지. 어느 조사든 명심하고 있어. 우리에게도 탐정업법이 정한 비밀유지의무가 있으니까."

와카가 서류를 집어 들고 눈으로 훑었다.

"이 혼조 나코, 혹시 대학생 납치사건이야?"

"맞아. 엊그제 법률 상담을 받으러 우리 사무소에 왔었거든."

나는 일련의 경위를 와카에게 설명했다. 와카는 눈을 깜박이며 내 말에 귀를 기울였다.

경위를 들은 와카가 궁리하듯 양손을 모았다.

"즉, 다이키는 가와사키 다쿠토 일당이 나코 씨를 쫓던 사정을 경찰에 말할 수 없다는 거지?"

"그래. 그래서 가와사키가 나코 씨를 납치했다는 객관적 증거를 찾고 싶은 거야. 상세한 내용을 말하지 않아도 경찰이 움직여줄 것 같은."

"그건 가와사키가 나코 씨를 붙잡아둔 현장을 알아내는 게 가장 좋을 텐데."

"그건 그렇지만 가와사키의 연락처를 알고 있는 건 아니야. 사기꾼 집단의 리더이기 때문에 휴대전화를 자주 바꾼다고 나코 씨가 말했었어. 집 주소도 모르고."

"저기, 나코 씨 친구인 미나미 사키의 휴대전화는 어떻게 됐어?"

"그 사람은 한 달 전에 죽었어."

"알아. 하지만 휴대전화는 남아 있을지도 모르잖아? 불쾌한 관계였을지도 모르지만, 사키 씨는 가와사키와 사귀었으니까, 나코 씨와는 달리 언제든지 가와사키와 연락할 수 있는 수단을 가지고 있지 않았을까?"

"그건 그렇네."

나는 서류에 기재된 미나미 사키의 이름에 샤프로 동그라미를 쳤다.

"미나미 사키의 부모님 연락처를 알아볼게. 사키 씨가 살던 곳이나 입원한 병원, 사망한 날, 장례식 장소 정도는 나코 씨한테 들었어?"

"응. 여기 적혀 있어. 하지만 사키 씨의 어머니는 이미 돌아가셨고, 사키 씨는 혼자 살았던 것 같아."

"아버지는 있을 거 아니야?"

"재혼해서 다른 가정이 있는 것 같은데."

"그래도 유품 정리는 친부가 했을 거야. 유일한 혈육이니까."

다소 시야가 밝아진 것 같다. 와카의 말대로 사키의 아버지를 만나면 일에 진척이 있을 것 같다. 사키의 아버지인 고바야시 히로야와는 사키가 입원한 병원에서 몇 번 만났다고 나코가 말했었다. 분명 사정도 전해 들었을 것이다.

"그럼 부탁한다." 그렇게 말하고 나는 자리에서 일어섰다.

"알았어. 그리고 이번 건 할증 요금이야. 아침 일찍 호출됐고 초특급으로 대응해야 하니까."

와카의 제멋대로인 요구를 등 뒤로 들으며 나는 흥신소에서 나와 사무소로 향했다.

봄의 찬 공기를 뺨에 느끼며 사무소가 늘어선 빌딩에 도착하자 관리인 다케나카 씨가 정면 현관에서 베이지색 코트를 입은 남성과 이야기하고 있는 모습이 눈에 들어왔다. 내가 다가가자 다케나카 씨가 "아, 고야나기 선생님"이라고 손을 들고는 다소 거북한 표정을 지었다. 베이지색 코트의 남자가 힘차게 뒤돌아보았다.

"이분이 어제 말씀드린⋯⋯."

소개를 해도 될지 어떨지 망설이고 있는 것이리라. 다케나카 씨가 눈으로 말을 걸듯이 깜박였다.

"고야나기 선생님이신가요? 처음 뵙겠습니다. 저는 주간 마이아사의 고다라고 합니다."

남자가 낮은 바리톤 음성으로 인사하고 명함을 내밀었다. '아, 이 사람이' 하고 저도 모르게 얼굴을 쳐다보게 된다. 윤기 나는 이마에 굵은 눈썹, 붙임성 있는 동그란 눈에 두툼한 입술, 역시 낯설었다.

"많이 바쁘셨나 봐요. 전화를 몇 번 드렸는데요."

차분하고 자못 익숙한 태도가 베테랑 기자의 노련함을 느끼게 한다.

"네, 전해 들었습니다. 몇 번이나 죄송했습니다."

나는 고개를 숙여 인사를 하고 명함을 주고받았다.

"저, 무슨 용건이신지요?"

"고야나기 선생님, 잠시 시간 좀 내주실 수 있을까요?"

앉아서 천천히 이야기하고 싶은 모양이다.

"그럼 사무소로 가시죠."

"아니요, 이 앞에 자주 가는 영국 카페가 있어서요. 괜찮으시다면 모닝커피 함께 어떠신가요?"

힐끗 손목시계를 보았다. 30분 정도의 여유는 있었다.

"오래 끌지는 않을 겁니다."

"그럼."

나는 고다와 나란히 걸었다.

"여기서 5분 정도 걸립니다."

고다의 페이스에 맞추어 나도 걸음을 재촉했다.

"고야나기 선생님, 역 건너편에 생긴 닭꼬치 가게 가보셨어요? 도리에라는 가게인데요."

"아니요, 안 가봤는데요."

"그거 아깝네요. 혹시 닭고기 못 드세요?"

"아니요. 그렇지 않아요. 오히려 좋아해요."

"그럼 추천드립니다. 이바라키의 오쿠지 투계의 닭가슴살을 사용한 닭꼬치가 메인인데요, 지방이 적어서 씹는 맛이 일품이에요. 카운터 자리에 앉으면 눈앞에서 마스터가 구워주는데 대충 굽는 것 같은데 불 조절이 절묘해요. 마스터가 말하길, 좋은 환경에서 자란 투계의 맛이 배어난다고."

경계심이 풀린 내 얼굴을 훔쳐보며 고다가 눈꼬리에 주름을 잡았다.

"웃기지만 사실이에요. 오쿠지 투계는 양질의 먹이를 먹고 대자연 속에서 운동을 많이 하면서 자라요. 그게 지방질 적은 육질로 증명되어 있죠."

"맛있을 것 같아요. 먹어보고 싶네요."

"꼭 시도해보세요. 틀림없으니까요. 괜찮으시다면 안내해드릴게요."

"감사합니다."

단골 가게만 찾는 나와 달리 고다는 맛집에 정통한 듯 요쓰야 역 주변의 추천 가게 이름을 차례로 꺼냈다. 마음에 들면 식재료나 가게의 비법 등을 바로 가게 주인에게 묻는다고 한다. 어떤 가게든 취재한 것처럼 자세히 알고 있는 것은 분명 기자의 습성이리라.

"도착했어요. 여기예요."

가게 문을 열자 유니언잭이 그려진 스피커에서 비틀스의 〈예스터데이〉가 흘러나왔다. 검붉은 앤틱 가구로 통일된 매장 안에는 스콘의 달콤한 향과 베르가모트가 섞인 얼그레이 향이 뒤섞여 감돌았다.

고다가 익숙한 모습으로 소파 자리로 가서 안쪽을 나에게 권했다. 코트를 벗고 자리에 앉았다.

"영국 카페지만 커피도 나쁘지 않아요. 고야나기 선생님은 커피와 홍차 중 어느 쪽이세요?"

"평소에는 커피인데요."

고다가 고개를 끄덕이고는 점원에게 블렌드 커피와 브렉퍼스트 홍차를 주문했다.

"저, 그런데 저에게 무슨 용건이……."

"죄송합니다. 자기소개가 늦었군요."

고다는 가방에서 기사 사본을 몇 장 꺼내 내 앞에 놓았다. 자동차회사의 리콜 은폐 특집기사, 전력회사의 금품수령 문제를 다룬 특집기사, 상사 직원의 외국 공무원 부정이익 공여사건 특집기사 등 고다의 이름이 들어간 주간마이아사의 과거 기사들이다. 기업 안건을 중점적으로 다루고 있는 기자라는 것이 일목요연했다. 그렇다면 더더욱 나에게 무슨 용건인지 의아해진다.

"니쿠라·미사토 법률사무소는 사이버앤드인피니티 사의 고문을 맡고 계시죠?"

내 의문을 헤아린 듯 고다가 말문을 열었다.

"네."

의도를 몰라 애매하게 고개를 끄덕였다.

"지금 세상을 떠들썩하게 만들고 있는 대학생 납치사건에 대해 묻고 싶습니다."

"그런 거라면 저한테 물어보셔도."

나는 쓴웃음을 지으며 고개를 저었다.

고다는 휴대전화를 테이블 위에 놓고 가방 속과 주머니 속을 나에게 보여주었다.

"녹음기 같은 건 아예 갖고 있지 않습니다."

나는 황급히 손을 저었다.

"아니요, 고다 씨를 경계하고 있는 게 아니라 정말 아무것도 모르거든요."

고다가 의젓한 태도로 미소를 지었다.

"그러시다면 잠깐 제 수다를 들어주시지 않겠습니까?"

고다가 비밀 이야기를 들려주듯 나에게 얼굴을 갖다 댔다.

"듣기로는 범인의 진짜 목적은 사이버앤드인피니티 사라고 하더라고요."

저절로 미간에 힘이 들어갔다.

"무슨 뜻이에요?"

"몸값을 모금한다는 건 일반적이지 않잖아요? 그러니까 범인은 회사의 업무를 방해하고 싶다는 이야기예요. 어떻게 생각해요?"

그건 일리가 있다. 실제 사이버앤드인피니티 사의 일상 업무는 완전히 마비되어 있다.

"그럴듯한 이야기네요."

"그렇죠? 그래서 사이버앤드인피니티 사에는 사실 다른 협박 메일이 왔을 거라고 하더라고요. 그쪽이 진짜 요구라고."

"그렇다면 경찰에 말하지 않았을까요? 사내에 수사진도 들어가 있는데."

"바로 그 점입니다."

고다가 몸을 내밀었다.

"현재 사이버앤드인피니티 사는 완전히 영웅 기업이에요. 인명을 위해 일상 업무를 제쳐두고 대응하고 있는 것이니까요. 회사 지명도 또한 국제적으로도 상승 중이고요. 초유의 사건입니다. 오늘 아침 ABC 뉴스와 BBC 뉴스를 비롯해 외국 언론에서도 이 사건을 다뤘죠. 하지만 범인의 진짜 목표가 사이버앤드인피니티 사라면 이야기는 반대가 됩니다. 사이버앤드인피니티 사는 자신들에게 보낸 협박장을 숨긴 블랙 기업. 혼조 나코 씨는 사이버앤드인피니티 사에 연루된 피해자."

"회사 이미지를 위해서라지만 그런 엄청난 사실을 숨길까요?"

"만약 협박 내용이 결코 따르고 싶지 않은 내용이라면 어떨까요? 다른 조건으로 해달라고 뒤에서 교섭을 하고 있다면? 범인의 협박을 거부한다는 건 혼조 나코의 목숨을 경시하고 자사의 형편을 우선시하고 있다는 것이다. 이건 큰 문제예요."

나는 이런 이야기를 정색하고 말하는 고다의 얼굴을 뚫어지게 바라보았다.

이런 것이 음모론이라는 것일까. 큰 사건이나 선거 때면 어김없이 나돈다. 하지만 베테랑 기자라고 느껴지는 고다가 그런 것 따위에 농락당하고 있다는 사실에 위화감을 강하게 느꼈다.

"너무 뜬금없는 이야기라 잘 와닿지 않는군요. 그리고 그 이야기를 왜 저에게?"

"이런 이야기를 알고 있는 건 사내에서도 극소수 간부들뿐일 겁니다. 그들은 절대 외부에 누설하지 않을 테죠. 사이버앤드인피니티 사 고문을 맡고 있는 니쿠라·미사토 법률사무소의 고야나기 선생님이 이야기를 여쭙기엔 안성맞춤이라고 들어서요."

나도 모르게 입꼬리가 올라가고 말았다.

"그건 잘못 알고 계시네요. 저희 사무소가 고문을 맡고 있는 건 사실이지만 저는 담당도 아무것도 아닌 말단 신입입니다. 죄송하지만 고다 씨에게 도움이 될 것 같지 않아요."

점원이 커피와 브렉퍼스트 홍차를 가져다 테이블에 놓았다.

고다가 물끄러미 나를 바라보았다. 나는 시선을 테이블에

146

떨어뜨리고 커피 잔을 들었다.

"잘 마시겠습니다."

"아무래도 고야나기 선생님은 그런 이야기는 있을 수 없다고 생각하시는 것 같네요."

"맞습니다. 그렇게 생각합니다."

나는 커피 잔을 테이블에 놓았다.

"담당은 아니지만 사이버앤드인피니티 사가 얼마나 많은 부담을 짊어지고 이 사건에 대응하고 있는지 전해 들었습니다. 아마추어인 제 눈으로 보기에도 민간 기업의 책임 범주를 넘었다고 생각할 정도입니다. 그런데 블랙 기업이라고 하시니 너무하다 싶네요."

"그렇군요. 젊은 사람의 눈으로 보면 어른들 시선이 탁한가 보군요."

"네. 끈적끈적하네요."

고다가 소리 내어 웃었다.

"왠지 고야나기 선생님과 이야기를 나누다 보니 제 신입 시절이 생각났어요. 불합리한 일을 용서할 수가 없었죠."

"그런 거창한 말을 할 생각은 없습니다만."

"하지만 고야나기 선생님, 저는 이 이야기가 전혀 엉터리라고는 생각하지 않거든요. 이 이야기를 제보해준 정보원도 신뢰하고 있고요."

"대체 누가 그런 말을 한 건가요?"

"그건 정보원이니까요."

고다는 손으로 입에 지퍼 채우는 시늉을 했다.

"다만 고야나기 선생님 같은 분에게는 뭔가 증거를 가지고 오지 않으면 안 되겠다는 생각이 드네요."

"그러니까, 저로서는 고다 씨에게 도움이 되지 않을 것 같습니다. 취재하시려면 더 알짜배기를 찾는 게 나을 것 같아요."

"알겠습니다. 또 연락드리겠습니다. 그것과는 별도로 다음에 닭꼬치 먹으러 가시죠."

"그 일이라면 기꺼이 부탁드립니다."

고다와 잠시 담소를 나누고 가게를 나왔다. 고다는 떠날 때도 정중하게 고개를 숙여 인사하고 요쓰야 역 방면으로 돌아갔다. 분명 더 이상 고다가 취재하러 오는 일은 없을 거라고 생각하면서 나는 고다를 배웅했다.

사무소 건물로 돌아와 엘리베이터를 기다리고 있는데, "좋은 아침"이라고 등 뒤에서 목소리가 들렸다. 보스다.

"안녕하세요"라고 인사한 뒤 "어젯밤은……"이라고 말했다가 무심코 뒷말을 흐렸다. 머리에 열이 올라 보스에게 들이받은 어색함에 어떻게 말을 이어갈까 생각했지만, 보스는

"늦게까지 수고했어"라며 담백하게 받았다. 보스는 무슨 일이 있어도 다음 날이면 싹 잊은 듯 태연하다. 이 훌륭한 리셋 능력에는 항상 탄복하고 만다.

"지금 주간마이아사의 고다 씨라는 분에게 취재를 받았어요."

나는 평소처럼 보스한테 말했다.

"취재? 어떤?"

"그게, 음모론 같은 이야기였어요. 대학생 납치사건 범인의 진짜 타깃은 사이버앤드인피니티 사라고. 몸값 모금은 사이버앤드인피니티 사의 업무를 정체시키기 위한 것으로, 진짜 협박 메일은 따로 와 있다고. 그걸 회사 간부가 은폐하는 게 아니냐는 이야기였어요."

"그럴듯한 이야기네."

내려온 엘리베이터에 보스와 함께 올라탔다.

"그렇죠. 그래서 저도 모르게 끔찍한 이야기라고 비난해버렸어요."

"왜 그 이야기를 고야나기 군에게 한 거야?"

"그러게요. 그래서 그렇게 물었더니 회사 간부는 밖에 정보를 누설하지 않으니 고문으로 있는 니쿠라·미사토 법률 사무소의 고야나기에게 물어보는 게 적절하다는 말을 들었다고 하더라고요. 믿을 만한 소식통의 이야기라고. 이상한 이야기죠. 왜 그런 말이 나왔을까요?"

"명함 받았어?"

보스가 엘리베이터에서 내리면서 말했다.

"네."

명함지갑에서 고다의 명함을 한 장 꺼내 보스에게 건넸다.

"혹시 모르니까 가져가도 돼? 사이버앤드인피니티 사에 대한 비방을 퍼뜨리면 큰일이니까."

"가지세요. 한 장 더 가지고 있으니까요. 아, 하지만 그 고다 씨라는 분은 매우 온후한 좋은 분이었습니다. 제대로 이야기를 나누면 이해할 사람이라고 생각해요."

"딱히 싸우려는 건 아니야."

보스는 고다의 명함을 명함지갑에 넣고는 자기 방으로 들어갔다.

오전에 예정되었던 법률 상담 두 건을 마치고 늦은 점심 식사를 하고 있는데 바로 와카에게 전화가 왔다.

"미나미 사키의 아버지, 고바야시 히로야의 주소와 연락처를 알아냈어."

병원과 제휴 중인 장례업체에 잠입해 미나미 사키가 사망한 날의 관계자 명단을 보니 거기 기재되어 있었다고 한다.

"4시에 약속을 잡았는데, 다이키도 갈 수 있어? 사키의 아버지는 출장 중인 것 같은데, 부인과 약속했으니까."

"하지만 그 부인은 미나미 사키와는 무관하지 않아? 부친의 재혼 상대지?"

"그래. 하지만 미나미 사키의 친구라고 자칭하고, 사망한 줄 몰랐기 때문에 장례식에도 갈 수 없었고, 늦었지만 부의금과 꽃을 전달하고 싶다고 했더니, 자신이라도 괜찮다면 맡아주겠대. 집에 가면 미나미 사키의 휴대전화가 있을지도 모르잖아."

그 말에 나도 간다고 대답했다.

와카와는 요쓰야 역에서 만나 약속시간에 맞춰 고바야시 댁으로 향했다. 가장 가까운 역인 오야마 역에서부터는 휴대전화 앱 지도에 의지해 걸음을 옮겼다. 코트를 따뜻하게 해주는 오후의 햇살도 해질녘을 예고하듯 점점 약해지고 있었다.

10분쯤 걸었을까. 휴대전화 안내대로 고바야시라는 문패가 걸린 단독주택이 눈앞에 모습을 드러냈다. 대문 옆에 심어진 목련이 자줏빛 큰 꽃송이를 틔웠다. 뺨을 어루만지듯 불어오는 바람에 만개한 꽃잎이 작게 흔들렸다.

문패 옆에 있는 인터폰을 누르자 "네, 지금 나가요"라고 또렷한 목소리가 돌아왔다. 길을 걸으며 들은 와카의 정보에 따르면, 미나미라는 것은 사키의 외가 쪽 성인 모양이다. 고바야시 히로야의 재혼 상대 이름은 미와라고 하며, 둘 사이에는 모네와 모에라는 두 딸이 있었다.

현관문이 열리고 속눈썹에 컬을 넣은 중년 여성이 얼굴을 내밀었다. 날렵한 이목구비와 군더더기 없는 몸매 때문에 약간 차가운 느낌을 준다. 이 사람이 고바야시 미와이리라.

"전화 드린 사키 씨의 친구 사에키 와카입니다. 이쪽은 고야나기 다이키입니다."

"기다리고 있었습니다."

미와가 어색하게 웃었다.

"불단은 이쪽이에요. 들어오세요."

미와가 내준 슬리퍼를 신고 거실로 향한다. 거실 옆 7제곱미터쯤 되는 일본식 방에 작은 불단이 놓여 있었다. 냉랭한 사람인 줄 알았는데 남편과 전처 사이에서 태어난 딸을 애도할 정도의 마음은 있는 사람인 것 같다.

와카가 부드럽게 고개를 숙이고 불단 앞에 앉았다. 잠시 사키의 영정을 물끄러미 바라본다. 머리를 포니테일로 묶은 여성이 극장 앞에서 전단지를 한 손에 들고 미소 짓고 있는 사진이다. 그런 다음 천천히 손을 모아 "사키, 뭐 하는 거야. 왜 연락도 없이 무작정 그쪽으로 가버린 거야" 하고 어깨를 들썩였다. 나는 어안이 벙벙하여 우뚝 선 채였다.

"다이키도 빨리. 사키가 기다리잖아."

그렇게 말하며 와카가 내 팔을 잡아당겼다. 나는 황급히 와카 옆에 앉아 조심스럽게 손을 모아 '실례를 끼쳐 정말 죄송합니다'라고 마음속으로 사과했다.

와카가 조의금과 꽃을 내밀었다.

"감사합니다. 남편에게 잘 전달할게요."

미와가 두 손으로 공손히 받았다.

"장례식에는 다른 친구들도 찾아왔었나요?"

와카가 시치미를 떼고 이야기를 이었다.

"네, 몇 분이 참석해주셨습니다."

"저도 참석하고 싶었어요."

"죄송합니다. 저희도 친구 연락처를 거의 몰랐거든요."

미와가 미안하다는 듯이 눈썹을 치켜세웠다.

"아니요. 늦게 찾아온 걸 후회하고 있을 뿐입니다. 저기, 사키의 휴대전화는 어떻게 되었나요?"

"휴대전화요?" 미와가 눈을 깜박였다.

"네. 사키의 SNS에 사망했다는 사실을 올리는 게 좋을 것 같아요. 저처럼 모른 채 사키에게 연락했다가 답장이 없다고 속상해 하는 사람이 있을지도 모르니까요."

"그건 몰랐어요. 하긴 그렇네요."

"실례가 안 된다면 제가 지금 글을 올릴까요?"

"그랬으면 좋겠지만 휴대전화가 어디 있는지 저는 모르겠어요. 남편이 갖고 있을 텐데요."

미와가 텔레비전 받침대 서랍에서 고바야시 히로야의 명함을 꺼내 와카에게 건넸다. 명함에는 'JS보안시스템'이라는 회사명과 전화번호, 휴대전화번호, 이메일 주소가 기재되어 있었다.

"남편한테 지금하신 이야기 좀 해주실래요?"

"제가 전화를 드려도 될까요?"

"네, 그럼요. 남편도 사키의 친구에게 연락을 받으면 기쁠 거예요."

미와가 불단에 놓인 사키의 영정에 눈길을 주었다.

"이 사진, 남편이 유일하게 연락처를 알고 있던 사키의 친구에게 받았다고 해요. 남편도 전 부인과 이혼한 이후 거의 사키를 만나지 않아 최근 사진을 갖고 있지 않았던 것 같아요."

이 사진은 분명 사키가 입원한 병원에서 나코가 고바야시에게 건넸을 것이다.

"사키 이야기를 한 적이 거의 없고, 전 부인과 산다고 해서 남편도 크게 신경 쓰지 않는 줄 알았어요. 하지만 저나 딸들을 신경 써서 그랬던 것 같아요. 사키가 죽은 이후, 한밤중에 남편이 이 사진을 물끄러미 바라보며 몇 번이고 사과를 하더군요. 내버려둬서 미안하다고. 남편으로서는 처음 이 세상에 안은 아이인데 당연하죠."

미와가 와카 쪽으로 고개를 돌렸다.

"그러니까 연락해서 말씀해주시겠어요?"

"알겠습니다. 전화하는데 지장이 있는 시간대가 있을까요?"

"휴대전화라면 언제든 상관없을 거예요. 받지 못할 때는 안 받을 뿐이니까요. 오늘 두 분이 와주셨다고 전해둘 테니까요."

와카는 고바야시의 명함을 정성껏 지갑에 넣었다.

"지금 출장 중이신 거죠?"

"맞아요. 토요일까지 부재중이에요."

미와의 말에 의하면, 고바야시는 IT관련 시큐리티 시스템을 만드는 프로그래머로, 고객사가 있는 히로시마에 가 있다고 한다. 끓여준 차를 마신 우리는 너무 오래 폐를 끼쳐서는 안 될 것 같다는 핑계로 고바야시 댁을 떠났다.

밖은 완전히 해가 기울어 거리가 붉은 색으로 물들어 있었다. 가장 가까운 오야마 역으로 발걸음을 옮겼다.

"토요일까지 고바야시 씨가 돌아오지 않는다면 사키 씨의 휴대전화를 조사하는 건 절망적이네. 토요일이면 납치사건도 막을 내릴지 모르잖아."

"와카 말이 맞아. 와카 덕분에 활로를 찾은 줄 알았는데 다시 원점으로 돌아간 것 같다."

"저기, 가와사키는 어느 회사 사장의 가방을 훔친 거야?"

"물었는데, 나코 씨도 모른다고 했어."

"마쿠하리 행사장이라고 하면 마쿠하리 페리아지?"

"그렇지."

"훔친 게 언제였지?"

"4월 6일 토요일. 오후 3시 넘어서 마쿠하리를 나와 4시쯤 요코하마에 도착했다고 하니 3시 전후에 훔쳤겠지."

"그럼 그날 그 시간대에 행사가 있었던 회사를 알아보면 회사 이름을 알 수 있겠네."

와카는 "좋았어"라고 말하며 손뼉을 쳤다.

"그건 왜?"

"오늘 아침 뉴스에서 나코 씨 자택 주변 CCTV에 포착된 가와사키 일당의 영상을 봤는데 마스크에 선글라스를 끼고 모자를 쓰고 있었어. 그러면 얼굴을 알 수가 없어. 마쿠하리 페리아의 CCTV라면 실내일 테고 분명 선글라스는 끼고 있지 않았겠지? 도난신고를 해서 경찰이 마쿠하리 페리아의 CCTV를 조사하면 가와사키의 얼굴 데이터가 경찰 시스템에 남잖아. 만약 전과자라면 그것만으로도 정보끼리 매칭이될 거고. 게다가 도둑질이든 뭐든 상관없이 경찰이 가와사키를 체포하기만 하면 되는 거잖아? 납치사건을 막고 나코 씨를 구해내기만 하면 되니까."

"이미 도난신고가 되어 있지 않을까? 가방을 도난당하면 보통은 그러지 않나."

"다이키는 전혀 모르는구나. 가와사키 같은 남자가 의뢰를 받고 훔쳐내는 가방이야. 안에는 큰돈이 되는 정보가 들어 있었을 거야. 예를 들면 비밀 장부라든지 마약 판매 정보라든지. 그런 걸 도둑맞으면 경찰에 신고할까?"

"그러지는 않겠지. 하지만 그 경우, 회사 이름을 알아낸들 도난신고 역시 안 하지 않나?"

"도난신고를 하게 하려고 알아보려는 거야."

"어떻게?"

"일단 맡겨둬."

와카가 가슴을 폈다. 아무래도 와카에게 이 일은 천직인 것 같다.

"미안하지만 부탁할게. 이제 시간이 없어. 몸값 모금이 끝날 때까지 나코 씨를 찾아내지 않으면 위험하다는 생각이 들어."

"몸값 10억 엔, 모일 것 같아?"

와카의 질문에 나는 고개를 끄덕였다.

"그렇게 믿어. 사람 목숨이 달려 있는데 모이지 않는 나라라고 생각하고 싶지 않잖아."

점점 붉어지기 시작한 서쪽 하늘이 초저녁이 성큼 다가옴을 알렸다.

목욕을 끝내고 텔레비전을 켜자 '뉴스10'이 연장 방송 중이었다. 메인 앵커인 혼조 겐고는 역시 일을 쉬고 있으며, 평소 혼조 옆에 앉아 있는 젊은 보조 앵커가 진행을 맡고 있다. 몸값 모금 방법이 자세히 설명되어 있었다.

"크라우드펀딩에 익숙하지 않은 분들에게는 어렵게 느껴질 수 있지만 결코 그렇지 않습니다. 지금부터 사이버앤드인피니티 사의 몸값 모금 화면과 동일하게 구성한 화면으로 실제로 청약을 해보겠습니다."

앵커가 PC를 조작하면서 신청 방법을 알기 쉽게 선보였다. 인터넷에도 신청 방법을 해설하는 동영상이 많이 올라와 있는 모양이다.

휴대전화로 사이버앤드인피니티 사 홈페이지를 확인하자 크라우드펀딩 전용 사이트 선라이즈의 메인 화면에 '대학생 납치사건 몸값 모금' 배너가 유난히 큰 글씨로 올라와 있었다. 아무래도 모금 준비는 마무리된 모양이다. '오전 0시 모금 개시'라는 표기 옆에 시작까지의 남은 시간이 표시되어 있다.

8분 23초, 22초, 21초, 20초…….

이미 카운트다운이 시작되었다.

0시가 되면 곧바로 몸값 모금 신청을 하려고 컴퓨터를 켰다. 사이버앤드인피니티 사 홈페이지를 열고 자정이 되길 기다린다. 이렇게 날짜가 바뀌기를 기다리는 것은 아직 한밤중까지 깨어 있을 수 없었던 어린 시절, 제야의 종소리를 어떻게든 라이브로 들으려고 눈을 비비며 졸음을 견디던 때 이후 처음이다.

시곗바늘이 오전 0시를 가리켰다.

대학생 납치사건의 몸값 모금이 드디어 시작되었다.

3장

크라우드의 심판

"안녕하세요. 4월 11일 목요일 모닝쇼 시간입니다. 먼저 '대학생 납치사건' 소식부터 전해드리겠습니다. 오늘 오전 0시부터 크라우드펀딩을 통한 몸값 모금이 사이버앤드인피니티 사의 크라우드펀딩 전용 사이트 선라이즈에서 개시되었습니다. 오전 9시 현재, 모금액은 1억 6180만 엔. 순조롭게 모이고 있지만, 10억 엔에는 거리가 멀고, 추가 협력을 호소하는 목소리가 각 방면에서 높아지고 있습니다. 오늘도 스튜디오에는 전직 경시청 수사1과장이자 작가인 돗토리 세이이치 씨를 모셨습니다."

휴대전화로 전달되는 뉴스 프로그램을 들으면서 사무소에 도착하자 회의실에서 텔레비전 화면을 들여다보는 즈카하라 씨의 뒷모습이 보였다.

"안녕하세요."

나는 회의실 입구에서 즈카하라 씨에게 말했다.

"아, 고야나기 선생님, 안녕하세요. 자료를 세팅할 생각이 있었는데 궁금해서 저도 모르게 텔레비전을 켜버렸어요."

즈카하라 씨 앞에는 대량으로 복사된 자료와 스테이플러가 놓여 있었다.

"이렇게 조마조마하면서 텔레비전을 보는 일은 요즘 없었어요. 시작한 지 아홉 시간이 지났는데 아직 2억 엔도 안 모였다니, 이 추세면 10억 엔은 불가능한 거 아닌가요?"

즈카하라 씨의 탄식이 들린 듯 화면 속 앵커가 같은 질문을 돗토리에게 던졌다.

"돗토리 씨, 이러다 10억 엔이 모이지 않을까 걱정이 되는데요."

"비관할 건 없습니다. 이 그래프를 보세요. 이건 몸값 모금이 시작된 후 한 시간마다 몇 건이 신청되었는지 보여주는 그래프입니다."

그래프는 0시부터 1시 사이 모금 건수가 급속도로 증가한 뒤, 1시 이후부터 2시까지 둔화, 3시부터 6시 이후에는 침체가 지속되었다가 7시 이후 다시 성장세를 보이고 있었다.

"출발이 느린 것 같지만 많은 사람들이 잠자리에 드는 시간대를 끼고 있기 때문입니다. 같은 아홉 시간이라도 심야를 낀 아홉 시간과 활동 시간대인 앞으로의 아홉 시간은 결과가 크게 다를 겁니다."

"알겠습니다. 이제부터인 거군요. 아, 사이버앤드인피니티 사 앞에 나가 있는 중계팀과 연결된 모양입니다. 사사키 씨."

화면이 바뀌고 마이크를 잡은 단발머리 여성 기자가 비춰졌다.

"네, 사사키입니다. 저는 롯폰기에 있는 사이버앤드인피니티 본사 앞에 와 있습니다. 보세요, 입구에는 모금하러 온 사람들로 장사진을 이루고 있습니다. 사이버앤드인피니티 사에서는 1층 로비에 특설 부스가 마련되어, 이곳에 설치된 PC로 모금을 할 수 있도록 되어 있습니다. 직원 분들이 방법을 도와주셔서 크라우드펀딩이 처음이라 잘 모르시는 분들이나 컴퓨터가 없는 분들, 또 근처라서 직접 오셨다는 분들이 이쪽에서 절차를 밟고 있습니다."

행렬은 빌딩 입구에서 거리로 이어지고 있었다. 50미터는 될까. '마지막'이라고 적힌 간판을 든 직원이 큰 소리로 협조를 호소하고 있다. 한 명, 한 명, 줄을 서는 사람이 늘고 있다.

"이런 모습을 보니 좀 안심이 되네요."

즈카하라 씨의 입꼬리가 살짝 올라갔다.

휴대전화로 사이버앤드인피니티 사 사이트를 확인하자 모금 금액과 건수가 멈추지 않고 늘고 있었다. 스톱워치의 숫자가 빠르게 바뀌듯 모금 총액이 일정한 속도로 계속 늘고 있다.

비록 몸값이 다 모인다 해도 나코의 안전이 확약된 것은 아니다. 그럼에도 목숨을 구하려고 기부하러 온 사람들을 보면 훈훈한 마음이 든다.

"고야나기 선생님, 지금 시간 괜찮으세요? 저도 기부하고 싶은데 방법을 몰라서요."

"그럼 여기서 하죠."

나는 노트북을 회의실로 가져와서 전원을 켰다. 옆에서 즈카하라 씨가 화면을 들여다본다.

사이버앤드인피니티 사 크라우드펀딩 전용 사이트에서 나코 몸값 모금 화면을 클릭했다. 통상적인 크라우드펀딩은 회원 가입을 한 뒤 신청하는 구조지만 이번에는 특별히 회원 가입 없이 기부할 수 있게 되어 있다.

나는 화면을 가리키며 즈카하라 씨에게 설명했다.

"우선 금액과 회수를 선택하세요. 신청할 수 있는 건 두 건까지입니다."

금액 설정은 ①100만 엔 ②50만 엔 ③1만 엔 ④5천 엔이며, 두 건을 선택하면 그 이상은 선택할 수 없도록 블락이 걸린다. 범인의 요구를 따른 형태다.

100만 엔은 50건이 상한, 50만 엔은 100건이 상한이라는 것도 범인이 지정한 대로지만, 이미 100만 엔도 50만 엔도 신청이 상한에 도달한 상태라, 선택할 수 있는 것은 ③1만 엔과 ④5천 엔뿐이었다.

"대단하네요. 고액권이 꽉 차다니."

즈카하라 씨가 눈을 동그랗게 떴다.

"혼조 씨의 친척이나 업무에 관련된 분들이 고액으로 신청하지 않았을까요. 하지만 상한선이 없는 5천 엔 기부자들이 많이 없으면 도저히 10억 엔에 도달할 수 없으니까요."

이 몸값 모금은 얼마나 협력자를 많이 모을 수 있는지에 초점을 맞춰 계획한 것으로 보인다. 만약 고액을 모두 채운다 해도 5천 엔 모금이 최소 16만 건 이상 모이지 않으면 나코의 목숨은 없다. 무관심은 나코를 죽이게 된다.

즈카하라 씨는 1만 엔 한도를 두 건 고른 뒤 이름, 주소, 생년월일, 성별, 이메일 주소 같은 개인정보를 입력했다.

다음으로 지불 방법을 선택한다. 신용카드 결제냐 계좌 이체냐의 선택이다.

즈카하라 씨는 신용카드 결제를 선택하고 카드 정보를 입력했다.

"주의사항을 읽고 동의에 체크를 하고 신청 버튼을 누르면 끝입니다."

"뭐야. 의외로 쉽네요."

"신청이 성립되면 입력한 이메일 주소로 사이버앤드인피니티 사에서 이메일이 옵니다. 신청번호가 기재되어 있어 만약 환불을 원할 경우 필요하니 메일은 보관해두세요."

"알겠습니다."

즈카하라 씨는 임무를 하나 완수한 듯한 얼굴로 스테이플러를 들었다. 쌓여 있는 자료를 스테이플러로 하나씩 찍어 나간다.

나는 노트북을 들고 자리로 돌아와 스케줄을 확인했다. 오늘도 10시부터 법률 상담이 예정되어 있다. 보스는 종일 사이버앤드인피니티 사에 출타인 모양이다.

어제 작성 도중이었던 소장 작성에 착수했다. 10시 전까지 끝내야 한다는 생각에 키보드를 빠르게 연타했다.

법률 상담을 마치자 와카에게 부재중 전화가 와 있었다. 아마 마쿠하리 페리아 건을 조사했을 것이다. 급히 다시 전화를 걸었다.

"마쿠하리 페리아에 전화해서 확인했는데, 이벤트에는 홈페이지에 실린 공개 이벤트와 실리지 않는 비공개 이벤트 두 종류가 있다고 해."

와카치고는 다소 차분한 말투가 마음에 걸렸다.

"4월 6일 토요일 공개 이벤트는 워크내비라는 회사의 대학생을 위한 취업설명회밖에 없어. 참고로 워크내비 이벤트장에서는 가방 도난사건은 없었던 것 같아."

"그건 어떻게 알아봤어?"

"워크내비 직원인 척 전화를 걸어 물어봤어. 6일 도난사건에 대해서 그 후에 뭔가 알게 된 게 있냐고. 마쿠하리 페리아의 담당자는 무슨 일인지 전혀 몰라서 같은 부서 동료에게 확인하거나 하는 등 당황하더라고. 정말 모르는 것 같아."

와카다운 조사 방법이라고 생각했다.

"비공개 이벤트 쪽도 떠봤지만 대답할 수 없다며 거절당했어."

당연한 대응이라고 생각했을 때 와카가 헛기침을 했다.

"이제부턴 다이키가 나설 차례야."

"내가?"

"오후 1시에 마쿠하리 페리아 영업부 이노우에 씨와 약속을 잡았으니 스케줄 조정하고 다녀와."

"약속이라니 가서 무슨 말을 해?"

"이번에 법률 스터디 모임에서 장소를 빌리고 싶은 관계로 상담하고 싶다고 했어. 급하다고 했더니 오늘 오후는 어떠냐고 하더라? 영업 담당자라면 신규 계약 때문에 말하기 어려운 말도 조금은 해줄 수 있겠지? 잘 듣고 와. 다이키의 말주변에 달려 있으니까."

와카와 달리 그런 화술에는 전혀 자신이 없다. 하지만 사무소 주최로 장소를 빌려 클라이언트를 대상으로 법률 스터디를 하는 일은 실제로 있기 때문에 영업부 사람에게 이야기를 듣고 회장 팸플릿이나 요금표 등을 받아두기에는 좋은 기회. 거짓말이나 속임수 없이 제대로 말을 할 수 있다. 훗

날 실제로 신세질 기회도 있을 것이다.

그건 그렇다 해도 6일 토요일에 진행된 비공개 이벤트에 관련한 정보를 어떻게 캐내라는 것일까? 아무리 생각해도 이야기의 흐름으로서 부자연스럽다. 그렇게 와카에게 호소하자 와카가 별 일 아니라는 듯 말했다.

"간단하잖아. 6일에 여기서 이벤트를 진행한 클라이언트가 여기 행사장이 좋다고 추천해서 왔다고 하면 돼. 클라이언트에게 이미 이야기를 들은 거라면 영업사원도 안심하고 이야기해줄 거야. 다이키가 달고 있는 변호사 배지는 신뢰도가 엄청나답니다."

용케도 그런 생각을 한다고 이상한 감탄을 하고 있는데, 빨리 출발하지 않으면 늦을 거라며 와카가 재촉했다. PC로 요쓰야에서 마쿠하리까지의 교통수단을 알아보았다. 전철로 50분 정도 걸릴 것 같다. 확실히 시간적 여유는 없다. 나는 서둘러 외출 준비를 하고 잰걸음으로 요쓰야 역으로 향했다.

열차에 올라탄 후 휴대전화로 대학생 납치사건 뉴스 속보를 확인했다.

부친인 혼조 겐고가 메인 앵커를 맡고 있는 재팬TV의 보도 프로그램 '뉴스10'에서는, 공동 출연자나 스태프가 프로그램 이름이 인쇄된 빨간 점퍼를 입고 마루노우치 거리에

서서 협력을 호소 중이었다. 항상 혼조 겐고 옆에 앉는 젊은 보조 앵커가 마이크를 한 손에 들고 외치고 있다. 그 모습이 프로그램 홈페이지에서도 동시에 방송되고 있어 시청자들의 응원 메시지가 속속 올라오고 있다. 이후 신주쿠나 시부야 같은 터미널역 앞으로 이동해 동일한 호소 운동을 한다고 프로그램 SNS에도 공지되어 있었다.

젊은 층에게 인기 있는 유튜버가 일찌감치 100만 엔을 기부한 것도 뉴스거리였다. 100만 엔이라는 거액을 기부하는 모습의 동영상이 업로드된 이후 구독자 수가 한층 더 늘었다. 사건에 편승한 인기몰이로도 느껴지지만, 감화된 이들이나 크라우드펀딩을 알게 된 젊은이들이 대거 기부를 하는 듯 결과적으로는 도움이 되고 있다. 오전 9시부터 11시까지 두 시간 사이에 모금 총액은 약 2억 엔 가까이 늘어 이 속도라면 저녁에는 10억 엔에 이를 것이라고 범죄심리학과 교수가 견해를 밝혔다.

가이힌마쿠하리 역에서 내려 남쪽 출구로 나오자 구획 정리된 빌딩가가 눈앞에 펼쳐졌다. 역을 등지고 오른쪽을 가로지르는 국제대로로 나와 마쿠하리 페리아로 향한다. 아울렛, 쇼핑몰, 호텔 등을 곁눈질하며 마쿠하리 페리아에 다다랐다.

지도를 보고 역에서 5분 정도로 예상했지만 마쿠하리 페리아의 부지는 생각했던 것보다 훨씬 넓었다. 두 개의 국제 전시장과 이벤트 홀, 그리고 국제 회의장과 네 개의 건물이 있으니 당연한지도 모른다. 행사장 1층에 있는 영업부에 도착한 것은 약속한 1시에서 불과 몇 분 전이었다. 간신히 늦지 않았다며 가슴을 쓸어내렸다.

접수처의 인터폰을 향해, 이노우에 씨와 만날 약속을 했다는 사실과 이름을 전하자, 나와 비슷한 연배의 정장차림의 남성이 나타났다. 스포츠맨 타입임을 한눈에 알 수 있는 구릿빛 피부에 흰 치아가 돋보인다.

"처음 뵙겠습니다. 연락주셔서 감사합니다."

이노우에가 우렁찬 목소리로 말하고 명함을 내밀었다. 명함 교환을 한 뒤 이노우에의 뒤를 따라 접수처에서 왼쪽 방향의 접객 부스로 이동했다.

흰 파티션 건너편이 영업부일 것이다. 전화 소리와 말소리가 산들바람 정도로 희미하게 들려온다.

"변호사님이세요? 굉장하시네요."

자리에 앉자 이노우에가 내 얼굴과 명함을 번갈아 보며 미소를 지었다.

"언제 사법시험에 합격하셨어요?"

"대학을 졸업한 이듬해입니다."

"훌륭하시네요. 분명 대학시절에도 열심히 공부하셨겠죠? 저 같은 경우 초등학교 이후론 공부와 담을 쌓아서요."

상대를 치켜세우며 친근하게 이야기를 끌어가는 이노우에에게 역시 영업사원답다고 느끼게 된다.

잡담을 나누던 이노우에가 은근슬쩍 들고 있던 팸플릿을 테이블 위에 올려놓았다. 내가 그것으로 눈을 돌리자, 편하게 살펴보시라며 이노우에가 팸플릿을 내밀었다. 손에 들고 넘겨보았다.

"전화로 이벤트 행사장 상담이라고 들었는데요."

이노우에가 미소 지으며 말했다.

"네. 1년에 몇 번 정도 기업의 법무 담당자를 모셔서 법률 스터디를 해요. 친목회도 겸하는데요."

"시기가 언제쯤인가요?"

"법률 개정 시기에 맞출 때가 많기 때문에 가을쯤이 될 것 같습니다. 좀 이른 것 같은데 미리 확인해두지 않으면 행사장 후보 리스트를 정할 때 고심할 테니까요."

"전혀 이르지 않습니다. 행사장을 잡기 위해 반년에서 1년 전에 예약하는 건 흔한 일이니까요."

나는 다시 팸플릿에 눈길을 주었다. 회장의 넓이나 설비를 확인한다. 6일에 비공개 행사가 있었다면 아마 소규모 행사장일 것이다. 국제전시장이나 행사장 같은 수천 명에서 수만 명까지 수용할 수 있는 행사장을 비공개로 이용할 리 없다. 나는 소수의 회의실이 몇 개 있는 국제 회의장 팸플릿을 살펴보았다.

내 시선을 짐작했을 것이다.

"인원은 어느 정도로 예상하십니까?"

이노우에가 타이밍 좋게 물었다.

"50명에서 많게는 100명 정도까지요."

"마이크나 프로젝터 필요하세요?"

"있으면 좋겠네요."

이노우에가 비품 일람표가 게재된 페이지를 펼쳤다. 음향기기, 영상기기, 조명기기 등의 가격과 사이즈가 상세하게 기재되어 있다.

"옵션이라는 형태가 되겠지만 필요한 건 준비해드릴 수 있을 것 같습니다."

나는 고개를 끄덕이면서 일람표를 훑어보았다.

"친목회라고 하셨는데 법률 스터디 이후 바로 친목회를 하시는 건가요?"

"네. 그럴 수 있으면 좋겠네요. 식당으로 이동하기에는 번거롭고 호텔이라면 솔직히 예산이 따라가지 못하니까요."

"그러시면 맡겨주세요. 저희는 케이터링도 겸하고 있으니까요."

이노우에가 케이터링용 팸플릿을 꺼냈다. 하얗고 긴 주방 모자를 쓴 셰프가 다채로운 프랑스 요리와 함께 실린 표지의 팸플릿이다.

"맛 쪽도 호평입니다. 일식과 양식 중 하나를 선택하실 수 있어요."

"그런 것 같군요. 실은 바로 6일 오후에 이곳을 이용했다는 클라이언트에게 추천을 받았거든요. 마쿠하리 페리아가 좋았으니 이번 법률 스터디는 거기서 해달라고 요청하셔서요."

나는 과감히 와카가 알려준 대로 말했다.

이노우에의 얼굴이 환하게 달아올랐다.

"그것 참 기쁘네요."

이노우에가 휴대전화로 재빨리 스케줄을 확인했다.

"6일이면 사이버앤드인피니티 사의 이벤트 친목회군요."

이노우에의 입에서 튀어나온 예상 밖의 회사명에 나는 순간 말문이 막혔다. 심장 고동이 갑자기 빨라졌다. 머릿속이 순식간에 리셋된 것처럼 새하얗게 변했다.

"고야나기 선생님?"

이노우에가 멍한 내 얼굴을 들여다보았다.

"네, 사이버앤드인피니티 사에는 항상 큰 신세를 지고 있습니다."

나는 지어낸 미소와 함께 고개를 끄덕였다.

6일 오후, 행사를 진행한 곳은 사이버앤드인피니티 사였다. 즉, 가와사키가 회장에 몰래 들어가 훔친 것은 데라이와 사장의 가방이다. 도대체 이게 무슨 일이지?

"사이버앤드인피니티 사는 지금 큰일이겠습니다. 그 납치 사건, 어떻게 될까요?"

이노우에가 동정을 머금은 목소리로 말했다.

"지금 일하고 있을 상황이 아니잖아요. 저번에 이용해주신 것도 있어서 남일 같지 않아서요. 오늘 아침에도 데라이와 사장님이 텔레비전에 나오셨는데, 왠지 얼굴이 수척해 보였습니다. 분명 잘 시간도 없지 않을까요?"

"그러게요."

나는 고개를 크게 끄덕였다. 동요를 감추기 위해 안간힘을 썼다.

"그러고 보니 지난번 행사 중에 데라이와 사장님의 가방이 도난당했다면서요?"

이번에는 이노우에의 말문이 막혔다.

"도난요? 네? 아무것도 못 들었는데요."

"어라, 이상한데?"

"그런 일이 있었습니까? 사이버앤드인피니티 사 분이 그러셨어요?"

"네, 뭐."

"그거 큰일났네. 담당인데 몰랐다니. 잠시 후 바로 사이버 앤드인피니티 담당자에게 전화해보겠습니다."

이노우에가 고지식하게 휴대전화 주소록을 확인하기 시작했다. 금방이라도 전화할 것 같은 기세에 나는 황급히 얼버무렸다.

"아니요, 이노우에 씨가 모르시면 제 착각일지도 모르겠네요. 행사 중이었다고 해서 틀림없이 6일 마쿠하리 페리아에서의 행사인 줄 알았는데 다른 행사였는지도 모르겠네요."

"그런가요?"

"그럴 겁니다. 이쪽 행사장에서 일어난 일이라면 이노우에 씨에게 말하고 CCTV를 조사해달라고 하거나 경찰에 연락하거나 했을 테니까요."

안에는 돈이 되는 정보가 들어 있었을 것이라고 했던 와카의 말이 떠오른다. 나코가 빼낸 서류봉투에는 도대체 무엇이 들어 있었을까.

"그렇겠네요. 저도 내내 행사장에 있었기 때문에 몰랐을 리는 없을 거예요."

"쓸데없는 말을 했어요. 죄송합니다." 나는 진심으로 사과했다. 괜한 걱정을 하게 한 것도, 이 상담에 시간을 헛되이 쓰게 만든 것도 말이다.

"아닙니다."

이노우에는 눈가에 미소를 지은 뒤 살짝 정색했다.

"일단 방범에 대해서도 설명을 드리자면 행사장 출입구나 복도 곳곳에는 CCTV가 설치되어 있습니다. 게다가 금고도 있으니 귀중품 보관에 많이 이용해주세요."

내가 방범에 대해 염려를 해서 가방 도난 이야기를 꺼냈다고 생각한 모양이다. 이노우에는 금고 장소와 개수까지 정중하게 설명해주었다. 조만간 꼭 이 행사장을 사용하기로 결심하고 나는 팸플릿 한 벌을 들고 마쿠하리 페리아를 떠났다.

가이힌마쿠하리 역으로 향하면서 내 머리는 가방 도난사건으로 가득 차 있었다. 가와사키가 누군가의 의뢰를 받고 데라이와 사장의 가방을 훔쳤다. 운반책에게 의뢰해 훔치게 할 만큼 소중한 물건이 든 가방이다. 보통이라면 행사장 담당자에게 알려 경찰에 신고하고 곧바로 CCTV를 확인할 것이다. 하지만 데라이와 사장은 그러지 않았다. 친목회에 모인 관계자 앞에서 소란을 일으키는 것을 피하고 싶었다고 해도, 회장에 있던 담당자 이노우에에게 몰래 알릴 수는 있었을 것이다. 그러지 않은 이유는 무엇일까? 와카가 말한 것처럼 경찰에 알려지고 싶지 않은 정보가 들어 있었을까?

문득 고다의 이야기가 머리를 스쳤다.

범인의 진짜 타깃은 사이버앤드인피니티 사로, 혼조 나코는 말려들었을 뿐. 사이버앤드인피니티 사는 범인의 진정한 협박을 숨기고 있다.

설마 그럴 리는 없다고 고개를 저었다.

긴급대책회의 때의 데라이와 사장이나 다른 간부들의 모습이 떠오른다. 그것이 연기였다고는 생각되지 않는다. 몸값 모금에 대해 그토록 진지하게 논의하지 않았던가.

여러 생각이 교차하여 영문을 알 수 없게 되었다.

가와사키에게 데라이와 사장의 가방을 훔치라고 지시한 인물은 도대체 누구일까?

빵빵거리는 큰 경적소리에 정신이 번쩍 들었다. 빨간 보행자 신호가 눈에 들어온다. 나도 모르게 차도에 발을 들여놓으려 했던 모양이다. 황급히 몇 걸음 물러서서 파란 신호를 기다렸다.

이 사실을 보스는 알고 있을까?

나는 휴대전화를 꺼냈다. 보스에게 전화 하려다 혼조 나코 건에 더 이상 끼어들 필요가 없다고 말했던 엊그제 보스의 얼굴이 떠오른다. 보스의 뜻과 다르게 움직이고 있다는 의식이 약간의 망설임을 낳았다. 하지만 묻지 않을 수는 없다. 지금도 보스는 사이버앤드인피니티 사에 있을 것이다. 나는 보스 휴대전화 번호를 눌렀다.

"네, 미사토입니다"라고 익숙한 목소리가 들린다. 전화를 받을 때 보스의 목소리는 실제보다 약간 낮아진다.

"지금 시간 괜찮으세요?"

"괜찮지 않으면 전화를 받지는 않지."

"지난 이틀간 퍼스트 흥신소의 도움을 받아 가와사키 다쿠토에 대해 조금 알아봤습니다만……."

조심스럽게 말했지만 "그래서?"라며 보스가 결과 보고를 재촉했다.

"놀랍게도 가와사키가 훔친 건 데라이와 사장님의 가방이었던 것 같습니다."

잠시 정적이 있었다.

"무슨 소리야?"

보스가 담담하게 말했다. 나는 마쿠하리 페리아를 방문한 경위와 이노우에에게 들은 이야기를 보스에게 전했다.

"데라이와 사장님은 가방을 도난당했다고 마쿠하리 페리아 측에 알리지 않은 것 같습니다. 아마 도난신고도 하지 않은 것으로 보입니다. 왜 그랬을까요? 마쿠하리 페리아의 CCTV를 살펴보면 가와사키가 어딘가에 찍혔을 가능성도 높을 텐데요."

"사장님에게 그런 말 못 들었는데. 그거 확실해?"

"담당자가 6일 행사를 했던 곳은 사이버앤드인피니티 사라고 했습니다."

"그래?"

보스가 잠시 입을 다물었다.

수화기 너머로 미사토 선생님이라고 부르는 소리가 들려왔다.

"데라이와 사장님께 확인해둘게. 나중에 봐."

보스가 황급히 전화를 끊었다.

나는 통화가 끊긴 휴대전화를 잠시 동안 바라보았다. 신호가 바뀌고 파란 신호를 알리는 멜로디가 흘러나온다. 하지만 나는 그 자리에 멈춰선 채였다.

보스는 지금 전화로 전혀 놀라지 않았다. 그것이 내 마음에 잔물결을 일으킨다. 가와사키가 훔친 것이 데라이와 사장의 가방이었다는 사실을 보스는 알고 있었다는 생각이 들어 견딜 수가 없었다.

도대체 무슨 일일까. 나한테까지 숨길 이유는 없을 텐데. 영문 모를 불안감이 가슴속에 차올랐다.

맞은편 신호등이 다시 빨간색으로 바뀌었다. 세찬 엔진음을 울리며 닛산 스포츠카가 눈앞을 달려갔다.

다시 신호등 멜로디가 흘러나오기 시작할 때까지 나는 계속 생각했다. 하지만 아무리 머릿속을 짜내도 받아들일 수 있는 이유 따위는 찾을 수 없었다. 쓸데없는 생각을 너무 많이 한 것일까. 도난사건이든 납치사건이든 사이버앤드인피니티 사는 어디까지나 피해자다.

개운치 않은 마음으로 나는 횡단보도를 건너 가이힌마쿠하리 역으로 향했다.

요쓰야 역으로 돌아오자 나는 퍼스트 흥신소로 발길을 돌렸다. 와카는 뭐라고 할까. 이럴 경우 남에게 객관적인 의견을 묻는 것이 좋을 것 같다.

그 전에 주간마이아사 고다 씨에게 전화를 해야겠다는 생각에 주머니에서 휴대전화를 꺼냈다. 요쓰야로 돌아오는 전철 안에서 고다에게 전화가 와서 나중에 다시 걸겠다고 했었다.

전화를 걸려 할 때 보스에게 전화가 왔다.

"고야나기 군, 잠깐 사이버앤드인피니티 사로 올 수 있겠어?"

전화를 받자마자 보스가 말했다.

"아까는 주변에 사람들이 있어서 말을 못했어. 고야나기 군이 말했던 데라이와 사장님 가방 도난 건, 극비 이야기니까 직접 얼굴을 보고 말하려고."

"바로 가겠습니다." 나는 즉답했다.

"사장실로 와줄래? 접수처와 비서 분께는 전해놓을게."

"알겠습니다."

나는 전화를 끊고 발길을 돌렸다. 요쓰야 역으로 돌아오면서 고다에게 전화를 걸었다. 호출음이 일곱 번 울렸지만 연결이 되지 않는다. 끊을까 생각하던 차에 고다의 목소리가 들렸다.

"늦어서 죄송합니다."

마치 달려온 것처럼 고다가 숨을 헐떡였다.

"고야나기 선생님, 바로 봐주셨으면 하는 게 있어서요."

인사도 건너뛰고 고다가 말했다.

"저요?"

"네. 고야나기 선생님과도 밀접한 관련이 있는 일이라서요. 혹시 시간이 없으시면 사무소 1층으로 가져다 드리겠습니다."

왠지 모르지만 고다의 진지함이 전해진다.

"죄송하지만 지금 나가는 길이라."

"그럼 돌아오실 때까지 어제 그 영국 카페에서 기다리고 있겠습니다."

너무 오래 기다리게 하는 것은 미안하다는 생각에 시간을 확인했다.

"그렇다면 6시에 카페에서 어때요? 그 시각이면 돌아올 수 있을 것 같아서요."

"좋습니다. 기다리고 있겠습니다."

전화를 끊고 요쓰야 역 개찰구를 빠져나와 전철에 올랐다. 한숨 돌린 참에야 와카에게 연락을 못 했다는 사실을 깨달았다.

급한 예정이 생겼으니 나중에 보고하겠다는 문자를 보냈다.

비서의 안내를 받아 사장실에 들어서자 안에 있던 사람은 보스뿐이었다. 데라이와 사장은 외출 중인 모양이다.

경찰이 도청기의 유무를 철저히 조사하고 경비원도 배치된 이 건물 사장실이 비밀 이야기를 하기에는 가장 안전하다고 보스는 말했다. 나도 사옥에 들어올 때 몸수색을 꼼꼼히 받은 참이었다.

"데라이와 사장님의 가방 도난 건 말인데, 경시청의 오쿠이 씨에게는 오늘 아침에 보고해두었어."

의자에 마주앉자 보스가 말했다.

"고야나기 군이 수상하게 생각했을 테니 자세히 설명하겠지만, 임직원도 이 이야기는 모르니까 그 부분은 제대로 자각하고 들어."

보스가 험악한 얼굴로 다짐받았다. "알겠습니다" 하고 얌전히 고개를 끄덕인다. 아무래도 중대한 이야기인 것 같다.

"6일 토요일, 데라이와 사장님의 가방에는 앞으로의 사운이 걸린 중요한 데이터가 들어 있었어. 간단히 말해, 10년에 걸쳐 개발한 프로그램이 보관되어 있는 장소의 암호키 데이터가 들어 있었지. 프로그램이 도난당하지 않도록 복잡하게 설정되어 있어서, 이 데이터 없이 프로그램의 보관 장소에 도달하는 건 불가능해. 데라이와 사장님은 이 데이터를 '인피니티'라고 이름 지었는데, 일본어로 하면 무한대. 사람의 가능성은 무한대라는 게 데라이와 사장님의 신조야."

"그래서 회사 이름도 로고도 인피니티군요."

"그래."

"그게 가방째 가와사키 다쿠토에게 도난당한 건가요?"

보스가 고개를 끄덕였다.

"그럼 나코 씨가 빼내 패밀리 레스토랑 쓰레기통에 버린 서류봉투에 들어 있던 게 혹시?"

"맞아. USB 메모리에 든 인피니티 데이터였어. 나도 놀랐어. 야마시타 부두에서 나코 양을 집으로 데려다줬을 당시에는 그냥 어느 회사 서류일 거라고만 생각했는데, 다음 날 데라이와 사장님에게 가방이 도난당한 이야기를 들었어. 마쿠하리 페리아의 이벤트 회장에서 도난당했다고 하고, 일시가 일치하니까 가와사키가 훔친 게 틀림없겠지."

나코가 서류봉투를 빼내지 않았다면 사이버앤드인피니티

사의 프로그램이 도난당했을 것이라는 것이다.

"그런 의미에서 나코 양은 사이버앤드인피니티 사의 구세주야. 아직 발표하지 않았지만 이 새로운 프로그램은 여러 기업이 보유한 빅데이터 처리 방법을 혁신적으로 바꿀 거야. 폭발적으로 팔릴 테지. 수백억, 아니 수천억의 매출도 예상돼. 그렇기 때문에 노렸겠지만."

"나코 씨가 서류봉투를 버린 패밀리 레스토랑에는 가보셨나요?"

"물론 갔지. 하지만 이미 다른 쓰레기와 함께 처분된 뒤였어. 그걸로 다행이긴 한데."

보스는 어깨로 숨을 쉬었다.

"그런 중요한 물건인데 왜 바로 도난신고를 하지 않았습니까?"

내 질문에 보스는 중요한 문제는 여기서부터라며 몸을 내밀었다.

"6일 그날, 데라이와 사장님의 가방에 인피니티의 USB 메모리가 들어 있는 걸 알고 있던 사람은 임원과 극히 일부의 관리직뿐이야. 그런데 그날 바로 가방을 도둑맞았다? 이게 무슨 소리인 것 같아?"

나는 꿀꺽 침을 삼켰다.

"그중 누군가가 정보를 누설했다는 건가요?"

보스가 진지한 얼굴로 고개를 끄덕였다.

"새 프로그램을 다른 회사에 유출하려는 사내 스파이가 있다는 거지. 그것도 간부들 중에."

나는 입을 반쯤 벌린 채 보스의 얼굴을 바라보았다. 엄청난 이야기를 듣고 있다는 자각이 서서히 들었다. 가와사키에게 가방을 훔치도록 의뢰한 인물이 이 회사 안에 있는 것이다.

"다음 날 7일, 일요일인데도 드물게 데라이와 사장님이 전화를 걸어 사무소까지 오셨어. 사내 누구와 상의해야 할지 모르겠다는 거야. 급히 내가 여기저기 수배해서 인피니티의 데이터는 바꿔두었는데, 이런 거 도난신고를 해도 되는 이야기는 아니잖아. 어떻게 대응할까 상의하다가 이 납치사건이 터졌어."

"그럼 혹시 가와사키에게서 인피니티를 넘기라고 회사에 협박 메일이 온 건가요?"

범인의 진짜 타깃은 사이버앤드인피니티 사라고 말한 고다의 얼굴이 뇌리를 스쳤다.

"그게 안 왔어. 그럴 가능성도 있다고 생각했기 때문에 데라이와 사장님이 오쿠이 씨에게 가방 도난 건과 사정을 이야기했어. 물론 은밀하게. 몸값 모금이라는 기이한 사건이기 때문에 오쿠이 씨도 범인들이 노리는 건 사이버앤드인피니티 사가 아닐까 염려하고 있었던 것 같아. 사내 스파이에 대해서도 은밀히 수사해주고 있어."

"경찰은 마쿠하리 페리아의 CCTV 영상도 이미 확보한 거겠죠?"

"분명 그렇겠지."

이제야 사정을 알 것 같았다. 분명 가와사키도 이미 수사 선상에 올라 있을 것이다.

"다시 한번 못 박겠지만 이 이야기, 절대 비밀을 지켜야 해."

"알고 있습니다."

나는 사장실을 빙 둘러보았다. 액자에 장식된 수많은 사진들이 눈에 들어온다. 회사 로고 사진, 젊은 날의 데라이와 사장과 기리시마 전무의 창업기념 사진, 10주년, 15주년, 20주년을 기념해 찍은 데라이와 사장과 사원들의 단체사진. 이방은 회사의 역사를 나타내는 앨범 같다.

나는 보스에게 들은 이야기를 가슴에 간직한 채 사이버앤드인피니티 사를 떠났다.

밖은 황혼이 찾아왔음을 알리는 찬 공기가 거리 전체를 뒤덮고 있었다.

나는 어깨를 움츠린 채 잰걸음으로 영국 카페로 향했다.

문을 열자 어제와 같은 소파 자리에서 고다가 노트북을

두드리고 있었다. 가게 안은 오늘도 스콘의 달콤한 향기로 가득 차 있었다.

"기다리게 해서 죄송합니다."

나는 고다 앞자리에 앉았다.

"아니요, 저도 방금 온 참이에요."

고다의 눈가에 부드러운 주름이 잡혔다.

"오늘도 커피? 아니면 홍차로 해볼래요? 스테디셀러는 포트넘 & 메이슨의 로열 블렌드인데."

"그럼 홍차를."

고다는 점원을 손짓으로 불러 로열 블렌드를 두 잔 주문했다.

내가 고다의 컴퓨터에 눈길을 주자, "이것 참" 하며 고다가 눈살을 찌푸렸다.

"심하다고 생각했거든요. 고야나기 선생님, 혼조 일가에 관한 가짜 뉴스 봤어요? 이것 때문에 몸값 모금이 정체되었어요."

고다가 컴퓨터 화면을 내 쪽으로 돌렸다. 화면에는 나코나 혼조 일가를 비난하는 기사가 일람되어 있었다. 인터넷상에 확산되고 있는 뉴스를 픽업해 누군가 정성스럽게 정리한 사이트다.

– 혼조 일가의 알려지지 않은 3밀, 농밀한 밀회를 밀고한 인물이란

– 미인 대학생의 생태를 파헤치다

– 몸값 10억 엔, 혼조 일가의 자산은 15억 엔

줄 지어 있는 과격한 제목은 혼조 일가에 대한 악의의 덩어리였다.

"뭐예요, 이게?"

"너무하죠? 이 헤드라인을 클릭하면 안에 있는 기사는 더 심해요."

고다는 '미인 대학생의 생태를 파헤치다'라는 제목을 클릭했다. 나코의 남성 편력이 생생하게 담긴 뉴스 사이트로 이어진다. 절친의 남자친구를 빼앗는 마성의 여자로, 얼굴에 모자이크 처리가 된 남자와 얼굴을 맞대고 있는 나코의 사진이 여러 장 실려 있었다.

"이 사진, 합성이에요."

고다의 말을 듣고 사진을 자세히 살펴보았지만, 나로서는 합성인지 아닌지 차이를 잘 모르겠다. 이만큼이나 완성도가 높다면 믿어버리는 것도 어쩔 수 없을 것이다.

도대체 누가 무엇 때문에 이런 기사를 만드냐고 나도 모르게 혀를 차고 싶어진다.

"화제가 될 만한 과격한 가짜뉴스를 퍼뜨려 조회수를 늘

리고 광고비를 벌려는 놈들이 있으니까 이런 가짜뉴스가 확산되는 거죠."

고다가 씁쓸하게 말했다.

돈을 노린 가짜뉴스가 사실인양 퍼지면서 '몸값모금반대운동'까지 인터넷에서 터져 나오는 현상에 공포감을 느끼지 않을 수 없다. '몸값모금반대운동'과 그에 동조하는 글들이 인터넷을 누비고 있다. 나코가 납치된 것은 그동안의 언행에 따른 자업자득이라는 설과 몸값은 가족이 지불해야 한다는 자기책임론에 많은 지지가 쏠리고 있다.

지금 몸값을 모금하는 것은 범인의 지시이기 때문이다. 나코의 부모는 스스로 어떻게든 할 수 있다면 빚을 내서라도 확실하게 준비하고 싶어 할 것이다. 비난받아야 마땅한 것은 범인인데, 범죄로 목숨을 잃는 것도 자기 책임이라는 주장이 힘을 실어가는 이 이상한 사태에 눈을 가리고 싶어진다.

"이 '혼조 일가의 알려지지 않은 3밀'이라는 기사는 '봇'을 이용해 계속해서 확산되는 것처럼 보이는데 말이죠."

고다가 험악한 얼굴로 말했다.

"봇이 뭔가요?"

"로봇의 약칭으로, 일정한 작업을 자동으로 반복하는 컴퓨터 프로그램입니다. 즉, 이 가짜뉴스를 컴퓨터가 정기적으로 발신하고 있다는 겁니다."

"그런 건 어떻게 아시나요?"

"저는 프리랜서 기자이기 때문에 제가 쓴 기사가 얼마나 화제성이 있는지 평소에도 신경을 많이 써요. 일반 기사는 발신된 직후부터 열람하는 사람이 급증하여 약 두 시간 후에 정점을 찍고 점점 줄어듭니다. 하지만 봇에 의한 가짜뉴스는 줄어들기 시작하면 또 발신하니까 피크를 여러 번 맞는 거죠."

혼조 일가의 알려지지 않은 3밀이라는 기사는 여러 차례 발신되었으며, 그때마다 그에 비례해 '몸값모금반대운동'이 활발해지고 있다고 고다가 PC 화면을 보여주며 설명했다.

"그럼 몸값 모금을 방해하기 위해 이 기사가 일부러 자꾸 발신되고 있다는 건가요?"

내 질문에 고다가 미간을 찌푸리며 고개를 끄덕였다.

"그렇게 보이네요. 또 이 혼조 일가의 알려지지 않은 3밀이라는 기사는 혼조 부부가 서로 바람을 피우고 있고 각자 애인이 있다는 내용이니까요. 가장 호기심을 끌고 반감을 사기 쉬운 내용이에요. 몸값 모금을 방해하다니 제정신이 아니야. 피해자 신세가 되어 보라고. 납치사건은 게임 같은 게 아니야."

고다의 말투가 거칠어졌다.

이것을 나코가 보게 되면 어떻게 생각할까. 설사 무사히

192

사건이 해결되어 집으로 돌아온다 해도 이 많은 양의 글은 평생 남는다. 본명으로 사는 것보다 닉네임으로 사는 것이 즐거웠다고 말했던 나코의 얼굴이 새삼 떠올라 나는 무심코 눈을 감았다.

"고야나기 선생님?"

눈을 뜨자 고다가 얼굴을 내밀고 나를 바라보고 있었다.

"무슨 일 있어요?"

"아니에요."

나는 황급히 고개를 저으며 "현재 모금은 어떻게 되고 있나요?"라고 물었다.

"목표액의 절반을 간신히 넘은 참이에요."

고다가 PC로 몸값 모금 사이트를 보여주었다.

오후 6시가 넘은 현 시점에서 모금 총액은 약 5억 2천 360만 엔. 남은 시간이 여섯 시간이 채 남지 않았다는 점을 감안하면 초조함을 느낄 수밖에 없는 숫자다.

"이렇게나 가짜뉴스에 영향을 받다니."

고다가 분노를 드러낸 눈으로 말했다.

"하지만 7시 뉴스에 혼조 겐고 씨가 만반의 준비를 해서 출연하신대요. 아까 프로그램 SNS에 공지가 되어 있었어요. 부모님의 호소 앞에서도 모금액이 늘지 않으면 세상이 무서워지죠."

나는 여기 오는 길에 전철 안에서 본 정보를 말했다.

"그래요?"

"네. 이브닝뉴스 홈페이지에도 공지가 올라와 있을 거예요."

점원이 로열 블렌드를 가져와 고다와 내 앞에 놓았다.

고다가 컴퓨터로 홈페이지를 확인하는 동안 나는 홍차를 입에 머금었다.

"정말이네요. 딸이 납치를 당하면 부모는 안절부절못할 텐데 몸소 언론에 나와 협조를 부탁하지 않으면 안 된다니……. 저라면 참을 수 없을 거예요."

고다는 고개를 젓고 노트북을 닫더니 찻잔에 손을 뻗어 그대로 입가로 옮겼다. 한숨 돌린 후 내 쪽으로 똑바로 시선을 향했다.

"서론이 길어져서 죄송합니다. 와주신 본론인데요."

"네. 어떤 일인가요?"

고다의 강렬한 눈빛에 나는 무심코 자세를 바로잡았다.

고다가 가방 속에서 갈색 봉투를 꺼냈다.

"어제, 납치사건 범인의 진짜 타깃은 사이버앤드인피니티 사라는 말씀을 드렸죠?"

"네. 하지만 고다 씨, 그 이야기를 제게 하셔도."

"그렇게 말씀하실 것 같아서 오늘은 증거를 가지고 왔습니다."

고다가 봉투를 톡톡 두드렸다.

무슨 증거일까? 무심코 봉투에 눈길이 간다.

"그리고 좀 더 자세한 이야기도 듣고 왔어요. 범인은 사이버앤드인피니티 사 업무를 방해해 뭘 하고 싶은 것인지."

나는 입을 다물고 고다를 바라보았다.

"얼마 전 사이버앤드인피니티 사 사장이 가방을 도난당했대요."

소리 지를 뻔한 것을 억누르느라 안간힘을 썼다. 왜 고다가 그런 것을 알고 있을까?

"그런데 그 가방을 훔친 범인은 도중에 실수를 해서 가방에 들어 있던 회사의 기밀 데이터를 훔치지 못했다네요."

어떻게 이렇게 자세히 알고 있지?

"범인이 원하는 건 도둑질한 회사의 기밀 데이터인 것 같아요. 고야나기 선생님, 뭔가 짚이는 구석이 있으신가요?"

내 동요를 간파한 듯 고다가 나를 똑바로 바라보았다.

"아니요."

나는 순간 고개를 저으며 애써 고다의 눈을 마주 보았다.

"그런 이야기라면 혼조 나코 씨는 왜 납치되었나요?"

"그래요. 그래서 저도 그걸 물어봤습니다. 아무래도 나코 씨는 범인이 기밀 데이터가 담긴 가방을 훔치는 자리에 있었던 것 같습니다."

"흐음."

애매모호하게 맞장구를 치며 나는 홍차에 손을 뻗었다.

"방금 가짜뉴스를 보고 새삼 생각이 들었어요. 온 나라에 얼굴과 이름이 팔리고, 거짓 정보가 인터넷상에 유포된 혼조 나코 씨는 엄청난 피해자입니다. 그런데도 사이버앤드인피니티 사는 자신들의 문제를 숨긴 채 나코 씨를 구하려는 히어로 기업으로 행세하고 있다. 저는 사이버앤드인피니티 사가 숨기고 있는 진실을 파헤치는 기사를 쓰고 싶습니다."

고다의 진지함이 전해진다. 그런데 아니다. 그게 아니다.

"사이버앤드인피니티 사는 고다 씨가 생각하는 그런 기업이 아니라고 생각해요."

그럴 수만 있다면 긴급 대책회의 당시 간부들의 진지한 논의를 보여주고 싶다.

"혼조 나코 씨는 분명 피해자라고 생각합니다만."

"고야나기 선생님, 각오하고 보세요."

고다가 봉투를 내 쪽으로 내밀었다. 눈빛이 어서 열어보라고 재촉하고 있다. 나는 봉투를 들고 내용물을 확인했다. 사진 여러 장이 들어 있었다.

봉투에서 사진을 꺼낸 나는 세게 머리를 두들겨 맞은 것 같았다. 어떻게 된 일인지 이해가 되지 않아 잠시 멍하니 사진을 바라보았다.

"이게 무슨 사진이죠?"

"그 여성은 고야나기 선생님의 보스죠? 미사토 치하루 선생님, 아닌가요?"

"그렇습니다만."

"그 장소가 어딘지 아시나요?"

카메라를 들고 있는 보스의 배경에 찍혀 있는 하얀 다리, 하얀 배, 항구……. 낯익은 이 다리는 베이브리지. 이 장소는 요코하마의 야마시타 부두다.

"야마시타 부두인가요?"

장소의 이름을 말하면서 나는 몸이 굳어가는 것을 자각했다. 왜 보스가 야마시타 부두에서 사진을 찍고 있지? 무엇을 찍고 있지?

같은 장소의 각도가 다른 사진에는 갈색 가방을 두 남자에게 건네는 노란 탈색머리의 남자가 담겨 있었다. 사진에는 모두 4월 6일이라는 날짜가 인쇄되어 있었다.

이것이 무엇을 의미하는지 차츰 머릿속에서 연결되기 시작했다. 나는 내가 생각하는 그 이유를 어떻게든 배제하고 다른 이유를 찾을 수 없을까 몸부림쳤다.

"이 남자는 누구인가요?"

"그 노란머리의 남자가 데라이와 사장의 가방을 훔친 것 같아요. 그 남자도 찾고 있는데 아직 사진 말고는 다른 정보가 없네요."

이 남자가 가와사키 다쿠토인가 하고 사진을 유심히 들여다보았다. 까무잡잡한 피부에 갈매기 형태의 긴 눈썹이 눈길을 끈다. 오른쪽 귀에만 금색 귀걸이가 달려 있었다.

"아마 그 남자가 나코 씨를 납치한 장본인으로, 사이버앤드인피니티 사에 자신이 훔치려다 실패한 데이터를 보내라고 협박 중일 겁니다. 고야나기 선생님의 보스가 이 범인과의 협상 창구이지 않을까요?"

"그럴 리가 없어요. 만약 우리 보스가 범인의 연락처를 안다면 경찰에 알릴 게 뻔하잖아요."

"연락처는 몰라도 상대방이 연락하면 협상은 할 수 있겠죠? 회사의 데이터를 달라고 하는 범인에 대해 당신의 얼굴 사진을 경찰에 넘기겠다고 협상한다. 돈으로 해결할 것인가? 다른 것으로 해결할 것인가? 타협점을 서로 찾고 있는 건 아닐까요? 아마 사이버앤드인피니티 사에는 경찰에는 말할 수 없는 뭔가 약점이 있을 겁니다. 나코 씨의 안전은 제쳐두고 말이죠."

"절대 아닙니다."

나도 모르게 언성을 높였다. 가와사키에게 쫓기던 나코를 도운 것은 보스라고 외치고 싶어졌다.

"신인 때 상사라는 건 영향이 크죠."

고다가 표정을 풀고 말했다.

"저도 그랬으니까 잘 알아요. 지금은 프리랜서 기자지만 대학을 졸업하고 바로 신문사에 입사했습니다. 처음 배속된 부서의 상사가 엄격한 사람이어서 매일같이 '이 바보자식' 하고 혼났어요. 고압적이고 성가신 꼰대라는 생각도 했습니다. 당시에는 갑질이라든가 성희롱이라든가 하는 단어도 개념도 없던 시절이었으니까요. 지금이라면 당시 관리직의 절반은 고소당해 사라졌을 거예요."

고다가 소리 내 웃었다.

"하지만 내가 상사가 되어보고 나서야 깨달았어요. 화낼 때는 두 종류가 있다. 자기 자신이 화가 났을 때와 상대방에게 애정이 있어서 화를 낼 때. 사실 애정이 없으면 완전한 타인에게 진심으로 화를 내거나 지도할 수 없거든요. 적당히 넘기고 평가 때 낙제점을 주면 그만이니까요. 신인 때 상사가 얼마나 진심으로 화를 내줬는지 잘 알겠더군요. 게다가 절대 잊지 못할 일이 있었습니다."

고다는 찻잔으로 손을 뻗어 식은 홍차를 입에 머금었다.

"저는 야마가타 출신인데 신입 때 어머니가 위독하다는 연락을 밤 11시쯤 받았어요. 내일 휴가를 내서 당일치기로 야마가타에 돌아가도 되겠냐고 조심스럽게 허락을 구했더니, 상사가 바로 자신의 차를 몰고 당시 살던 제 집까지 온 거예요. 네가 돌아가면 어머니도 건강해질 거라며, 일분일초라도 빨리 돌아가라며 저를 태우고 그 먼 야마가타까지 고속으로 달려줬습니다. 제가 어머니를 무사히 만난 걸 지켜본 상사는 그 길로 돌아와 잠시 눈을 붙이고는 다음 날 멀쩡히 출근해 일을 했다더군요. 이거 그 상사에게 고개를 들 수 없겠죠?"

"그렇……네요."

고다의 눈꼬리에 주름이 잡혔다.

"그런 사람이 상사였기 때문에 신입 때는 이상한 건 이상하다고 바로 말하곤 했어요. 그립네요. 하지만 위로 올라갈수록 말하기 쉬워질 거라 생각했는데, 오랫동안 조직에 있으면 어느새 익숙해지고, 여러 위화감을 느끼지 않게 됩니다. 조직 우선이라는 가치관이 뼛속까지 스며들어 아무런 의문 없이 따르게 됩니다. 수백만 명의 유대인을 강제수용소에 보낸 아이히만이 그저 명령을 따랐을 뿐이라고 대답한 것처럼 말이죠."

고다는 테이블 위에 놓인 사진을 정리해 내게 내밀었다.

"저는요, 고야나기 선생님의 열의와 정직함에 걸어볼게요. 지금 부자연스럽게 느껴지는 걸 못 본 척하지 못할 거라고. 이 사진을 가지고 돌아가서 잘 생각해보지 않겠습니까? 고야나기 선생님의 얼굴을 보면 알 수 있습니다. 이상하다는 걸 이미 눈치채셨을 거예요. 만약 고야나기 선생님이 자신의 정의를 관철하고 싶다면 언제든 연락주세요."

나는 고다에게 받은 사진을 물끄러미 바라보다가 테이블 위에 올려놓았다.

"이거 돌려드릴게요"

나는 사진을 고다 쪽으로 내밀었다.

"고다 씨와 마찬가지로 저도 보스에게는 갚지 못할 은혜가 있습니다. 그리고 존경하고 있습니다. 이 사진만으로 위화감을 느끼는 자신이 더 이상한 게 아닐까 생각합니다. 그러니⋯⋯."

고다가 짧게 숨을 내쉬었다.

"미사토 선생님을 신뢰한다면 두려워할 게 없습니다. 이 사진을 보여주고 무슨 일이냐고 당당하게 물어보시면 되는 거 아닌가요? 안 받는 게 무서워한다는 증거죠."

고다와 내 시선이 맞부딪쳤다. 나는 사진으로 손을 뻗어 "잠시 맡아두죠"라고 말하며 가방에 넣었다.

카페를 나서자 어느새 밤의 장막이 드리워져 있었다. 주황색 빛을 흔들며 자전거가 스쳐지나간다.

휴대전화를 보니 와카에게 몇 번이나 연락이 와 있었다.

결과가 신경 쓰여 연락했을 것이다. 급히 전화를 걸어 연락이 늦어 미안하다고 사과했다.

"마쿠하리 페리아에 가서 어땠어? 진전 있었어?"

"길어지니까 정리해서 직접 이야기할게. 그쪽에 들르고 싶은데 오늘 중으로 사무소에서 해야 할 일이 있어."

와카에게조차 지금의 상황을 털어놓을 엄두가 나지 않았다. 보스에게 들은 사내 스파이 이야기, 고다에게 받은 사진, 나코에게 들은 이야기. 그 모든 것을 종합하면 내 안에서 믿기 어려운 줄거리가 보이기 시작하고 있었다. 정말 그런지 다른 해석은 할 수 없는지 나는 완전히 혼란스러웠다. 혼자 천천히 생각하고 싶었다.

"가와사키 건은 이제 됐어? 쓸 수 있는 수단은 다 써서, 나코 씨에게 어떤 일이 닥쳐도 받아들일 수 있어?"

사진이 있으면 의외로 빨리 찾아낼 수 있다고 했던 와카의 말이 떠올랐다.

"실은 가와사키 다쿠토의 사진이 수중에 있어."

"어, 왜?"

"주간마이아사의 고다 씨라는 기자에게서 잠깐 맡아두었어."

"그거 정말 가와사키 다쿠토야?"

"이름표를 달고 있는 게 아니라서 확실하진 않지만 아마 틀림없을 거야."

"왜 그 기자가 가와사키의 사진을 가지고 있어?"

그러고 보니 그랬다. 아까는 사진을 보고 패닉에 빠져 고다에게 입수 경로를 묻지 않은 채 헤어지고 말았다.

"저기, 가와사키의 사진과 그 고다라는 기자의 명함을 메일로 보내줘 봐. 정보원의 신빙성이란 중요하지? 고다가 어떤 사람인지 혹시 모르니까 조사해볼게."

"알았어. 부탁할게."

나는 그 자리에서 가와사키의 사진과 고다의 명함을 휴대전화로 찍어 메일에 첨부해서 와카에게 보냈다.

사무소 문을 열자 즈카하라 씨가 회의실에서 얼굴을 내밀었다.

"어서 오세요, 고야나기 선생님. 늦으셨네요."

회의실에서 텔레비전 음성이 들린다. 나코가 신경 쓰여 남아 있는 것이리라.

"지금 나코 씨 아버님이 출연 중이거든요."

즈카하라 씨와 회의실에 들어가 의자에 앉아 텔레비전에 눈을 돌리자 재팬TV의 이브닝 뉴스가 흘러나오고 있었다. 스튜디오 내 스크린에 혼조 겐고의 모습이 보인다. 자택에 있는 혼조와 온라인으로 연결한 모양이다. 스튜디오의 여성 앵커가 VTR 영상을 보면서 혼조에게 질문하고 있다. 영상에서는 역 앞에서 몸값 모금에 대해 호소하는 사람들이나, 상가 매장에 PC를 설치해 몸값 모금을 지원 중인 야채가게 점장 등이 혼조를 향해 응원 메시지를 보내고 있다.

"혼조 씨, 많은 분들이 응원해주고 계십니다."

여성 앵커의 말에 혼조 겐고는 눈시울을 누르며 "감사합니다"라고 쥐어짜듯 쉰 목소리로 말했다.

여성 앵커가 마이크를 잡고 카메라 쪽으로 고개를 돌렸다. 앵커의 얼굴이 클로즈업되었다.

"여러분, 상상해보십시오. 자기 딸이, 자기 가족이 갑자기 실종된 날을. 갑자기 범인에게서 묶여 있는 소중한 가족의 사진이 도착한 기분을. 저라면 견딜 수 없습니다. 제정신을 유지할 자신이 없어요. 만약 자신이 혼조 씨 입장이라면 어떻게든 가족을 돕고 싶다, 무사히 돌아왔으면 좋겠다고 갈망할 것입니다. 오후 7시 20분 현재 몸값 모금 총액은 6억 8천 745만 엔입니다. 여러분 좀 더 도와주셨으면 합니다. 주위 분들과 손을 맞잡아주셨으면 합니다."

나는 의자에서 일어섰다.

"할 일이 있어서 자리로 돌아가겠습니다."

"텔레비전 소리가 시끄러웠겠네요. 죄송합니다."

"아니요, 몸값 모금 상황도 궁금하니 즈카하라 씨는 부디 지켜봐주십시오. 문만 닫아둘게요."

"알겠습니다."

나는 문 쪽으로 향하다 멈춰 섰다.

"즈카하라 씨, 택시 영수증 사본은 어디에 보관되어 있죠?"

"창가 맨 오른쪽 끝 서랍장 맨 위 칸인데요."

즈카하라 씨가 허리를 들었다.

"어딘지 아니까 괜찮아요. 제가 직접 확인할게요."

회의실을 나와 문을 닫고 서랍장으로 향했다.

택시 영수증 사본이 철 되어 있는 파일을 꺼내 4월 6일 토요일 사용분을 찾았다. 바로 네 장의 영수증 사본이 눈에 띄었다. 다 보스 사인이다.

첫 번째, 지바 마쿠하리에서 요코하마. 두 번째, 요코하마에서 무사시코스기. 세 번째, 무사시코스기에서 메구로. 네번째, 메구로에서 아오바다이.

역시 그런가. 나는 한숨을 푹 쉬었다. 택시 영수증 사본 네 장을 파일에서 뺐다.

내 자리로 돌아와서는 고다가 맡긴 사진과 택시 영수증 사본을 책상 위에 올려놓고 두 손으로 머리를 감싸 쥐고 보스가 찍힌 사진을 바라보았다.

7년 전의 기억이 속속 떠오른다. 갑자기 경찰이 집으로 찾아와 형을 체포했을 때의 충격은 아직도 잊히지 않는다. 자신도 가족도 범죄와 무관한 삶이라고 믿고 의심한 적이 없었다. 당시 학생으로, 형 집에 얹혀살던 나는 형을 데려가려는 경찰관에게 무슨 권리가 있어서 이러는 거냐며 반사적으로 덤벼들었고, 형 사건이니까 진정하라며 경찰 둘이 달라붙어 나를 떼어놓았다. 지금까지 남에게 먼저 달려든 것은 그때가 유일했다. 형제라고는 하지만 그냥 동거인 같은 날들이었다. 식사도 따로 하고 대화도 필요 없으면 하지 않았다. 그런데도 형이 체포되었다는 사실은 무겁게 다가와 몸에서 등뼈가 빠진 듯한 느낌에 사로잡혔고, 형언할 수 없는 불안감에 일상생활이 확 바뀐 느낌이 들었다. 며칠 뒤 연락을 준 사람이 당번 변호사(일본 각 지역 변호사회가 당번을 정해 무료로 법률 상담을 해주는 제도-옮긴이)로 형을 담당하게 된 보스였다. 취조 중인 형을 매일 찾아가 접견하고 가족인 나에게까지 매일 연락을 주었다.

"불안감이 판단을 흐리게 해 쓸데없는 소리를 하게 만들까 봐 매일 네 형 접견을 갔을 뿐이야. 일단 일을 맡은 이상 검찰이 원하는 대로 흘러가게 두는 건 참을 수가 없거든."

나중에 보스는 솔직하게 말했지만 화제성 있고 거액의 성공보수를 기대할 수 있는 큰 사건이라면 몰라도 일반 개인 접견을 매일 다니는 변호사는 그리 많지 않다. 더구나 보스는 당시 일본에서도 유수의 대형 로펌의 기업법무 변호사였으니 당번 변호사가 아니었다면 개인 변호를 맡을 시간이 없었을 것이다.

투자 사기사건으로 체포된 형의 소문은 본가가 있는 아와지 섬에 순식간에 퍼졌다. 범죄자를 키운 사람에게 아이를 맡기고 싶어 하는 부모는 없다. 어린이집에 근무하던 어머니는 우회적으로 퇴직을 강요받고 실직해 집에 틀어박혀 살게 되었다. 병 때문에 43세의 젊은 나이에 사망한 아버지의 위패에게 말을 걸기만 하는 나날들. 사회와의 교류가 단절된 어머니의 용모와 정신이 탁류에 휩쓸린 듯 무너져가는 것을 나는 어쩔 도리 없이 그저 멀리서 바라보고만 있었다.

축구 특기생으로 추천을 받아 진학해 운동밖에 해오지 않았던 형은 남들이 의지할 만한 사람이었다. 전혀 남을 의심하지 않고, 장점을 찾아내는 재주가 뛰어나고, 대범한 성격이라 악인이라고 생각한 적은 한 번도 없다. 하지만 그것이 역효과를 낳았다. 장단점은 표리일체라는 것을 그때 처음 알았다.

집을 빌리는 데 보증을 서달라는 부탁을 받은 형은 안이하게 인감도장과 신분증을 친구에게 빌려주었고 어느새 실체가 없는 회사 몇 곳의 대표이사가 되어 있었다. 명의상 형이 사장인 회사는 불법 권유로 투자자를 모집해 투자 사기 사건으로 발전했다.

"그런 줄 몰랐어. 도중에 뭔가 이상하다는 생각이 들었지만 친구를 의심하고 싶지 않았어."

그런 형의 말을 믿은 것은 엄마와 나와 와카, 그리고 보스 정도이리라. 보스는 우리 가족의 유일한 아군이었다.

보스가 하는 일에는 무슨 이유가 있을 것이다. 나는 뇌리에 떠오르는 생각을 부정하기 위해 사진을 보면서 몇 번이고 몇 번이고 생각을 고쳐먹었다. 그런데 다른 이유를 찾을 수가 없었다.

왜 그 기자가 사진을 가지고 있냐던 와카의 말이 떠오른다. 대체 고다는 어디서 이 사진을 손에 넣었을까? 고다에게 정보와 사진을 유출한 사람은 누구일까?

데라이와 사장의 가방이 도난당한 것을 알고 있었고, 가방을 주고받을 장소를 알고 있던 인물.

그렇게 생각하다 퍼뜩 정신이 들었다. 사이버앤드인피니티 사의 사내 스파이.

사내 스파이는 사이버앤드인피니티 사의 간부급이다. 사회적으로는 꽤 신뢰할 수 있는 위치에 있는 인물로, 만약 고다와 아는 사이라면 믿는다 해도 이상하지 않다. 하지만 사내 스파이가 주간지 기자에게 자신이 벌이는 범죄행위 정보를 흘릴까. 그런 짓을 했다간 자신의 무덤만 파는 꼴이다. 산업 스파이는 형사 처분 대상이니까.

나는 판례 검색 시스템을 이용해 산업 스파이에 대해 검색하고는 서고에 보관되어 있는 〈법학 교실〉에서 해당 기사를 읽어보았다.

2015년 3월, 일본에서 처음으로 산업 스파이에게 실형 판결이 내려졌다. 이른바 도시바 산업 스파이사건. 도시바의 낸드플래시 연구 데이터를 도시바의 제휴 반도체 제조업체인 샌디스크 일본법인의 전직 기술자가 한국의 반도체 기업 하이닉스반도체(현 SK하이닉스)에 유출한 혐의로 구속 기소되었다. 이 전직 기술자는 이직한 한국 기업에 인정받기 위해 연구 데이터를 여러 차례 복사해 제출하였고, 자신의 대우를 유리하게 만드는 협상 카드로 이용한 것으로 밝혀졌다. 그 기술자와 마찬가지로 이직한 동료의 내부고발로 발각된 이 사건은, 전직 기술자에게 징역 5년에 벌금 300만 엔의 실형이 선고되었고, 같은 해 9월 항소심에서도 1심 유지 판결이 나왔다. 이후 민사소송에서 도시바와 SK하이닉스는 반도체 제휴 확대라는 노선으로 합의했고, SK하이닉스에서 도시바에 2억 7천 800만 달러의 합의금이 지급되었다.

이 사건은 버블 붕괴로 인해, 2000년대 초반 제조사의 기술인력 구조조정을 배경으로 하고 있다. 일자리를 잃은 일본 기술자가 한국과 중국 기업으로 이직하면서 기술이 유출되었다는 우려가 제기되었다. 이에 따라 2015년 미국의 경제스파이법을 참고한 '개정 부정경쟁방지법'이 제정되었다. 영업비밀 침해를 방지하기 위해 제정되었던 부정경쟁방지법을 지적재산권 보호를 위한 목적으로 개정한 것이다.

사내 스파이가 데라이와 사장 가방 도난에 연루되었다면 '개정 부정경쟁방지법'에 저촉될 것이다. 그런데도 스스로 기자에게 정보를 흘리는 의도는 무엇일까.

다른 의도가 있는 것인가? 아니면 고다에게 정보를 흘리고 있는 것은 다른 사람인가?

고다에게 들은 말이 아까부터 계속해서 머릿속을 헤엄치고 있다.

"미사토 선생님을 신뢰한다면 두려워할 게 없습니다. 이 사진을 보여주고 무슨 일이냐고 당당하게 물어보시면 되는 거 아닌가요? 안 받는 게 무서워한다는 증거죠."

나는 보스에게 전화를 걸었다.

보스가 사무소로 돌아온 것은 오후 11시가 지나서였다.

이브닝 뉴스에 혼조 겐고가 출연한 효과인지 몸값 모금액은 비약적으로 늘어 오후 10시 45분 마침내 10억 엔에 도달했다는 속보가 나왔다. 속보를 알린 시사프로그램 스튜디오 출연자들은 모두 가슴을 쓸어내리며 안도했다. 하지만 두 번째 메일 이후, 범인에게서의 연락은 없다고 한다. 1천 개의 계좌로 이체하라는 지시는 있었지만 10억 엔의 몸값을 어떻게 입금시키고 어떻게 받을 것인가 하는 점으로 보도의 초점은 옮겨갔다.

"이야기는 방에서"라는 보스의 말에 보스 방으로 향했다. 상의 주머니에는 고다가 맡긴 사진과 택시 영수증 사본이 들어 있었다.

보스의 방 중앙에 있는 소파에 마주 보고 앉았다. 보스는 수첩과 애용하는 까렌다쉬 펜을 무릎 위에 올려놓고 펜으로 수첩을 톡톡 두드렸다.

내가 뭔가 말을 꺼내려는 것을 보스는 알고 있구나 싶었다. 까렌다쉬 펜으로 수첩을 두드리는 것은 변론을 생각할 때 보스의 버릇이다.

"이런 날에 시급히 하고 싶다는 말이 뭐야?"

보스가 나른하게 나를 쳐다보았다. 보스가 돌아올 때까지 생각하고 생각한 끝에 단도직입적으로 물어보기로 마음먹었다. 나는 사진을 보스 앞에 놓았다.

"뭐야? 이거."

보스가 사진을 집어 들었다.

"얼마 전에 이야기한 주간마이아사의 고다 씨에게 받았습니다."

"아, 그 음모론?"

보스는 표정을 거의 바꾸지 않은 채 사진을 보고 있다. 다 보고 난 후 테이블 위로 탁 사진을 던졌다.

"누가 무슨 목적으로 이런 사진을 찍었어?"

"누군지는 모릅니다. 다만 그게 바로 납치사건의 진짜 타깃은 사이버앤드인피니티 사라는 증거라고 합니다."

보스는 힐끗 사진에 눈길을 주더니 내 쪽으로 고개를 돌렸다.

"그래서 고야나기 군이 하고 싶은 말이 뭐야?"

"죄송하지만 저는 그 사진을 보고 엉뚱한 음모론이 머릿속에 떠올라 사라지지 않아요. 그러니 저의 바보 같은 음모론을 들은 뒤 미사토 선생님이 부인해주셨으면 합니다."

보스는 옅은 미소를 지은 뒤 "그래" 하며 고개를 끄덕였다.

"저는 나코 씨에게 이렇게 들었습니다. 4월 6일 토요일, 요코하마 야마시타 부두에서 가와사키 일당에게 쫓기고 있는데 우연히 지나가던 보스가 도와줬다고. 그길로 집까지 데려다주는 길에 자신이 왜 가와사키에게 쫓기고 있었는지 과거 경위를 모두 이야기하고 보스에게 자신이 한 일도 되돌아봐야 한다는 말을 듣고 자수를 생각하게 되었다고."

"그랬지."

"하지만 이 사진을 보면 그렇지 않습니다. 보스는 가와사키와 나코 씨가 탄 차를 추적 중이었어요. 그러니까 가와사

212

키의 사진을 찍고 있는 거죠."

나는 택시 영수증 사본을 테이블 위에 놓았다.

"왜 추적했는지, 어떻게 추적할 수 있었는지 저는 생각했습니다. 그 결론이 보스는 오래전부터 데라이와 사장님의 명을 받고 사내 스파이 조사를 하고 있었다는 거였습니다."

보스가 코로 숨을 내쉬는 소리가 들렸다.

"보스 입장에서는 나코 씨가 정말 쓸데없는 짓을 했다고 생각했을 거예요. 데라이와 사장님에게 업무 미팅에 지참한다는 이유로 인피니티를 가방 안에 넣고 다니라고 부탁하고, 그 사실을 간부들 앞에서 말하게 해서 누가 가방을 노릴지 가늠하려 했는데, 나코 씨가 서류봉투를 빼내 계획을 망쳐버렸죠. 서류봉투 안에는 가짜 인피니티가 들어 있었던 거겠죠? 추적 장치도 들어 있었을지도 모릅니다. 패밀리 레스토랑 쓰레기통에 버려진 서류봉투는 당연히 보스가 수거했을 테고요."

보스는 긍정도 부정도 하지 않고 잠자코 듣기만 했다.

"가방 도난신고가 안 된 이유가 그거였어요. 왜냐하면 보스가 일부러 훔치게 했으니까요."

내가 마쿠하리 페리아에 가지 않았다면 이런 일들을 깨닫지 못했을 것이다. 혼조 나코 건은 아무것도 하지 말라고 엄명한 것은 이런 것이었는가 하는 생각에 말하면서 가슴속이

따끔따끔 아팠다.

"하지만 그 후 보스가 나코 씨를 택시로 구한 건 가와사키에게 쫓기는 그녀를 순수하게 돕고 싶어서였죠?"

보스가 손에 쥔 까렌다쉬 펜으로 톡톡 소리를 냈다.

"그런가."

"아닌가요……."

나는 나도 모르게 눈을 감고 입술을 깨물었다.

"가와사키를 잘 아는 범죄 그룹 동료와 내분이 일어났다고 생각했기 때문에 이야기를 듣기 위해 그녀를 도운 건가요?"

펜은 멈춘 채였다. 더는 변명거리조차 생각할 마음이 없는 듯했다.

"그런데도 나코 씨는 보스의 친절을 진심으로 받아들여 자신의 신상 이야기를 했고, 궁지에 몰린 이틀 뒤에는 보스를 의지해 전화까지 했습니다. 그래서 보스는 생각해낸 겁니다. 이 터무니없는 납치 프로젝트를."

사법연수원 시절, 기업의 법무변호사 선배에게서 산업 스파이에 대한 이야기를 들은 적이 있다. 사내의 산업 스파이를 찾아내려면 스파이 본인이나 주변 직원들이 결코 눈치채지 못하도록 조사를 진행할 필요가 있다. 조금이라도 눈치채면 증거를 인멸하기 때문이다.

기업이 사내의 산업 스파이를 경찰에 고소할 경우, 결정적 증거가 없는 한 경찰은 좀처럼 움직이려 하지 않는다. 고소란 수사기관인 경찰에 범죄사실을 신고하는 것뿐만 아니라 범인의 처벌을 요구하는 의사 표시를 포함한다. 그래서 경찰은 고소장이 접수되면 신속하게 수사하고 서류와 증거를 검찰에 보내야 하는 의무를 진다. 고소장을 수리하기 전에 정말 산업 스파이 범죄가 성립하는지 증거를 확인한다. 경찰은 고소장을 수리하는 것이 기본자세이나 신청 내용과 기타 자료로 판단하여 범죄가 성립하지 않는다고 생각되는 경우에는 고소장 수리를 거부할 수 있다는 판결이 과거에 나온 적이 있다.

즉, 경찰을 움직이기 위해서는 기업이 산업 스파이의 범행을 보여주는 확실한 증거를 포착할 필요가 있다는 것이다.

"보스는 극비리에 사이버앤드인피니티 사의 사내 스파이 조사를 하고 있었잖아요. 그런데 증거를 찾기란 쉽지 않습니다. 당연하죠. 사내 인간의 협조 없이 조사하는 건 불가능에 가까우니까요. 하지만 누가 스파이인지 모르는 상황에서는 안이하게 직원들에게 도움을 요청할 수도 없죠. 그래서 보스는 납치사건을 일으키고 크라우드펀딩으로 몸값을 모금하는 계획을 생각해냈습니다. 그렇게 되면 경찰이 반드시 회사에 수사진을 보낼 테니까요. 직원을 자택에 대기시킨

후 시스템 접속 이력과 메일 이력과 사용한 경비의 흐름까지 당당히 조사할 수 있습니다. 몸값 모금이라는 기이한 납치사건 범인의 진짜 목적은 사이버앤드인피니티 사에 있는 것 아니냐고 의심하는 경찰 쪽에 사내 스파이 가능성을 살짝 흘려두면 경찰은 용의자 중 한 명으로 스파이도 함께 수사해줄 거고요. 사내 스파이를 찾아내는 데 이렇게 단기간에 효율적인 방법은 없죠. 아닌가요?"

나는 그 어느 때보다 진지하게 보스와 마주 보았다.

"이의 있습니다."

보스가 손을 들었다.

"다 억측이고 증거가 없어."

"부정하시지는 않는 건가요, 미사토 선생님?"

나는 목소리를 높였다.

"나코 씨를 제 법률 상담에 오게 한 것도 그녀를 의뢰인으로 만들기 위해서였나요? 위임 계약을 맺지 않더라도 법률 상담을 받으면 비밀유지의무가 발생하니까요. 덧붙여 통신감청법 제15조도 적용할 수 있을지 모르고요. 변호사와 의뢰인 사이의 전화는 설사 수사기관이라도 감청할 수 없다. 미사토 선생님은 나코 씨가 사무소에 전화를 걸어온 이유를 경찰에 추궁당하지 않도록 자신과 나코 씨의 관계가 변호사와 의뢰인의 관계로 보이도록 법을 거꾸로 이용한 겁니다."

"그렇다면 형편없는 변호사네."

태도를 바꾼 듯 보스가 어깨를 으쓱했다.

전혀 부정할 생각이 없는 보스의 태도에 나는 충격을 받았다.

냉정해지려고 크게 숨을 내쉬고 다시 보스를 똑바로 바라보았다.

"하지만 보스가 납치의 주모자라면 나코 씨는 무사한 거죠?"

그것만이 구원이었다. 내가 상상한 줄거리를 진심으로 부정해주었으면 했지만, 만약 맞다면 그녀의 안전은 보장된다.

하지만 보스의 눈길은 애매모호하게 허공에 머문 채였다.

"설마, 정말 납치된 건가요?"

다시 까렌다쉬 펜이 천천히 움직이기 시작했다. 나는 정신이 번쩍 들었다. 고다의 이야기가 머릿속을 스쳤다. 설마 그런 일이 있을 수 있을까.

"가와사키에게서 인피니티를 넘기라는 협박 메일이 정말 도착했나요?"

보스가 일어섰다.

"음모론인지 뭔지 모르겠지만 적당히 해."

나도 일어나 보스 앞으로 다가갔다.

"그럼 제발 제대로 부인해주세요, 미사토 선생님."

"알았어. 분명히 말해둘게. 내가 책임지고 있는 건 사이버앤드인피니티 사에 대해서야. 혼조 나코는 법률 상담은 하러 왔지만 위임 계약은 맺지 않았어. 그녀의 삶에 대해 책임은 지지 않아."

"놀랄 정도로 속마음을 말씀하시는군요."

목소리가 저절로 떨렸다.

"미사토 선생님은 아무렇지도 않으신가요?"

보스는 입술을 다문 채였다.

"저는 이해가 안 됩니다."

"눈앞의 감정으로 행동하면 그 결과는 신만이 알아. 그런 식이면 절대 이길 수 없어."

나는 고개를 들고 다시 보스와 마주 보았다.

"만약 지금 일어나고 있는 모든 일이 보스가 책임을 다하기 위한 계획이라면, 저에게 말씀해주시겠습니까?"

보스는 내 눈을 응시한 채 딱 하고 손가락을 울렸다.

"알려줄게. 계획을 완벽하게 실행하려면 아무에게도 말하지 않는 게 최고야. 지금은 일인당 한 대씩 스마트폰이라는 이름의 카메라와 녹음기를 가지고 있는 세상이지. 어디에 적이 있는지 알 수 없어."

"저는 적이 아닙니다."

나도 모르게 테이블을 쾅 하고 치고 말았다.

"아군이라고 생각하지 않으면 왜 저를 채용하셨습니까? 미사토 선생님에게 은혜가 있고 시키는 대로 할 것 같아서인가요?"

나는 손을 뻗어 보스의 책상 위에 놓인 《갈리아 전기》를 들었다.

"카이사르는 이런 말을 했죠? 한번 얻은 부족들의 신뢰를 저버릴 바에야 고난의 싸움에 임하는 것이 낫다. 미사토 선생님이 싸울 방법을 틀린 걸 저는 처음 보는 것 같아요."

나는 책을 내려놓고 사진과 택시 영수증 사본을 집어 들고는 문으로 향했다.

"고야나기 군이 브루투스라는 거야?"

나는 걸음을 멈췄다.

"카이사르는 브루투스를 믿었기 때문에 배신당하고 충격을 받았어요. 미사토 선생님과 저는 카이사르도 브루투스도 아닙니다."

나는 보스 방을 떠났다.

방을 나오자 즈카하라 씨가 방심한 듯 서 있었다.

"죄송합니다. 워낙 목소리가 커서 그만."

"그랬나요?"

떠나려던 내 앞을 즈카하라 씨가 손을 벌리며 막아섰다.

"고야나기 선생님 마음은 이해합니다만, 좀 진정하시면 어떨까요? 노파심으로 말하자면 싸우고 나서 흥분했을 때의 결단은 좋지 않은 결과를 불러올 때가 많아요. 게다가 심야의 결단은 더더욱 안 돼요. 나도 몇 번이나 후회했거든요."

"아침이든 밤이든 아마 결과는 똑같을 거예요."

발걸음을 옮기기 시작한 내 앞을 다시 즈카하라 씨가 막아섰다.

"도대체 어쩌시려고요?"

"즈카하라 씨와는 관계없으니까요."

"실례되는 소리 하지 마세요. 저도 사무소의 일원입니다. 여기서 일어나는 일은 무엇이든 관계있어요."

"그렇죠, 보통이라면."

나는 즈카하라 씨에게 미소를 지었다.

"혼조 나코 씨는 관계없대요."

보스와의 대화는 거의 다 들렸을 것이다. 즈카하라 씨가 살짝 고개를 끄덕였다.

"무슨 이유가 있지 않을까요? 미사토 선생님께선 생각이."

"저도 그렇게 생각했어요."

걸음을 옮기려던 내 앞길을 가로막듯이 즈카하라 씨도 몸을 옮겼다.

"안 보내요. 절대로. 고야나기 선생님."

그때 주머니 속에서 휴대전화가 울렸다. 와카에게서다. 드물게 화상통화로 걸려왔다.

통화 버튼을 누르자 와카의 얼굴이 비쳤다.

"미안해, 다이키. 실수했어."

"실수라니?"

통화 상대의 얼굴이 와카에서 남자의 얼굴로 바뀌었다. 까무잡잡한 피부에 갈매기 모양의 긴 눈썹이 눈길을 끌었다. 인상적인 노란머리의 남자.

가와사키 다쿠토다.

"고야나기 선생, 사이버앤드인피니티 사의 인피니티를 준비해주겠어? 기한은 내일, 12일 정오. 또 연락할게."

가와사키는 그것만 말하고 전화를 끊으려고 했다.

"잠깐만. 이봐. 여보세요, 여보세요?"

내 외침과 동시에 수화기 너머에서 와카가 쉿소리를 냈다.

"제대로 대화하게 해줘."

몸이 묶여 있을 것이다. 휴대전화에 비치는 와카의 움직임은 로봇처럼 어색했다. 가와사키가 들고 있는 휴대전화에 몸을 부딪히듯 얼굴을 갖다 대려 하고 있었다.

"와카. 괜찮아, 와카?"

나는 보일락 말락 하는 와카를 향해 열심히 소리쳤다.

"다이키, 가즈 오빠를 소중히 여겨."

"이런 때 무슨 소리야."

"유일한 가족이잖아."

뚜뚜뚜 하는 소리가 들리더니 와카의 얼굴이 화면에서 사라졌다.

"와카, 와카."

끊어진 전화에 두 번 소리치고 나는 황급히 와카의 휴대전화에 다시 걸었다. 하지만 호출음조차 울리지 않았다. 전원이 꺼져 있었다.

"고야나기 선생님, 무슨 일이세요?"

즈카하라 씨가 굳은 얼굴로 나를 들여다보았다. 동시에 문이 벌컥 열리고 보스가 방에서 뛰쳐나왔다.

"무슨 일이야?"

"와카가 가와사키에게 붙잡혔습니다."

목이 메어 제대로 소리가 나오지 않았다. 양손으로 움켜쥔 휴대전화를 이마에 갖다 댔다.

"가와사키의 요구는 뭔데?"

머리 위에서 보스의 목소리가 들렸다. 나는 천천히 고개를 들었다.

"사이버앤드인피니티 사의 인피니티입니다."

보스의 눈동자가 희미하게 흔들렸다.

"이것도 보스의 계획 중 하나인가요?"

대답은 없었다.

"보스도 예측하지 못하는 일이 있군요."

"언제까지 준비하라고?"

"내일 정오까지요."

"정오……."

보스는 그렇게 말한 채 입을 다물었다.

멀리서 구급차 사이렌이 울렸다. 그 소리가 가까워졌다 멀어졌다. 복도에서 담소하는 소리가 들린다. 맞은편 회계사무소 직원도 오늘 야근인 모양이다. 회의실에서는 켜놓은 뉴스 음성이 배경음악처럼 흘러나온다.

생활음이 귀에 남을 정도의 깊은 침묵이 보스의 대답이었다. 사이버앤드인피니티 사에 대한 책임은 지겠지만 사에키 와카의 삶에 대한 책임은 지지 않는다.

나는 보스의 얼굴을 정면으로 바라보았다.

"와카 건은 제 의지대로 움직이겠습니다."

나는 열쇠 케이스에서 사무소 열쇠를 빼서 근처 책상 위에 놓았다. 반사적으로 몸이 그렇게 움직였다.

"어떻게 된 일인가요. 일단 10억 엔에 도달했던 몸값 모금액이 갑자기 줄어들기 시작했습니다."

켜둔 채였던 회의실 텔레비전에서 당황한 듯한 누군가의 음성이 들렸다.

"시스템 문제인가요?"

"취소가 속출하고 있습니다."

즈카하라 씨가 회의실로 뛰어들었다. 나도 뒤따랐다.

텔레비전 화면에 비친 사이버앤드인피니티 사의 몸값 모금 화면 금액은 10억 엔을 밑돌았다.

"무슨 일이죠? 무슨 일이 일어나고 있는 거예요?"

즈카하라 씨가 기도하듯 손을 맞잡으며 초조하게 말했다.

"남은 시간 2분이 채 안 남았습니다."

예상 밖의 사태에 스튜디오도 혼란스러운 모양이다. 카운트다운이 시작되었다.

1분 58초, 57초, 56초, 55초, 54초…….

"대체 무슨 일이죠?"

"취소 내역은?"

"경찰과 사이버앤드인피니티 사가 원인 규명을 서두르고 있는 것으로 알려졌지만 아직 알려지지 않았습니다."

"어디까지 줄어드는 건가요?"

"사이버 공격 아닌가요?"

"그럴 가능성도 있어요."

"도대체 누가 이런 짓을."

"아아, 이젠 틀렸어."

즈카하라 씨가 얼굴을 손으로 감쌌다. 남은 시간이 제로가 되어 모금 총액의 숫자가 정지되었다.

9억 9천 560만 엔.

나는 속절없이 그 숫자를 바라볼 수밖에 없었다.

4장

운명의 선택

이마에서 흘러내린 땀이 목덜미를 타고 욕조에 가라앉았다. 어느샌가 손가락 끝이 불어나고 주름이 잡혀 있다. 욕조에서 나와 목욕타월로 온몸과 머리카락을 쓱쓱 닦았다. 냉정해지려고 목욕을 했지만 가와사키의 목소리가 머릿속에서 떠나지 않는다. 와카는 왜 가와사키에게 붙잡혔을까. 와카에게 가와사키의 사진을 보내 조사를 부탁한 것이 원인일까. 와카의 몸에 무슨 일이라도 생긴다면 하고 생각하면 공포로 숨이 멎을 것만 같다. 꼭 구해내겠다고 몇 번이나 자신을 타일렀고, 무엇을 할 수 있을지 필사적으로 생각했다.

　나는 맨투맨 셔츠를 입고 옷장 구석에 있던 노란 상자를 꺼냈다. 어머니가 돌아가셨을 때 가지고 돌아온 유품 상자다. 어머니의 마지막 보금자리가 된 공동주택 정리를 하던 중 벽장 안쪽에 있던 이 상자를 발견했다. 조부모 대부터 물려받은 일본 가옥을 팔아야 했을 때 어머니는 추억의 물건들을 엄선해 50센티미터 크기의 이 상자에 담았다. 나고 자란 아와지 섬의 독채는 다다미 냄새와 바닷바람이 느껴지는 툇마루가 있는 집이었다. 옛집답게 여덟 개의 방과 귤나무가 있는 마당을 가지고 있었다. 그 집 물건을 한 상자에 담기가 힘들었겠다. 그렇게 생각하며 연 상자 안에 들어 있던 것은 부모님이 신혼여행으로 가셨던 바르셀로나 사그라다 파밀리아 장식물과 두 분의 결혼반지, 형이 어렸을 때 늘 입었던 축구 유니폼과 축구공, 내가 매일 밤 쓰던 천체망원경, 병약하고 특히 신장이 안 좋았던 나를 위해 염분을 적게 섭취하는 메뉴를 고안한 어머니의 오리지널 레시피북, 그리고 한 권으로 엮인 앨범뿐이었다. 어머니 개인 소지품은 결혼반지 하나밖에 없다. 홀로 여행도 많이 즐기고 여행을 갈 때마다 여행지에서 사 모으던 현지 마그넷이나 취미로 적어둔 단가短歌 노트는 다 어디로 갔을까.

그로부터 3년이라는 시간이 흘렀다. 나는 상자를 열고 사그라다 파밀리아 장식물을 집어 들었다.

"신혼여행을 갔을 때 일본은 한창 버블 경제 중이어서 전 세계 관광지는 일본인으로 넘쳐났고 사그라다 파밀리아도 관광객 대부분이 일본인이었어. 노후에는 아빠랑 완성된 사그라다 파밀리아를 꼭 보러 오자고 약속하고 이 장식물을 샀지."

어머니가 이 장식물을 보여주며 내게 그렇게 말한 것은 몇 살 때 일이었더라. 시뻘건 노을을 배경으로 두꺼비 소리가 울려 퍼졌던 기억이 난다. 사그라다 파밀리아의 완성을 기다리지 못한 채 아버지도 어머니도 세상을 떠났다.

앨범 사진은 내가 초등학교 때까지의 사진이 대부분이었다. 가족 4인의 마지막 여행이 된 히다타카야마 이후 거의 갱신되지 않았다. 사진의 날짜를 보면, 이 여행으로부터 약 반년 후, 아버지는 43세의 젊은 나이에 돌아가신다. 췌장암이었다. 어머니가 돌아보고 싶은 추억은 이 무렵까지였는지도 모른다.

어머니의 오리지널 레시피북을 팔랑팔랑 넘겼다. 요리명 옆에 3단계 별표와 당시 내가 말한 것 같은 감상과 반응이 적혀 있다.

별 세 개 옆에는 "내일도 만들어줘", "한 그릇 더", "5분 만에 먹었다", "맛있다".

별 두 개 옆에는 "잠자코 그릇을 비웠다", "그저 그래", "게임과 번갈아가며 겨우 완식".

별 하나 옆에는 "콧잔등에 주름이 잡혔다", "반은 남겼다", "혀를 내민다".

스스로도 손이 많이 가는 아이였구나 하고 생각한다. 별 세 개가 많은 것이 그나마 다행이다.

마지막 페이지에 눈길이 머물렀다. 형의 이름과 주소, 휴대전화 번호가 볼펜으로 적혀 있었다. 약 1년 전, 형기를 마치고 출소한 형과 연락조차 하지 않는 나에게 어느 날 와카가 이 연락처를 건넸다. 형을 만나고 왔구나 싶었다. 와카가 내민 메모를 나는 책상 위에 툭 올려놓았다. 그것을 본 와카가 이 상자를 멋대로 열고 어머니의 레시피북을 꺼내며 말했다.

"여기에 적어놓으면 없애지 않겠지."

이런 식으로 되돌아보게 될 줄은 생각도 못했다.

나는 휴대전화에 형 연락처를 등록했다.

고야나기 가즈히로. 형 이름이 내 휴대전화에 등록된 것은 7년 만이었다.

거의 잠을 못 이룬 채 아침을 맞이한 나는 주소를 의지해 형의 집으로 향했다. 신카와 강변에 서 있는 길쭉한 5층짜리 아파트의 3층이다.

신카와 강변길을 아침 조깅이나 걷기 운동을 하는 사람들이 지나간다. 아버지와 함께 조깅을 하는 초등학생 남자아이를 보니 형의 옛날 모습이 생각났다.

체대를 나와 동네 중학교 체육교사가 된 아버지의 피를 이어받아 형은 어려서부터 운동신경이 뛰어났다. 아버지도 그것이 자랑스러웠을 것이다. 여덟 살 연하의 내가 철이 들었을 때 아버지와 형은 매일 아침 함께 조깅을 하고 있었다. 초등학교 시절까지만 해도 병약하고 체육 수업조차 견학하는 일이 잦았던 나에게는 도저히 비집고 들어갈 수 없는 단단한 부자지간이었다.

손목시계를 힐끗 보았다. 아직 7시다. 하늘은 코발트블루로 맑고 아침 햇빛이 강물에 반사되고 있다. 야행성인 형은 분명 아직 자고 있을 것이다. 하지만 더 이상은 기다릴 수 없었다. 먼저 전화부터 할까 망설였지만 직접 들이닥치기로 했다.

계단으로 3층에 다다르자 통로를 사이에 두고 양쪽에 현관문이 두 개씩 있었다. 어느 것이 형의 집일까. 바로 앞 오른쪽 문 옆에는 아마존 택배가 놓여 있었다. 여긴 아닌 것 같다. 형이 인터넷에서 쇼핑을 할 것 같지는 않다. 슬쩍 받는 이 이름을 확인하니 역시 아니었다.

안쪽 왼쪽 문 옆에 비닐우산이 걸려 있는 것이 눈에 띄었다. 저곳일 수도 있다. 형은 항상 사용한 우산을 현관문 옆에 놓아두고 치우려고 하지 않았다. 다음에 비가 오는 날까지 그대로 있기 일쑤였다.

나는 그쪽으로 향했다. 아니나 다를까 고야나기라는 작은 문패가 눈에 들어왔다. 한숨 돌리고 인터폰을 눌렀다. 하지만 반응이 없다. 한 번 누르며 "다이키인데 그만 좀 일어나 줄래?" 하며 목소리를 높여봤다.

안에서 사람이 움직이는 기척이 느껴졌다. 달그락 소리가 나고 현관문이 열린다. 회색 맨투맨을 입은 형과 눈이 마주 쳤다. 내가 아는 형보다 볼살이 조금 붙어 있었다.

"뭐야, 이렇게 아침 일찍."

7년 전과 같았다. 아침형 인간인 내가 부스럭거리면 으레 형이 이렇게 말하곤 했다.

"형이 너무 늦게 일어나는 거야."

형이 미소를 지으며 일단 들어오라며 집 안쪽을 가리켰다. 집으로 들어가 가운데 놓여 있던 테이블 앞에 앉았다.

"지금 미사토 선생님네서 일하고 있다면서?"

형이 냉장고에서 꺼내온 페트병 커피 두 개를 테이블에 놓고 앉았다.

"응, 뭐."

"무슨 대답이 그래."

"여러 가지, 있었거든."

형이 의기양양한 얼굴로 고개를 끄덕였다.

"그건 그렇겠지. 무슨 일이 있지 않고서야 꼭두새벽부터

들이닥칠 리가 없으니."

형은 커피 하나를 내 쪽으로 밀어내고 다른 병의 뚜껑을 열고는 단숨에 목구멍으로 들이부었다.

"그래서 용건은?"

형이 나를 재촉하듯 곁눈질했다.

"어제 와카가 사진을 갖고 여기 오지 않았어?"

"어제? 안 왔어."

형을 통해 가와사키의 거처를 알아낸 뒤 접근했다 잡힌 것은 아닌 모양이다.

"무슨 일인데?"

"어젯밤, 와카가 납치됐어."

너무나 당돌한 내 발언에 "무슨 소리야?"라며 얼굴을 찡그렸다.

"그러니까 와카가 납치되었고 범인한테 전화가 걸려왔어."

"내가 이해할 수 있도록 처음부터 제대로 설명해."

나는 나코가 법률 상담을 하러 왔고, 그 후 실종된 것부터 어젯밤 보스와 말다툼을 한 것, 와카가 납치되어 사이버앤 드인피니티 사의 인피니티를 요구받고 있는 사실까지 재빨리 설명했다.

"인피니티를 얻기 위해 왜 와카를 납치해?"

"모르겠어. 와카에게 가와사키를 찾는 조사를 의뢰했기 때문에 어쩌면 가와사키의 거처를 알아냈다가 그 일이 들켜 붙잡혔을지도 몰라."

와카까지 위험에 빠뜨리면서 자신은 무엇을 하고 있는 것인지 심한 자책감에 사로잡혔다.

"그렇다고 보통 인피니티를 너에게 요구하나? 사이버앤드 인피니티 사와 무관한 애송이 변호사인데?"

확실히 형의 말이 맞다.

"네가 미사토 선생님 근처에 있어서 그런 거 아니야?"

나는 깜짝 놀라 형을 보았다.

"아마 사장의 명령으로 미사토 선생님이 그 인피니티를 관리하고 있는 거잖아? 아무래도 적은 그 사실을 잘 알고 있는 것 같군."

가와사키를 움직여 와카를 붙잡은 것도 사내 스파이의 지시인가. 도대체 누가 그런 짓을. 보이지 않는 적에게 분노가 치밀어 오른다.

"적도 일단 이런 짓까지 벌인 이상 무조건 여기서 손에 넣을 생각인 거야. 용서 못 해."

형이 궁리하듯 천장을 올려다보았다. 어느 때보다 뺨이 팽팽하게 긴장된 형을 보며 등골에 오한이 일었다. 와카가 상당히 위험한 상황인 것은 틀림없다.

"그래서 어쩌려고?"

형이 내게 시선을 돌렸다.

"반드시 와카를 구해내겠어. 그러니 인피니티를 준비해달라고 할 수밖에 없어."

"그런 걸 물어보는 게 아니야. 결국 미사토 선생님을 믿느냐, 안 믿느냐는 거지."

내 시선이 허공에서 멈췄다. 형이 내 표정을 살핀다.

"혼조 나코의 납치를 주도한 건 미사토 선생님일지 모르지만, 적어도 와카의 납치를 지시한 건 아니지. 사내 스파이 대 미사토 선생님 싸움이잖아, 이건."

형의 말이 맞다. 이제부터 어떻게 움직여야 하는지 실마리가 보이는 것 같았다.

형과 눈이 마주쳤다.

"알았어."

분명 형이 생각하고 있는 방향성과 그리 다르지 않을 것이다.

"그래서 가와사키 다쿠토는 어떤 놈이야?"

나는 가와사키의 사진을 테이블에 놓았다. 형이 사진을 집어 든다.

"알아?"

형이 고개를 가로저었다.

"모르는 얼굴이야. 주위에 물어보면 아는 사람이 있을 수도 있는데."

"주위라니?"

살피는 듯한 내 말투에 형이 입을 다물었다. 그 침묵이 더욱 나의 불안을 부추겼다.

"와카도 가끔 형한테 조사의 도움을 부탁하고 있지? 도대체 누구한테 물어보는 거야?"

"그런 건 케이스 바이 케이스야."

형의 친화력은 천부적인 재능이지만 그것이 걱정이었다. 유상무상의 연결고리를 가려내려 하지 않는다.

"형, 아직도 친하게 지내는 건 아니겠지?"

"누구랑?"

"형을 사건에 끌어들인 패거리와."

"그럴 리가 없잖아."

"그럼 누구한테 물어보는 건데? 한 번 큰 실수를 했잖아. 사귈 사람을 잘 골라."

입에 담은 순간 아차 싶었다. 형제간이라고는 해도 넘지 말아야 할 경계선을 넘었다고 생각했다.

형이 근처에 있던 베개를 벽에 집어던졌다.

"시끄러워. 와카를 구하고 싶은지 구하고 싶지 않은지, 알아봐줬으면 하는지 아닌지 어느 쪽이야!"

형의 눈이 격렬한 분노로 불타고 있었다. 처음 보는 눈이었다. 나이가 여덟 살이나 차이가 나서인지 형이 내게 진심으로 화를 낸 적은 지금까지 한 번도 없었다. 지나간 세월의 깊이를 싫어도 자각하면서 나는 고개를 숙였다.

"미안해."

내 태도를 평가하려는 듯 형이 싸늘한 눈으로 일별했다.

"와카를 구하고 싶어."

다시 한번 고개를 숙인 내 앞에 형이 오른손을 내밀었다. 영문을 몰라 형의 얼굴을 살폈다.

"정보료."

당연하다는 얼굴을 한 형을 나는 믿을 수 없다는 마음으로 바라보았다.

"와카는 항상 제대로 지불했어."

7년 전 같으면 이런 말은 절대 안 했으리라.

내가 왜 형을 만나러 오는 것을 주저했는지 이제야 깨달았다. 오랜 세월과 특수한 환경 속에서 변해버린 형을 보고 싶지 않았던 것이다. 곪아버린 종기를 만지는 것처럼 대화하는 것을 피하고 싶었다. 두려워했던 대로 예전과는 거리가 먼 형 태도에 실망한 자신이 있다.

"와카가 납치당했는데 무슨 소리냐는 얼굴이군."

형이 오른쪽만 입꼬리를 올렸다.

"가족의 유대나 우정 같은 것보다 이해관계가 일치하는

편이 훨씬 신뢰할 수 있을 때가 있거든."

나는 작게 한숨을 쉬었다. 지갑에서 현금카드를 꺼내 형에게 내밀었다.

"비밀번호는 본가 전화번호 뒤쪽 네 자리야. 메모지에 쓸까?"

"필요 없어."

형이 내 손에서 현금카드를 빼앗듯이 낚아채 바지 주머니에 넣었다.

나는 일어나 그대로 형의 집을 떠났다.

휴대전화로 전달되는 뉴스 프로그램을 이어폰으로 들으면서 나는 신카와 강변길을 걸었다.

"대학생 납치사건에 대해 말씀드리겠습니다. 지난밤 0시까지 크라우드펀딩으로 모금되던 몸값은 오후 10시 45분 범인의 요구액인 10억 엔에 일단 도달했지만 마감 직전인 오후 11시 45분쯤부터 갑자기 취소가 잇따랐습니다. 몸값 모금 사이트를 운영하는 사이버앤드인피니티 사 및 경찰은 갑작스러운 이변에 대응을 서둘렀으나 원인 규명에 이르지 못하고 자정을 맞아 모금 총액은 9억 9천 560만 엔으로 10억 엔에 미달한 것으로 나타났습니다. 취소된 모금 총액은 850만 엔에 이르지만 다수의 취소가 어떤 사정으로 이뤄졌는지 알 수 없고 사이버 공격으로 인한 시스템 장애 가능성도 있어 경찰은 원인

파악을 서두르고 있습니다. 몸값 모금 기간 중에는 일부에서 격렬한 모금반대운동이 전개되고 있었기 때문에 관련성이 우려되고 있습니다. 문제인 혼조 나코 씨의 안부에 대해서입니다만, 오전 8시 현재 범인으로부터의 연락은 없어 상황이 매우 우려되고 있습니다."

나는 이어폰을 빼서 주머니에 넣었다.

풍압을 느낄 정도로 자전거가 스치듯 지나갔다.

와카를 구하기 위해서 어떻게 하면 좋을까……

클라이언트의 기밀정보를 고문을 맡고 있는 변호사 사무소가 누설하다니 원래라면 절대 있을 수 없는 이야기다. 하지만 와카를 구하려면 인피니티가 꼭 필요하다. 그것을 양립시키려면 어떻게 해야 할까. 아무리 생각해도 희망을 걸 수 있는 수단은 하나밖에 없었다.

나는 보스 휴대전화로 전화를 걸었다.

"벌써 밖에 나왔어?"

주변의 웅성거림이 들렸나? 전화를 받은 보스가 말했다. 그런 보스도 벌써 밖에 나온 것 같다. 수화기에 신호등 멜로디가 섞여 있다.

"네, 편히 자고 있을 때가 아니니까요."

"그건 그래."

"오늘 저는 가와사키의 협박에 대해 어떻게 움직여야 할까요?"

"알아서 움직이는 거 아니었어?"

"네. 그래서 믿기로 마음먹고 이렇게 전화를 하고 있어요."

"사람이 너무 착한 거 아니야?"

"미사토 선생님을 믿는 게 아니에요. 미사토 선생님의 반드시 이기는 능력을 믿는 거예요. 이기는 것의 의미는 와카를 지키고 사이버앤드인피니티 사를 지키는 것입니다. 이 의뢰를 받아주지 않는다면 제게도 생각과 각오가 있습니다."

보스가 송화구에 소리를 내지 않고 웃은 것 같았다. 나는 잠자코 보스의 대답을 기다렸다.

"받을게."

보스가 단호하게 말했다.

"바로 사이버앤드인피니티 사로 와줄래? 사장실로."

"네. 그럴 생각으로 가고 있어요. 앞으로 30분 정도면 도착할 수 있을 것 같아요."

"그래, 그럼 준비해놓을게."

"그리고 와카 유괴 건을 오쿠이 씨에게."

"그건 이미 말했어."

나는 전화를 끊고 빠른 걸음으로 역으로 향했다.

전철을 갈아타고 사이버앤드인피니티 사에 도착하자 주

변은 취재진과 경찰들로 인산인해를 이루고 있었다. 생방송 중인지 마이크를 든 남자 기자가 회사를 등에 지고 침통한 표정으로 카메라를 향해 뭐라 말하고 있다. 나는 그 옆을 지나 빌딩 입구로 향했다.

입구에서 몸수색을 받고 비서의 안내를 받아 사장실로 들어가니 데라이와 사장과 보스가 소파에 앉아 있었다. 데라이와 사장은 내 얼굴을 보자마자 자리에서 일어나 어깨를 툭 쳤다.

"행운을 비네. 잘 부탁해."

데라이와 사장이 그대로 나가자 보스가 앉으라고 소파를 가리켰다.

자리에 앉자 보스가 내 앞에 빨간색과 파란색 USB 메모리 두 개를 놓았다.

"이 안에 인피니티의 암호키가 들어 있어요?"

"맞아. 빨간색이 진짜. 파란색이 가짜. 개발에 걸린 시간은 10년, 사운이 걸린 프로그램이야. 그렇게 쉽게 내줄 수는 없지."

"네."

"프로그램은 사이버앤드인피니티 사 클라우드에 저장되어 있어. 몇 겹의 보안장치로 둘러싸여 있는데, 이미지로 말하자면 백 개의 방을 각각 다른 열쇠로 열고 통과해서 겨우 프로그램이 놓여 있는 방에 도달한다는 느낌이랄까. 각 방의 열쇠를 틀려서도 안 되고 열어가는 순서를 틀려서도 안 돼. 한 번이라도 오류가 발생하면 저장 장소가 바뀌게 되어 있어. 이 USB 메모리에는 그 절차와 암호키가 들어 있지. 빨간색에는 진짜 순서가, 파란색은 마지막에 오류를 일으키게 되어 있어. 곧 오쿠이 씨가 오겠지만, 오쿠이 씨에게도 이 USB 메모리 이야기는 해두었으니까."

"어느 쪽을 넘겨줄지는 제 판단이라는 건가요?"

"선택지는 있는 게 좋겠지? 그래서 준비했어. 하지만 변호사라면 마지막 순간까지 클라이언트를 지켜야 해."

나는 회사의 역사가 느껴지는 사장실을 빙 둘러보았다. 자리에서 일어나 창업기념 사진으로 다가갔다. 1995년 창업 기념이라는 글자가 금색으로 인쇄된 사진은 아파트의 한 방 같은 곳으로, 검은 머리에 지금보다 날씬한 데라이와 사장이 역시 검은 머리에 짧은 머리, 안경을 쓰지 않은 기리시마 전무와 단둘이 인피니티의 로고를 들고 미소 짓고 있다. 금색으로 새겨진 글씨도, 젊은 두 사람의 웃는 얼굴도 빛나 보였다. 1995년이면 내가 태어난 해다. 내 부모님이 나를 키워왔듯이 두 사람은 이 회사를 필사적으로 키워왔을 것이다. 그것이 지금, 4천 명의 임직원을 거느린 기업이 되었다. 불경기라든가 정리해고라든가 하는 말이 마치 태연히 쓰이게 된 요즘 세상, 눈앞에 있는 USB 메모리는 임직원과 그 가족의 미래를 지탱하는 생명줄처럼 보였다.

USB 메모리를 뚫어져라 쳐다보는 내게 보스가 말했다.

"일에도 인생에도 정답이란 없어. 있는 건 선택뿐이야."

나는 보스에게 고개 숙여 인사하고 두 개의 USB 메모리를 집었다.

오쿠이 경위와 가와카미 경사의 참고인 조사는 사장실과 같은 층의 회의실에서 이루어졌다. 오쿠이의 질문에 내가 대답하고, 가와카미는 기록을 하는 것이 기본 스타일이다.

"개요는 이미 들었습니다만, 자세한 내용을 확인하겠습니다. 어젯밤 사촌 여동생인 사에키 와카 씨를 데리고 있다고 가와사키 다쿠토에게 전화가 왔었죠?"

"그렇습니다."

"몇 시쯤이었죠?"

나는 휴대전화를 꺼내 착신 내역을 확인했다.

"오후 11시 47분입니다."

"가와사키 다쿠토의 요구는?"

"사이버앤드인피니티 사의 인피니티를 준비하라고. 기한은 오늘 12일 정오까지라고 했습니다. 다시 연락하겠다고."

"그렇군요."

오쿠이는 귓불을 오른손으로 여러 번 만졌다. 나는 가방에서 빨간색과 파란색 USB 메모리를 꺼내 책상 위에 놓았다.

"그게 가와사키가 요구하는 인피니티군요?"

이미 들었을 것이다. 오쿠이가 가볍게 고개를 끄덕였다.

나는 손목시계에 눈길을 주었다. 시각은 11시가 넘었다. 앞으로 한 시간 안에 가와사키에게서 연락이 올 것이다.

"이 USB 메모리를 가지고 가와사키가 말하는 곳으로 향할 생각입니다. 만약 혼자 오라고 하면 그렇게 할 건데 괜찮을까요?"

나는 오쿠이에게 물었다.

"물론 우리는 범인이 알지 못하도록 고야나기 선생님에게서 조금 떨어져서 추적·엄호하겠습니다. 안심하십시오. 하지만 가와사키는 직접 만날 생각은 없을지도 모릅니다."

"그게 무슨 뜻이죠?"

"요구가 데이터라면 만날 필요가 없기 때문입니다. 메일로 보내면 되니까요."

오쿠이 말이 맞다. 범인을 만나러 가는 줄 알았지만 반드시 그럴 거라고는 단정할 수 없다.

"가와사키 일당이 있는 곳도 모른 채 어떻게 와카를 구해야 합니까?"

나는 당황했다. 어쨌든 가와사키와 대치하며 와카의 모습을 이 눈으로 확인할 생각이었다. USB 메모리를 가진 나를 인질로 잡고 와카를 풀어달라고 요구한다. 와카가 해방된 것을 확인하고 나서 USB 메모리의 소재지를 이야기한다. 그런 식으로 절차와 협상 방법에 대해 궁리했다. 하지만 그럴 기회는 없을지도 모른다.

"범인의 지시에 대비해 컴퓨터는 이쪽에서 준비하겠습니다. 고야나기 선생님의 휴대전화도 저희가 감청할 수 있도록 설정하겠습니다만, 괜찮으시겠습니까?"

"그럼요."

"가와사키에게서 연락이 오면, 가능한 한 대화를 길게 끌어주세요. 휴대전화로 걸면 GPS로, PC를 사용해 연락하면 IP 주소 등을 통해 상대의 위치 정보를 어느 정도 특정할 수 있습니다. 와카 씨의 모습을 보여달라고 요구해서 가능한 한 영상을 입수할 수 있도록 유도해주세요. 화면에 비치는 배경 영상을 통해 가와사키가 어디에 있는지 해석할 겁니다. 그러기 위한 시간을 최대한 벌어주세요."

"알겠습니다. 최선을 다해 시간을 끌겠습니다."

그렇게 대답했지만 일말의 불안감이 가슴속에 퍼졌다. 나코의 협박 메일처럼 익명화 소프트를 사용해 연락하면 위치 정보 등은 특정할 수 없는 것이 아닐까. 만약 그렇다면 유일한 동아줄은 영상 정보뿐이다. 내가 시간을 얼마나 끌 수 있느냐에 달려 있다.

회의실에 통신실과 같은 설비가 설치되었다. 앞쪽 하얀 벽 앞에 책상과 의자가 한 개 놓여 있고 책상 위에는 컴퓨터와 내 휴대전화가 놓였다. 후방에는 모니터 여러 대가 설치되어 오쿠이와 가와카미 외 네 명의 수사원이 화면 앞에 앉아 있다. 모니터에는 내 휴대전화나 미리 설정된 PC 화면이 비치는 것 외에 사이버범죄대책과나 수사본부 화면과 온라인으로 연결되어 있는 모양이다.

오쿠이가 한쪽 귀에 넣으라고 작은 이어폰 같은 것을 건네주었다. 귓속에 쏙 들어가는 무선 수신기다. 오쿠이의 지시나 조언이 이 수신기를 통해 들리는 것이리라.

나는 준비된 의자에 앉아 빨간색과 파란색 USB 메모리를 컴퓨터 옆에 놓았다. 후 하고 숨을 내쉬었다.

문득 정신을 차려보니 보스가 방 뒤쪽에 서 있었다. 고문을 맡은 회사의 기밀 데이터를 누설시킬지도 모르는 중대사다. 지켜봄이 마땅하리라. 나와 눈이 마주치자 보스는 유유히 오쿠이의 뒤쪽 의자에 앉았다.

회의실의 괘종시계가 정오를 향해 초침을 새기고 있다. 거의 다 왔다. 평소에는 개의치 않던 맥박소리가 관자놀이 근처에서 들려오는 것 같다. 이마에 땀이 배어 있는 것처럼 느껴지는 것은 기분 탓일까. 나는 몇 번이나 손수건을 이마에 가져가 댔다.

탁상의 휴대전화 시계 표시가 12시로 바뀌었다. 정오가 지났다고 생각하는 순간 휴대전화가 진동했고 발신자 번호 표시제한이라는 글자가 떠올랐다. 실내에 긴장감이 일었다. 오쿠이가 뒤쪽에서 천천히 고개를 끄덕였다. 나는 휴대전화를 집어 들고 통화 버튼을 눌렀다.

"준비됐나?"

가와사키의 목소리가 들렸다.

"물론이다. 그러니 와카가 무사한지 확인시켜다오."

"나도 데이터를 확인하고 싶거든. 컴퓨터는 가지고 있지?"

"눈앞에 있다."

수화기에서 경적 소리가 들렸다.

"좋아. 20분 후에 연락하지."

전화는 일방적으로 끊어졌다. 바로 오쿠이가 다가왔다.

"휴대전화였습니다. 지금 통화 상대의 위치 정보를 파악 중입니다."

"가와사키는 차에 타고 있는 것처럼 느껴졌습니다."

"네, 저도 그렇게 생각해요."

"20분이면 위치 정보가 파악된다 해도 15킬로미터 정도는 이동했을까요? 고속도로면 30킬로미터 정도."

"그럴지도요." 오쿠이가 고개를 끄덕였다.

"다음번에는 컴퓨터로 연락해올 가능성이 높다고 생각합니다. 휴대전화라면 GPS로 상당히 상세하게 위치 정보를 특정할 수 있다는 건 잘 알고 있을 겁니다. 인터넷 경유라면 사용하는 전파나 프로그램에 따라 발신처를 특정하기 어려운 것들이 있죠. 내가 범인이라면 휴대전화를 사용하지 않을 겁니다."

오쿠이가 추측을 말했다.

"인터넷을 통해 연락해올 경우, 가와사키의 위치를 어느 정도까지 파악할 수 있을까요?"

"어느 기지국에서 송수신되고 있는지 정도일 겁니다."

"그 이상은 무리인가요?"

"아까도 부탁드렸지만 영상을 볼 수 있도록 이야기를 유도해주세요. 영상에는 여러 가지 힌트가 있습니다. 차 내의 모습으로 차종을 좁히거나 창밖의 경치나 랜드마크로 장소를 특정할 수 있죠. 어쨌든 시간을 끌어서 최대한 많은 영상을 끌어내주세요."

"알겠습니다."

가와사키와의 교섭을 앞에 두고 아드레날린이 분비되어 몸이 떨렸다. 도대체 어떻게 하면 범인을 상대로 자신의 페이스로 이야기를 끌어갈 수 있을지 도무지 짐작이 가지 않는다. 하지만 어떻게든 하는 수밖에 없다.

나는 빨간색과 파란색 USB 메모리를 들고 빨간색을 오른쪽 주머니에, 파란색을 왼쪽 주머니에 넣었다.

예고 시간보다 5분 정도 늦게 가와사키에게서 연락이 왔다. 예상과는 달리 발신자 번호 표시제한이었지만 휴대전화를 통한 연락이다. 후방 수사진에서 순간 술렁임이 일었다. 통화 버튼을 누르자 가와사키의 얼굴이 크게 비쳤다. 마스크를 하고 안경을 썼지만, 갈매기 모양의 긴 눈썹은 어젯밤 전화로 본 가와사키가 틀림없었다.

"보이나?"

운전석에 앉은 가와사키가 몸을 옆으로 젖히듯 뒷좌석 쪽으로 카메라를 돌렸다. 차는 정차해 있는 것 같다. 뒷좌석과의 사이에 검은 커튼 같은 칸막이가 있다. 넓은 밴 같은 차량이었다.

"커튼 때문에 뒤가 안 보여."

"알아."

가와사키가 커튼을 젖혔다.

뒷좌석 중앙에 박스테이프가 입에 겹겹이 감긴 와카의 모습이 비쳤다.

"와카, 괜찮아?"

내 목소리가 들렸으리라. 와카가 눈을 번쩍 뜨더니 가와사키의 휴대전화 쪽으로 몸을 내밀려고 했다. 좌우에 앉은 남자가 와카의 몸을 좌석으로 밀어 넣었다. 손은 등 뒤쪽으로 묶여 있는 것 같다.

와카가 뭔가 말하고 싶은 듯 신음소리를 냈다. 조용히 하라며 오른쪽 남자가 손을 들었다. 그 손에 빛나는 것이 보였다. 칼이다.

"멈춰. 데이터라면 준비했다."

나는 소리치며 오른쪽 주머니에 손을 집어넣었다.

"진정하세요. 진정하세요."

왼쪽 귀의 수신기에서 오쿠이의 목소리가 흘러나온다. 맞아, 시간을 끌어야 해. 나는 터질 것처럼 쿵쾅거리는 심장 고동을 억누르려고 숨을 크게 들이마셨다.

"데이터는?"

가와사키가 화면 저편에서 내 얼굴을 바라보았다. 시간을 끌려면…… 한 박자 사이를 두고 나는 왼쪽 주머니에서 파란색 USB 메모리를 꺼내 휴대전화 앞에 들어올렸다.

"이거다. 이 안에 들어 있다."

"그럼 바로 보내주실까."

가와사키가 메일 주소가 적힌 종이를 화면 앞에 내걸었다. 구글의 프리메일 주소다. 급히 메모했다.

"와카를 풀어줘. 그걸 확인하면 바로 보내줄게."

나는 파란색 USB 메모리를 얼굴 앞에서 흔들었다.

"순서가 반대야."

가와사키가 코웃음을 쳤다.

"풀어주는 건 데이터를 확인하고 나서라고 정해져 있잖아."

어떻게 대답해야 할까 하고 나는 휴대전화 화면을 바라보았다. 와카의 으르렁거리는 소리가 들린다.

"봐, 사촌 여동생이 살려달라고 소리치고 있잖아. 빨리 보내."

와카가 필사적으로 뭔가 전하려 하고 있다. 소리도 안 되는 소리를 지르고 있다. 그것이 아플 정도로 전해진다. 가와사키를 믿어도 되는 것인가, 제대로 와카를 풀어주기는 할 것인가.

"조금만 시간을 더 끌어주세요."

왼쪽 귀에 오쿠이의 목소리가 들린다.

"와카를 어떻게 풀어줄 건데? 구체적인 방법을 알려주지 않겠어? 데리러 가고 싶어."

"간단해. 차에서 떨어뜨리기만 하면 돼. 나머지는 행인이 도와주겠지."

차량 창문에는 검은색 필름이 붙어 있어 바깥 모습은 전혀 보이지 않는다. 어디에 있는지 짐작이 가지 않았다.

"빨리 보내."

가와사키가 초조한 듯 소리를 질렀다. 와카가 다시 목소리가 안 되는 소리를 지르며 앞으로 몸을 내밀었다.

"시끄러워. 입 다물게 해."

가와사키가 뒷좌석을 돌아본다. 오른쪽 남자가 와카의 몸을 뒤로 눌렀다.

와카가 눈을 크게 뜨고 필사적으로 고개를 젓고 있다. 가와사키의 휴대전화를 향해, 화면 너머의 나를 향해 열심히 호소하고 있다.

"보내지 마. 보내면 안 돼."

그렇게 외치는 것처럼 생각되었다. 어쩌라는 거야? 어떻게 해야…….

와카가 다시 앞으로 몸을 내밀어 가와사키의 휴대전화를 들여다보듯 얼굴을 가져다 댔다. 화면 너머로 내 눈에 호소한다. 구속된 온몸을 좌우로 흔들며 안 된다고 호소하고 있다. 그 눈빛, 그 진지함이 나를 현혹시킨다.

가와사키의 위협에 쉽게 넘어가려고 하는 나를 비난하는 것인가? 클라이언트의 기밀 정보를 유출하려는 나에게 설교를 하는 것인가? 대체 뭘 하고 있는 거야. 머리를 더 써. 와카의 마음속 목소리가 들리는 것 같다.

"이바라키 현의 오아라이 해안이다. 당장 이바라키 현 경찰에 연락해"

오쿠이의 흥분된 목소리가 왼쪽 귀에 들어왔다. 위치 정보를 특정해냈다.

"앞으로 10분. 조금만 더 힘내세요."

톤이 올라간 오쿠이의 목소리가 왼쪽 귀에 울린다. 와카는 다시 오른쪽 남자에게 짓눌리면서도 뒷좌석에서 나를 향해 세차게 고개를 흔들었다. 와카는 도대체 무슨 말을 하고 있는 것일까? 와카의 초조한 형상에서 뭔가 힌트를 얻어내려고 나는 와카를 뚫어져라 바라보았다.

와카의 오른쪽 남자가 주머니에서 휴대전화를 꺼냈다. 문자인지 뭔가를 확인하는 것 같다. 와카는 지체 없이 턱을 내밀고 휴대전화를 가리키듯 턱을 위아래로 움직였다. 휴대전화를 주목하라는 거야? 휴대전화에 뭐가 있나?

"지금 이바라키 현 경찰이 가고 있습니다. 고야나기 선생님, 가와사키에게 부드럽게 말을 걸어주세요."

왼쪽 귀에 오쿠이의 냉정한 지시가 들려왔다. 가와사키는 당황한 내 모습을 바라보며 웃고 있다. 경찰에 거처를 탐지당할 우려 따위는 추호도 느끼지 못하는 모양이다. 가와사키는 왜 이렇게 여유가 넘치지? 위치 정보가 특정되기 쉬운 휴대전화로 왜 버젓이 전화를 걸고 있지? 통화가 길어지면 GPS로 특정될 가능성이 높다는 것 정도는 알고 있을 것이다. 내가 경찰에 연락을 안 할 거라 생각했나? 그런데 그것을 확인하려 하지 않았다. 마치 자신들이 어디 있는지 찾아 달라는 듯한 행동이다. 왜? 나는 가와사키의 얼굴을 바라보았다.

가와사키의 여유로운 미소에 깜짝 놀랐다. 설마 가와사키는 위치 정보가 특정되지 않을 거라는 확신이 있는 것은 아닐까? 가와사키에게 지시를 내리고 있는 주모자가 보스가 쫓는 사내 스파이라면? 시스템에 정통한 사내 스파이가 "이건 GPS 기능을 방해하는 전파가 나오는 휴대전화로, 위치 정보가 특정되지 않을 것이다. 암시장에서 입수했다"라고 말한 것일까?

나의 맥박은 다시 격렬하게 뛰기 시작했다.

그렇다면 주모자의 의도는 뭘까. 가와사키는 데이터 운반 책뿐만 아니라, 주모자가 계획한 납치사건의 실행범 역할도 맡고 있다. 하수인이 필요 없게 되면 언제든지 잘라버릴 수 있다. 경찰이 납치사건의 진범을 가와사키라고 여기게 만들고, 데이터가 입수되면 체포되기 전에 가와사키를 처분한다. 그렇구나, 그런 거구나.

"작작 좀 하지."

가와사키가 참지 못하겠다는 듯이 소리를 질렀다. 와카의 오른쪽 남자에게서 나이프를 뺏어들고 칼끝을 와카에게 향했다.

"열 셀 동안 보내지 않으면 이 여자의 목에 구멍이 생길 거야."

"잠깐 내 제안 좀 들어보지 않겠어? 너에게 유익한 이야기일 거야."

"뭐?"

가와사키가 어이없다는 듯한 목소리를 냈다.

나는 파란색 USB 메모리를 가와사키에게 보이도록 들어올렸다.

"이 데이터가 무슨 데이터인지 알아?"

"그런 거 알게 뭐야. 하지만 엉터리 데이터를 보내면 이 여자는 죽는다. 내용물을 확인했다는 연락이 올 때까지 이대로 있을 테니까."

가와사키가 와카의 목 근처에서 칼을 흔든다.

"그렇지. 너는 지시받아서 움직이고 있을 뿐이지 데이터가 필요해서 그러는 게 아니야. 도대체 얼마에 이런 위험한 일을 떠맡은 거야?"

"신경 꺼."

"너무하다고 생각해서 하는 말이야. 너에게 의뢰한 사람이 얻게 되는 이 데이터는 나중에 수백억, 아니 수천억의 돈을 창출하는 데이터야. 가장 위험한 일은 너에게만 떠넘기고, 네 의뢰인은 안락의자에 앉은 채 엄청난 돈을 손에 쥐게 되는 거지. 네가 얼마에 그 일을 맡았는지 모르지만 의뢰인에게는 푼돈이야."

"시끄러워."

"게다가 너는 지금 대학생 납치사건의 용의자가 되기도 했지. 뉴스를 봤다면 알고 있겠지? 피해자 저택 주변을 맴돌던 수상한 인물, 그거 당신 맞지? 마스크나 안경을 쓰고 있었는데, 이렇게 보니 체격이나 몸짓, 손짓이 똑같은걸."

"고야나기 선생님, 지금 무슨……."

오쿠이의 당황한 목소리가 흘러나온다.

"내 특기는 남의 몸짓과 관련된 특징을 금방 외우는 거야. 어렸을 때 몸이 약해서 체육 시간 때 견학만 했거든. 옆에 앉아 친구들을 계속 쳐다보다 보니 자연스럽게 그런 버릇이 생겼어."

내 목소리를 덮듯 가와사키의 노호가 겹친다.

"헛소리 마. 나 아니야."

"이런 짓까지 하고, 지금 혼조 나코 씨는 어디에 있는 거야? 납치한 채 방치해둔 거야?"

"그러니까 그건 내가 아니라고 하잖아."

"그렇군. 그럼 내가 잘못 생각한 거네. 하지만 일본 경찰은 우수하거든. 진상이야 어떻든 용의자는 확실하게 찾아내지. 이러다간 당신도 며칠, 아니 몇 시간만 더 있으면 경찰에 잡힐 거야."

"무슨 말이 하고 싶은 건데?"

"경찰에 잡히는 인간을 의뢰인은 방치해두지 않을 거야. 조사에서 자신들에 대해 떠들면 곤란하니까. 그 전에 분명 입막음을 하겠지. 언제든지 잘라버릴 수 있는 하수인을 고용한 거야. 똑똑한 너라면 잘 알겠지."

가와사키가 입을 다물었다. 수거책 조직의 리더 격인 가와사키도 위험에 빠지면 말단 멤버를 희생시켰을 것이다.

"의뢰인은 데이터만 입수하면 널 잘라버릴 거야. 너는 지워지는 거지."

주모자는 가와사키를 어떻게 없앨 생각일까? GPS를 근거 삼아 경찰이 달려왔을 때, 차로 도주하려고 하는 가와사키를 사고로 몰아넣을 것인가, 아니면······.

어쨌든 와카는 확실히 말려든다. 와카는 그것을 알고 있다. 그래서 필사적으로 나에게 호소하고 있는 것이다. 화면 너머로 와카와 눈이 마주쳤다. 와카가 고개를 끄덕였다.

"그러니까 이쪽에 붙지 않을래? 거래를 하지 않겠어?"

"거래?"

"사법거래다. 2018년 6월부터 일본에서도 시행되었어. 네가 가지고 있는 의뢰인이나 조직에 관한 정보를 전부 경찰에 말하는 거야. 수사에 협조하면 형량에 상당한 배려가 있을 거야."

"그딴 말을 믿으라고?"

"나는 변호사야."

변호사 배지를 가와사키에게 보여주었다. 가와사키가 코 웃음을 쳤다.

"돈으로 쉽게 주장을 바꾸는 악덕 변호사를 나는 많이 알 거든."

"그럼 신용을 얻기 위해 이쪽 패를 보여줄게."

나는 오른쪽 주머니에서 빨간색 USB 메모리를 꺼냈다.

"진짜 데이터는 이쪽이야. 방금 전까지 보여줬던 파란색 USB 메모리는 가짜였어. 네가 어떻게 나오느냐에 따라 어 느 쪽을 보낼까 망설였지."

"이 새끼가."

"하지만 흥정은 그만두지. 너와 진심으로 이야기하고 싶 어."

"그런 말에 넘어갈 거라 생각하냐."

"거짓말이라고 생각한다면 지켜보도록 해. 파란색은 가짜. 빨간색은 진짜다. 내가 여기 컴퓨터로 가짜와 진짜를 검증 해 보이지."

"잔말 말고 바로 진짜를 보내면 돼."

나는 빨간색 USB 메모리를 얼굴 옆에 들어올렸다.

"이 진품을 메일로 보내는 건 간단해. 하지만 다시 말할게. 너는 잘려. 네가 의뢰인이라면 어떡할 거야? 자신의 존재를 알고 있는 인간이 경찰에 쫓기는 거야. 데이터만 손에 넣으면 방해가 되지 않을까? 무엇 때문에 하수인을 고용한 거라 생각해? 그렇게 생각하면 내 말이 무슨 뜻인지 알겠지?"

"닥쳐. 신경 끄라니까."

말과는 달리 가와사키의 목소리가 한층 약해졌다.

"이봐, 제대로 이야기 좀 하자니까. 왜 당신이 희생해야 하는 거지? 이 데이터가 만들어내는 엄청난 돈이 당신 손에 들어오는 게 아니잖아."

가와사키의 눈동자가 희미하게 흔들린다.

"세상이 이상하다고 생각하지 않아? 주모자는 영원히 떵떵거리며 살고, 처벌받는 건 아랫놈들뿐이지. 화 안 나? 왜 따라야 돼? 지금이라면 아직 선택의 기회가 남아 있어."

고개가 살짝 숙여졌던 가와사키가 고개를 들었다.

"정말 그런 거래를 할 수 있다고?"

"그래. 만나서 이야기하지. 약속이야."

내가 화면 너머로 손을 내밀었을 때 뒷좌석의 왼쪽 남자가 창밖을 보고 소리를 질렀다.

"누가 이쪽을 보고 있어. 여러 명인데? 어, 경찰 아니야?"

가와사키의 눈이 단번에 치켜 올라갔다.

"아까부터 쫑알쫑알. 결국 그냥 시간벌기였겠지."

"아니야. 잘 들어줘."

"들어야 할 건 너다. 지금 당장 그 빨간색 데이터를 보내. 그렇지 않으면."

가와사키가 와카에게 손을 뻗어 팔을 잡고 끌어당기더니 목에 칼끝을 댔다. 눈이 새빨갛게 불타고 있다. 칼끝이 와카의 목에 한 점의 붉은 무늬를 만들었다. 칼을 든 가와사키의 손은 화면 너머로도 알 수 있을 정도로 힘줄이 튀어나와 있었다. 와카가 눈을 질끈 감고 고개를 돌렸다.

가와사키의 눈은 진심이다. 모든 것이 끝났다.

"그만 됐어. 당장 넘겨."

왼쪽 귀에 보스의 목소리가 울렸다. 뒤쪽에 있는 보스를 보니 오쿠이의 마이크에 얼굴을 기대고 소리치고 있었다.

"하지만."

빨간색 USB 메모리를 움켜쥔다.

와카 목의 붉은 점이 가늘게 실처럼 아래로 늘어뜨려졌다.

"넘겨. 빨리."

보스의 목소리가 귀청을 뚫을 것처럼 왼쪽 귀를 울렸다. 빨간색 USB 메모리를 PC에 꽂았다. 미리 준비한 메일의 수신처란에 가와사키가 제시한 메일 주소를 입력한다. 데이터를 첨부한 뒤 PC 화면이 가와사키에게 보이도록 휴대전화를 화면 쪽으로 돌렸다.

"보여? 지금 보낼게."

나는 결국 보내기 버튼을 눌렀다.

인피니티가 움직인다. 이제 멈추는 것은 불가능하다. 말할 수 없는 무력감에 휩싸이면서 나는 '송신 완료'라는 글자를 응시했다.

"약속은 지켰다. 빨리 와카를 풀어줘."

나는 쉰 목소리로 가와사키에게 호소했다.

"착신 확인을 하고 나서다."

화면 너머로 가와사키를 보니 다른 휴대전화를 조작 중이었다. 의뢰인과 연락을 취하고 있는 모양이다.

뒤쪽에서 격렬하게 키보드를 두드리는 소리가 들렸다. 수신기 너머로 메일의 행방을 좇으라고 지시하는 오쿠이의 목소리가 들린다.

정신을 차려보니 운전석과 뒷좌석 사이 검은색 커튼이 쳐져 와카의 모습을 볼 수 없게 되었다. 가와사키는 휴대전화만 계속 만지고 있다. 짜증이 치밀었다.

"이미 도착했잖아. 이쪽은 송신 완료라 되어 있어. 빨리 와카를 차에서 내려줘."

"잠깐 기다려. 연락이 오기로 되어 있으니까."

가와사키는 개를 쫓아내듯 손을 흔들었다.

갑자기 펑 하는 폭발음이 들렸다. 나는 나도 모르게 벌떡 일어났다.

화면이 바뀐 듯 차 안이 새하얀 연기로 가득 차 있었다.

"와카!"

나는 고함을 지르며 휴대전화를 움켜쥐었다. 하지만 나의 필사적인 호소를 가로막듯이 화면이 캄캄해지고 통신이 뚝 끊겼다. 가와사키의 신음소리가 여운처럼 귀에 남았다.

회의실 뒤쪽에서 여자의 고함소리가 들렸다. 보스다.

"어떻게 된 거야? 이바라키 현 경찰은 아직 도착 안 했어? 빨리 와카 씨를……."

처음 보는 보스의 당황한 모습을 시야 구석에 느끼며 나는 멍하니 서 있었다.

세상에서 소리가 사라졌다.

와카의 몸에 무슨 일이 일어났다는 것을 인식한 순간 나는 소리를 느끼지 않게 되었다. 정확히는 주위에서 사람이 움직이는 기척은 느껴지지만 그것은 자신을 둘러싼 투명한 막 너머의 세계를 말하는 것으로, 자신은 고치 속에서 정지해 있는 누에처럼 느껴졌다.

시간이, 빛이, 바람이, 나만을 두고 흘러간다. 내가 취한 행동이 내 선택이 와카의 목숨을 앗아갔다. 어떻게 해야 할지, 달리 할 수 있는 일은 없었는지 뉘우쳐도 돌이킬 수 없는 격렬한 후회가 가슴속에서 맴돈다. 이런 결말은 생각지도 못했다. 어떻게든 구해내겠다는 확고한 의지만 있다면 구할 수 있을 거라고 생각했던 내 얄팍함을 깨닫게 된다.

오쿠이가 다가와 "괜찮아요?"라며 내 어깨에 손을 얹었다. 그에 대해 "네"라고 대답한 것은 단지 조건반사일 뿐 다른 대답을 몰랐기 때문이다. 그 후의 대화는 스스로도 놀랄 정도로 기억나지 않는다. 나중에 들은 바에 의하면, 이바라키현 경찰이 오아라이 해안의 현장에 도착한 것이나, 메일의 송신지를 쫓았는데 이스라엘의 기지국을 경유한 탓에 그 이후를 추적하려면 시간이 걸릴 것 같다는 것 등을 오쿠이가 이야기해주었다고 한다.

어느 정도 시간이 흘렀을까. 내 기억이 다시 선명해진 것은 "고야나기 선생님, 전화가 걸려왔습니다"라며 오쿠이가 테이블 위에 놓인 내 휴대전화를 내밀었을 때부터다.

휴대전화 화면을 보고 눈을 번쩍 떴다. 그것은 와카의 휴대전화에서 걸려온 것이었다.

"여보세요?"

전화로 달려든 나는 격앙된 목소리로 호소했다. 실낱같은 희망이 끊어질지도 모른다는 사실에 겁을 먹으면서도 와카의 목소리가 흘러나오기를 마음속 깊이 기대했다.

"다이키, 난데."

"와카, 무사해?"

상당히 목청을 높였을 것이다. 수사관들이 일제히 내 쪽으로 고개를 돌렸고 보스가 튕기듯 달려왔다.

"일단 살아 있어."

"다친 건 어때? 목은 괜찮아? 아픈 덴 없어?"

"괜찮아. 목의 상처도 피는 멈췄으니까. 별거 아니야."

갑자기 온몸의 힘이 풀리면서 나는 무너져 내리듯 책상에 손을 짚었다. 보스와 오쿠이가 황급히 양쪽에서 내 팔을 잡았다. 진심으로 안도했을 경우 실신할 수도 있다는 걸 나는 이때 처음 깨달았다.

"괜찮아요. 죄송합니다"라고 두 사람에게 말하고서 휴대전화를 다시 들었다.

와카의 말에 의하면, 내가 데이터를 송신한 직후, 와카의 양쪽에 앉아 있던 남자가 운전석에서 보이지 않게 검은색 커튼을 치고 살짝 차 밖으로 데리고 나와주었다고 한다. 오른쪽에 앉아 있던 남자가 휴대전화로 온 문자메시지를 읽은 직후부터 두 사람의 태도가 확 변한 모양이다. 와카와 대화를 하고 있던 중에 오른쪽 남자가 휴대전화를 꺼낸 것이 떠올랐다.

와카를 데리고 나온 남자 두 명도 갑작스러운 차량 폭발에 진심으로 놀라 불길에 휩싸인 차를 멍하니 바라보며 서 있다가 달려온 이바라키 현 경찰에 체포되었다고 한다.

"아마 그 둘은 허리가 빠져서 걷지 못했을 거야. 경찰들이 양쪽 겨드랑이를 껴안아 경찰차에 태웠으니까."

이글거리는 차 안에서 땅을 기어가는 듯한 신음소리가 들린 것을 끝으로 가와사키의 생명의 불꽃은 꺼졌다고 한다. 차에 폭탄이 설치되어 있었던 것 아니냐고 달려온 경찰들이 말했다지만 감식반이 와서 현장 검증이 이뤄지는 것은 이제부터인 모양이다.

역시 가와사키는 잘린 것이다. 와카도 함께 불덩이가 되었을지도 모른다는 생각을 하니 휴대전화를 든 손의 떨림이 좀처럼 가라앉지 않는다.

"폭발할 줄 몰랐는데 왜 양쪽에 있던 두 사람은 나를 밖으로 데리고 나왔을까? 원래라면 그 후 나는 가와사키에게 살해당할 예정이었을까?"

와카의 목소리가 깨진 것처럼 떨렸다. 와카와 이야기하고 싶은 것은 산더미처럼 많았다. 하지만 와카에게는 우선 휴식이 필요할 것이다.

"바로 데리러 갈게."

"경찰이 데려다준대. 병원에서 진찰을 받을 준비도 해주고 있는 것 같아. 괜찮다고 했는데 혹시 모르니까."

"그건 받는 게 좋겠다. 어느 병원이야?"

"병원 이름은 아직 못 들었는데."

"그럼 나중에 연락 좀 줄래? 병원으로 갈 테니까."

"알았어."

보고가 들어왔을 것이다. 전화를 끊자 오쿠이가 "데이토 의대병원으로 와카 씨를 모시고 가기로 되어 있습니다"라고 내게 말했다. 와카의 컨디션 여부에 따라 경찰 조사가 이루어질 것이다.

"무사해서 다행이야."

옆에서 보스가 중얼거리듯 말했다. 나는 보스 쪽으로 돌아섰다.

"죄송합니다. 데라이와 사장님께 사죄하지 않으면."

데이터를 유출시킨 것에 대해 나는 깊이 고개를 숙였다.

"사과할 필요는 없어. 필요한 건 앞으로의 대처법이야."

담담한 어조로 보스가 말했다. 보스 말이 맞다. 사과해서 끝날 일이 아니다.

"병원에 갔다 온 후 연락드리겠습니다."

나는 목례를 하고 발길을 돌렸다.

"와카 씨 가족은?"

보스의 목소리에 걸음을 멈추고 돌아보았다.

"모친이 아와지 섬에."

"그래. 그럼 적어도 어머니가 오실 때까지 곁에 있어주는 게 좋아. 아무리 흥신소 일로 경험이 많은 와카 씨라도 납치당한 건 큰 상처가 되었을 거야. 뒤에서 사람 발소리만 들려도 공포심에 사로잡히게 되는 법이지."

나는 고개를 끄덕이고 데이토의대병원으로 향했다.

와카가 눈을 뜬 것은 거리의 불빛이 희미하게 비치기 시작할 무렵이었다. 방은 압박감이 느껴질 정도로 길쭉한 개인실이지만 8층이기 때문에 창문을 통해 주변 경치가 잘 내려다보였다. 밤하늘을 향해 뻗은 고층 건물들은 하나같이 붉은 항공장애등을 깜박이고 있었다.

"어? 어느 틈에."

"일어났어? 기분은 좀 어때?"

"괜찮아. 푹 잘 잔 느낌이야."

와카는 링거에 연결된 오른손을 들어 손을 흔들어 보였다.

와카의 목에 난 상처는 커다란 거즈로 덮여 있었다. 내 시선을 느낀 와카가 "괜찮아"라며 목을 손으로 눌렀다.

"고모에게 연락했어. 바로 여기로 오신대. 신칸센으로. 슬슬 도쿄 역에 도착할 때 됐어."

"엄마, 난리 났겠네. 놀라지 않았어?"

"그럼 놀랐지. 검사에서 이상이 없었다고 하니 그나마 좀 안심이지만."

"납치당했다고 해도 고작 하루고."

"고작이 아니야. 하마터면 죽을 뻔했는데."

"그러게. 두 번은 사양이랄까."

"당연한 소리. 와카가 정신을 차리면 이야기를 좀 듣고 싶다고 아까 온 경찰관이 그러던데 내일로 해달라고 해뒀어."

"응. 그게 더 고맙달까. 그런데 나코 씨는 어떻게 됐어?"

"아까 무사히 발견됐어."

와카가 잠들어 있는 동안 나는 계속 휴대전화로 대학생 납치사건의 속보를 쫓았다. 4월 12일 오후 4시 37분, 혼조 나코는 도치기 현 하가 군 마시코 초에서 무사히 발견되었다. 빈집이었던 민가에 붙잡혀 있다 감시자였던 범인이 외출한 틈을 타 자력으로 탈출해 인근 주민들에게 구원을 요청했다고 한다. 자세한 내용은 아직 알려지지 않았지만 이 속보가 나왔을 때 나는 마음속으로 안심하고 탈진해 의자 등받이에 몸을 맡기면서 잠시 병실 천장을 올려다보았다. 그러면서 처음부터 사건의 전모를 되돌아보았다. 아직 불분명한 것은 많지만 어쨌든 나코도 와카도 생명의 위기를 벗어난 것에 나는 가슴을 쓸어내렸다.

"어디서 발견됐어?"

와카가 환희와 호기심이 섞인 목소리로 말했다.

"속보만 나왔을 뿐 아직 자세한 건 몰라. 지금은 신경 쓰지 말고 푹 쉬어."

와카가 머리맡의 휴대전화로 손을 뻗는 것을 보고 나는 막았다. 와카는 일단 자신의 몸부터 챙겼으면 했다. 씩씩하게 굴긴 하지만 심신이 지쳐 있는 것을 잘 알 수 있다. 옛날부터 와카는 고열이 나 쓰러지거나 온몸에 발진이 나거나 하지 않는 한 자신의 상태가 안 좋은 것을 자각하지 못한다.

내 뜻을 헤아렸는지 와카가 휴대전화를 얌전히 충전기로 되돌렸다.

"일단 나코 씨가 무사해서 다행이야."

"그래, 안심했어. 하지만 와카를 끌어들이고 말았어."

"끌어들였다고? 나는 일 때문에 가와사키를 쫓았을 뿐이야."

폭발음을 들은 순간을 생각하면 아직도 등골이 아찔하다.

"와카는 차가 폭파된다는 사실을 알고 있었어?"

"폭파인지 어떤지는 모르겠지만, 데이터가 손에 들어오는 대로 가와사키와 함께 처분될 것 같다는 생각이 들었어. 다이키가 가와사키에게 말했을 때 그 말이 맞다고 생각했거든. 휴대전화를 사용해서 연락한다는 건 아무리 생각해도 이상하잖아."

와카가 형 집으로 가와사키의 사진을 가지고 가던 중 더

듬거리는 일본어를 하는 젊은 남자가 길을 물어보았다고 한다. 길을 전혀 찾지 못하는 것처럼 보여 안내하려고 함께 걷기 시작했고 골목으로 들어서자마자 차로 끌려갔다. 외국인 행세를 했다는 것을 알게 된 것은 입에 박스테이프가 여러 겹 둘러쳐진 뒤였다.

이불 위에서 포갠 와카의 손이 살짝 떨렸다. 내 시선을 알아차리고 얼른 이불 속으로 손을 집어넣었다. 나조차도 기절할 정도의 긴장감이었다. 와카가 겪은 공포를 생각하니 가슴이 찢어지는 듯한 느낌이 들었다.

"뭐 먹고 싶은 거나 마시고 싶은 거 없어? 사올게."

"물과 요구르트 정도일까. 입맛도 별로 없고."

"알았어."

나는 병원 매점으로 향했다. 와카가 즐겨 마시는 에비앙 세 병과 요구르트 세 종류를 장바구니에 넣고 서적 코너에 들렀다. 병원 매장답게 건강식과 질병에 관한 책들이 잘 보이는 곳에 놓여 있었다. 대학생 납치사건 특집이 실린 주간지를 피해 소설과 풍경사진이 많은 여행책 몇 권을 들고 계산대로 향했다.

병실로 돌아오자 미치에 고모가 와카의 얼굴을 들여다보며 말하고 있었다. 와카의 어머니다.

"다이키, 오랜만이야. 그냥 입던 옷 그대로 달려와버렸네."

익숙한 허스키 보이스였다. 와카의 얼굴을 보고 안도했을 것이다. 미치에 고모는 예전보다 더 통통해진 몸을 흔들며 영차 하고 의자에 앉았다.

"이거 기념품."

고모가 텐텐의 한 입 만두를 내밀었다. 고등학생 때 좋아해서 자주 먹던 것을 기억해준 것 같다.

"고맙습니다. 오랜만이네요."

"다이키, 그거 같이 먹을 여자친구는 생겼어?"

거침없이 이런 질문을 하는 것은 친근함을 담은 인사다.

"그냥저냥요"라고 적당히 장단을 맞추었다.

고모는 사건을 화제에 올리는 것을 피해 근무하는 식당 이야기와 와카와 나도 낯익은 단골손님 이야기를 재미있게 들려주었다. 올해는 채소의 구입 가격이 올라, 맛있고 싸고 몸에 좋은 것을 팔고 있는 식당으로서는 유지가 쉽지 않은 모양이다.

고모와 다정하게 이야기하는 와카의 모습에 안도하며 나는 슬슬 돌아가겠다고 말했다.

"맞다, 다이키. 돌아가기 전에 내 가방 좀 들어줘."

와카가 평소 메고 다니는 배낭을 가리켰다. 내가 건네주자 와카가 안에서 자료 파일을 꺼냈다.

"이건 주간마이아사 고다 씨의 조사 결과. 아직 도중이라

완벽하지는 않지만 일단 알아낸 데까지는 건네줄게."

파일을 받아서는 가방에 넣었다.

"아, 그리고 고모, 근처 호텔을 인터넷으로 예약해놨어요."

"고마워, 다이키. 센스가 좋네."

나는 휴대전화로 호텔 예약표를 보여주고 그것을 고모 휴대전화로 전송했다.

"저기, 다이키. 뒷좌석의 남자 두 명은 왜 나를 구했다고 생각해?"

와카가 돌아가려는 나를 불러 세우고는 정색하며 물었다.

그것에 대해서는 와카가 잠들어 있는 동안 곰곰이 생각했다. 그뿐만이 아니다. 나코가 사무소에 상담하러 온 후 지금까지 일어난 일들을 나는 일일이 수첩에 적으며 생각하고 또 생각했다.

"확인해둘게."

"짚이는 데라도 있어?"

"일단은."

"흐음. 결과를 기대할게."

"그래. 그러고 보니 와카를 밖으로 데리고 나온 덕분에 뒤에 있던 남자 둘도 목숨을 건졌구나."

"그렇지."

"나중에 연락할게."

그렇게 말하고 병실을 떠났다.

가와사키의 주변 인물과 연결점이 있으며 와카를 필사적으로 도우려는 인물이라고는 한 명밖에 없다. 병원을 나오자마자 휴대전화를 꺼내 형에게 전화를 걸었다.

전화를 받은 형에게 나라고 말하자 하자 아, 이게 네 번호냐고 답했다.

"형이지? 와카를 구한 건."

"늦지 않은 것 같군."

"감사 인사를 하려고."

"별로 널 위해 움직인 건 아니야."

"뭐라도 상관없어. 형 덕분에 살았어. 고마워."

쯧 하고 형이 혀를 차는 듯한 소리가 들렸다.

"여기 현금카드 두고 갔는데 너 괜찮나?"

"현금과 신용카드가 있으니까."

"말해두지만 잔고가 거의 바닥났어. 돈을 쓸 수밖에 없었거든. 이해관계로 움직이는 인간에게는 더 큰 이익을 제안할 수밖에 없으니까. 직접 아는 사람도 아니고 중개료까지 떼여서 빈털터리야. 돈 좀 벌어야겠다."

가와사키 사진을 건네주었을 때 형이 돈을 요구한 의미를 이제야 깨달았다.

"그렇게 설명해주지 그랬어."

"상식이잖아."

언제부터일까. 형과의 대화가 줄어들기 시작한 시기는. 문득 어린 시절 새로 출시된 닌텐도DS를 구입하기 위해 형과 함께 개점 전 줄을 섰던 기억이 난다. 공유할 것이 지금보다 훨씬 많았고 놀거나 밖에 나갈 때는 항상 함께였다. 그때도 게임 중독만큼은 용납하지 않는다고 반대하는 부모님을 둘이서 설득해 어떻게든 허락을 받고 사러 갔었다.

"또 연락할게."

그렇게 말하고 전화를 끊었다.

문득 하늘을 보니 빌딩 골짜기에 옅은 구름을 두른 채 달이 몽롱하게 떠 있었다. 이렇게 부드러운 주황색 불빛을 보는 것은 꽤 오랜만인 것 같다.

후 하고 숨을 몰아쉬며 나는 다시 휴대전화 화면을 바라보았다. 통화 이력에서 보스의 전화번호를 표시한다. 아직 보스는 사이버앤드인피니티 사에 있을까. 나는 발신 버튼 눌렀다.

통화 대기음으로 바이올린의 가벼운 음색이 들렸다. 모차르트의 현악 4중주곡 같다.

"지금 시부야의 세르리앙타워 호텔에 있어."

보스가 목소리를 낮추고 말했다. 사과는 필요 없다고 말했지만 역시 직접 사과를 하지 않을 수는 없다. 나는 데라이와 사장에게 묻고 싶은 것이 있다고 보스에게 전했다.

"잘됐네. 그러면 여기로 와. 데라이와 사장님도 곧 오실 테니까."

바로 찾아가겠다고 전화를 끊고 나는 주위를 둘러보았다. 앞쪽에서 빈 차 램프를 켠 택시가 달려왔다. 나는 택시를 향해 손을 들었다.

호텔에 도착해 택시 요금을 지불하자 도어맨이 반갑게 나를 맞이했다. 안으로 들어가서 곧장 엘리베이터 쪽으로 나아간다. 보스가 알려준 37층 객실로 향했다. 방의 인터폰을 누르자 바로 안에서 보스가 문을 열었다.

방은 80제곱미터쯤 되는 스위트룸이었다. 다크브라운 색조로 통일된 방의 창문 너머로 무수한 전등 빛에 반사된 잿빛 하늘이 펼쳐져 있다. 대리석 테이블을 에워싸듯 L자형의 커다란 소파가 방 한가운데 놓여 있었다. 데라이와 사장이 커피잔을 들고 소파에 느긋하게 앉아 있다.

나는 즉시 데라이와 사장 쪽으로 다가갔다. 그러나 내가 말을 꺼내기 전에 데라이와 사장이 기다렸다는 듯이 손으로 나를 제지했다.

"이제부터 중요한 이야기가 있어서. 고야나기 선생도 할 말이 있겠지만 조금 기다려주지 않겠나."

"알겠습니다."

데라이와 사장에게서 전해지는 날선 긴장감과 초조함에 나는 걸음을 멈추었다.

안쪽 방에는 회의실처럼 테이블과 의자가 설치되어 있었다. 여기서 무슨 극비 회의라도 열리는 것일까. 나는 보스 쪽으로 고개를 돌렸다.

"여기 있어도 되나요?"

"있을 권리가 있기 때문에 부른 거야."

나는 어디에 있어야 할지 몰라 보스 옆에 섰다.

잠시 후 인터폰이 울렸다. 데라이와 사장과 보스의 시선이 마주쳤다. 보스가 문을 열자 들어온 것은 검은 뿔테안경을 쓴 기리시마 전무였다.

"늦어서 죄송합니다."

데라이와 사장을 향해 기리시마 전무가 고개를 숙였다.

"어? 제가 제일 먼저 도착한 건가요?"

기리시마가 실내를 둘러보았다.

"호출한 건 기리시마 전무님뿐이니까요."

보스가 기리시마 정면으로 다가갔다. 기리시마의 얼굴에 곤혹스러운 빛이 떠올랐다. 왜 불렸는지 의미를 모르는 것 같다.

"오늘 4월 12일자로 기리시마 전무님을 해고합니다."

갑자기 보스가 종이 한 장을 기리시마 전무의 얼굴 앞에 들이댔다. 해고 통지서인 모양이다.

"이, 이게 무슨 소리죠?"

기리시마가 으르렁거렸다.

"설명이 필요한가요?"

"당연하죠. 영문을 모르겠네요."

기리시마의 목소리가 실내에 울려 퍼졌다. 정해진 위치를 잊은 듯 시선이 오른쪽, 왼쪽으로 허공을 헤맸다. 나는 꿀꺽 침을 삼켰다.

보스는 근처에 놓여 있던 종이가방 속에서 노트북 한 대를 꺼냈다.

"이게 뭔지 아시죠? 당신이 회사에서 사용하던 컴퓨터입니다."

"뭐예요, 멋대로."

"멋대로가 아니죠. 컴퓨터 소유권은 회사에 있으니까요. 이 컴퓨터는 바이러스에 감염되어 있습니다. 원래 감염될 리 없는 바이러스에 말이죠. 왜냐하면 여기 있는 고야나기 선생이 범죄자에게 보낸 인피니티라는 데이터에 주입된 바이러스이기 때문이죠."

나는 숨을 삼키고 기리시마 전무에게 시선을 향했다. 기리시마가 가와사키에게 지시하던 주모자였던가. 설마 하는 생각과 왜 하는 생각이 머릿속에서 교차한다. 사장실에 장식된 사진이 뇌리를 스친다. 젊은 날 데라이와 사장과 기리시마 전무가 회사 로고를 손에 들고 미소를 짓고 있는 창업기념 사진이다. 기리시마는 데라이와 사장과 함께 사이버앤드인피니티 사를 세운 창업자 아니었던가? 그런데 기리시마가사내 스파이라고? 나는 믿을 수 없는 마음으로 기리시마를바라보았다.

기리시마 전무는 잠시 경직된 듯 있다가 얼굴을 크게 일그러뜨렸다.

"말도 안 돼. 누명이야."

"회사 컴퓨터가 감염되었을 리 없다고 자신하시나 봐요?"

보스가 기리시마 전무를 곁눈질했다.

"도무지 무슨 말인지 모르겠군. 사장님, 대체 이게 무슨 짓이죠? 이건 너무하잖습니까."

기리시마 전무가 보스를 뿌리치듯 고개를 돌려 데라이와사장 쪽으로 몸을 돌렸다. 데라이와 사장은 판사처럼 말없이 두 사람을 바라보고 있다.

보스가 기리시마의 정면으로 돌았다.

"이제 와서 발뺌은 소용없어요, 기리시마 전무님."

"그러니까 무슨 말인지 모르겠다잖아."

기리시마는 웨이브 진 머리카락을 양손으로 거칠게 쓸어올렸다.

"그럼 설명해드리죠. 반년쯤 전 사이버앤드인피니티 사의 신규 프로그램 개발 정보가 중국 선전에 있는 기업에 흘러 들어가고 있다는 정보가 들어왔습니다. 내용을 들어보니 임원급의 극소수만 알고 있는 정보까지 새어 나갔더군요. 데라이와 사장님은 깜짝 놀라 저희 사무소에 상담하러 오셨습니다. 사내의 누구와 상의해야 할지 모르겠다고. 이보다 더 허무한 일은 없다고."

데라이와 사장이 천천히 눈을 감았다.

"기리시마 전무님, 잘 아시잖아요. 기업에 있어서 신상품이란 시장의 점유율을 그 누구보다 빨리 확보하는 데 중요한 의미가 있습니다. 다른 회사에서 바로 유사 상품을 내놓으면 막대한 자금과 시간을 들여 개발한 의미가 사라질 수 있으니까요. 사장님에게 이 중대한 사태를 상담받은 저는 사내 스파이를 끌어낼 계획을 세웠습니다. 'IT를 잘 아는 사람일수록 IT의 보안을 과신하지 않는다. 인간이 만들어낸 것은 언젠가 다른 인간에게 깨진다.' 데라이와 사장님은 항상 이렇게 말씀하시며 중요한 계약서나 데이터는 회사 클라우드에 저장하지 않고 직접 가지고 다니시게 되었죠. 실제 보관 장소와는 별개로 그렇게 행동해달라고 제가 부탁했거든요. 언젠가 데라이와 사장님의 가방을 노리는 인물이 나올 것이라고 예측해서."

그렇게 오래 전부터 준비하고 있었나 하는 생각에 눈을 깜박였다.

"인피니티에 심은 바이러스는 만일을 대비해 미국의 한 기업에 의뢰했습니다. 물론 검사 소프트웨어와 감염 후 바이러스를 제거하는 소프트웨어도 함께 준비했죠. 사내 스파이를 끌어내기 위해서는 완전히 새로운 바이러스를 준비해야 했습니다. 그러지 않으면 날마다 버전업되는 안티 바이러스 프로그램에 의해 제거되니까요. 다행히 신종 바이러스는 예상보다 빨리 완성되었습니다. 인피니티에 주입된 바이러스는 처음 며칠 동안 무증상 상태로 발병하지 않습니다. 하지만 메일 등으로 주고받은 상대방의 PC나 휴대전화에는 당사자들이 눈치채지 못한 채 감염되어 갑니다."

기리시마 전무는 무표정한 채였다.

"며칠 또는 몇 달 동안 PC 안에 몰래 잠복했다가 PC 기능을 탈취하는 바이러스는 이미 만들어져 해커들 사이에서 이용되고 있다고 합니다. 그 변형 버전으로 만들어졌기 때문에 그리 오랜 시간은 걸리지 않았어요. 어제 고야나기 선생의 사촌 여동생이 유괴되고 가와사키라는 남자에게 인피니티 데이터를 넘기라고 협박을 받았을 때 바이러스를 사용할 때가 되었다고 생각했습니다. 예상보다 훨씬 심각하고 비열한 긴급 상황에서의 사용이었습니다만."

보스가 기리시마를 정면으로 응시했다.

"기리시마 전무님이 가와사키 다쿠토에게 데라이와 사장님의 가방을 훔치라고 지시한 그날부터 우리의 대결은 시작된 거예요. 사내 스파이가 끌려나올 수밖에 없도록 일부러 데라이와 사장님이 임원회의에서 말씀하신 겁니다. 회사 신프로그램에 관심을 갖고 제휴를 신청한 미국 기업 대표를 만나고 오겠다고. 때문에 개발한 프로그램에 대한 자료와 인피니티를 지참하겠다고. 물론 지어낸 이야기지만요."

"가와사키 다쿠토라는 이름은 들어본 적이 없습니다. 도대체 그게 누굽니까?"

"그렇게 말씀하실 줄 알았어요."

보스는 담담하게 말을 이었다.

"들키지 않고 인피니티를 입수했다고 생각하셨나요?"

기리시마 전무의 얼굴이 조금 굳어진 것처럼 느껴졌다.

"사내 스파이가 회사 PC로 스파이 활동을 할 정도로 어설프지 않다. 그런 건 예상하고 있었어요. 아마 개인 휴대전화나 집 컴퓨터를 통해서 할 거라고. 그래서 긴급대책회의 멤버는 오늘 자택에서 쉬라고 데라이와 사장님이 지시한 겁니다. 저는 오늘 자택 대기 중인 긴급대책회의 멤버에게 개별적으로 몇 번이나 연락을 했습니다. 회사 서버에 기록을 남기고 싶지 않은 기밀사항이라 개인 이메일 주소를 알려주면 감사하겠다고."

기리시마 전무의 눈가가 주름과 함께 일그러졌다.

"맞아요. 개인 휴대전화나 컴퓨터로 이메일을 받기 위해서죠. 누가 바이러스가 포함된 메일을 보내는지, 저는 그때마다 두근거리며 검사 소프트웨어를 사용하여 확인했습니다. 요즈음 이렇게 긴장한 채 메일을 주고받은 경험은 없었네요. 그리고 드디어 검사 소프트웨어에 걸렸어요. 기리시마 전무의 휴대전화에서 보낸 메일이."

나는 멍하니 기리시마 전무를 바라보았다.

"기리시마 전무님, 주머니에 넣고 계신 그 휴대전화 감염됐어요."

"아니야……."

"그 휴대전화로 회사 PC에도 메일을 보내고 접속하셨잖아요. 그래서 이 노트북까지 감염된 거예요."

"뭐, 뭔가의 착각이다."

가면처럼 표정을 잃은 기리시마의 입술이 파르르 떨렸다.

"그래도 모르시겠어요? 바이러스를 제거하지 않으면 며칠 후에는 그 휴대전화의 내용물이 주위로 확산될 거예요. 메일이나 SNS상에서 주고받은 대화들, 사진이나 주소록까지 모두. 그런 바이러스거든요. 모조리 노출될 거예요."

"그, 그건 곤란해. 그만해."

"백신 소프트웨어가 필요하다면 진상을 다 밝혀주시죠."

기리시마가 입술을 굳게 다물었다.

"기리시마 전무님."

보스가 기리시마에게 다가갔다.

데라이와 사장이 물끄러미 두 사람을 바라보았다.

침묵의 시간이 흘렀다.

"이럴 경우 묵비권 행사는 죄를 인정한다는 뜻으로 받아들이는데 괜찮으시겠어요?"

보스의 말에 기리시마가 고개를 폭 숙였다.

"우리 실수이길 바랐어."

데라이와 사장은 깊은 한숨을 내쉬며 보스에게 눈짓을 했다. 보스는 근처에 놓여 있던 골판지 상자를 집어 기리시마 전무에게 내밀었다.

"책상에 있는 물품은 모두 이 상자에 담았습니다. 기리시마 전무님이 가지고 계신 사원증과 회사 카드키는 이미 비활성화되었고요. 회사 차원의 향후 대응은 자세히 조사한 뒤 추후 연락드릴 테니 일단 받으시죠."

기리시마가 고개를 들더니 보스 옆을 지나 데라이와 사장에게 달려갔다.

"사장님, 둘이서만 이야기할 수 없을까요?"

"할 말이 없어."

"창업부터 오랫동안 함께 해왔는데 사정을 말할 기회도 못 줘? 잘라버리고 끝인 거야?"

"적당히 해. 자기가 뭘 했다고 생각해? 창업이후 4반세기의 세월이 허무하게 느껴지는 건 오히려 내 쪽이야. 가장 신뢰하고 최고의 동지라고 생각했다. 무슨 말을 하든 용서할 수 있을 리가. 사장으로서도, 나 개인으로서도 말이다."

기리시마가 흥 하고 코웃음을 쳤다.

"최고의 동지? 그럼 왜 내가 부사장이 아니지?"

데라이와 사장의 시선이 허공을 맴돌았다.

"기리시마, 설마 그런 걸로."

"그런 거? 오랜 세월 사장으로 추앙받는 사람은 역시 이렇다니까. 사장이 앉아 있는 가마를 메고 있는 사람들의 마음 따위는 전혀 모르지. 알려고 하지도 않고. 그러니까 무신경하게 여성 등용이라며 외부에서 데려온 사람을 아무렇지도 않게 바로 부사장으로 앉히는 거 아닌가. 사장에게 아부만 떠는 여자를."

"너, 설마 계속 그런 생각만 하고 있었던 거야? 그렇다면 왜 빨리 말하지 않았지?"

"왜냐고? 내 입장에서 그런 말을 할 수 있다고 생각해? 나와 네 입장이 반대였다면 어땠을지 상상해보시지. 하기야 넌 부하 입장에 설 생각은 없었겠지만."

기리시마가 어깨를 부들거리며 오랜 세월의 추억을 떠올리듯 데라이와 사장을 노려보았다.

보스가 골판지 상자를 바닥에 내려놓고 가방에서 서류를 꺼냈다. 그대로 기리시마에게 다가갔다.

"그쯤 말씀하셨으면 충분하겠죠. 자신의 죄를 사장님에게 책임 전가하는 건 말도 안 된다고 생각합니다. 기리시마 전무님의 신변 조사를 저희가 하지 않았을 거라고 생각하시나요?"

보스가 서류를 들이댔다.

"오랫동안 마카오를 좀 다니셨나 봐요. 현지 대부업체로부터 약 2억 엔을 빌리셨더군요. 이를 갚기 위해 마피아가 의뢰한 스파이 일을 받아들인 거죠. 아닌가요?"

기리시마가 보스에게서 눈을 돌렸다.

나는 떨리는 주먹을 꽉 쥔 채였다. 이 남자가 와카의 납치를 지시했나? 관계없는 와카를 끌어들이고 차와 함께 와카의 목숨까지 빼앗으려 했던가. 몸 속 깊은 곳에서 분노가 치밀어 오르다 내 안에서 무언가가 번쩍였다.

기리시마에게 달려들려고 반사적으로 다리가 앞으로 나갔을 때 보스가 기리시마의 멱살을 잡았다.

"사장님에게만 그런 게 아니야. 이 건으로 사람이 한 명 죽었어. 게다가 당신, 우리 고야나기에게 뭔 짓을 한 줄 알아?

고야나기 선생의 사촌 여동생까지도 함께 죽이려고 했어. 직접 손을 대지는 않았더라도 당신은 훌륭한 살인범이야."

"몰라. 그건 가와사키가 멋대로 벌인 짓이야."

기리시마가 보스의 손을 뿌리치며 소리를 질렀다.

"죽은 자는 말이 없다는 건가? 듣자니 어이가 없네."

"정말이야. 그놈은 궁지에 몰린 상태였어. 나뿐만 아니라 중국 마피아들에게서도 실패를 추궁당하고 있었으니까. 며칠 안에 입수하지 못하면 죽이겠다고 위협받고 있었어. 그래서 어떻게든 데이터를 얻기 위해 납치를 계획한 거지. 나는 그놈의 움직임을 동영상으로 확인하면서 데이터가 전송되기를 기다렸을 뿐이야."

가와사키가 나와의 교섭에 사용하던 휴대전화 이외에 또 한 대의 휴대전화를 가지고 있던 것이 생각난다. 하지만 가와사키 자신이 계획했는데 자신이 탄 차를 폭파시킨다는 일은 있을 수 없다.

나와 같은 생각이리라. 데라이와 사장도 보스도 기리시마에게 싸늘한 시선을 보냈다.

기리시마가 미간에 주름을 잡고 주먹을 불끈 쥐었다.

"내가 납치를 계획한다면 데라이와의 딸을 납치했겠지. 가족과도 잘 알고 지냈어. 그 편이 데라이와가 경찰에도 연락하지 않고 데이터를 넘길 가능성이 높으니까. 경영에서 큰 승부는 할 수 있어도 딸이 얽히면 1밀리의 리스크도 감당하지 못하는 사람이다. 그렇게 하지 않은 건 창업 전부터 친구였던 데라이와와의 추억이 남아 있기 때문이었어."

정지 버튼이 눌린 듯 모두가 입을 다물었다.

데라이와 사장이 천천히 일어나 기리시마 쪽으로 다가갔다. 보스 옆에 놓여 있는 골판지 상자를 집어 기리시마에게 내민다. 그 위에 주머니에서 꺼낸 사진을 올려놓는다. 창업 기념으로 촬영한 사진이다.

"그만 받아들이게."

기리시마는 골판지 상자를 받아들고는 말없이 발길을 돌려 방을 나갔다. 달칵 하고 문 닫히는 소리가 실내에 울려 퍼졌다.

"미사토 선생, 기리시마에게 재무처리가 전문인 변호사를 소개해주지 않겠나. 녀석의 빚을 처리하지 않으면 가족이 길거리를 헤매게 될 거야. 필요한 비용은 내가 개인적으로 지불하지."

"알겠습니다."

"그리고 미안하지만 좀 혼자 있게 해주지 않겠나?"

데라이와 사장이 이마에 손을 얹고 중얼거리듯 말했다. 쉰 목소리였다.

"알겠습니다."

보스와 나는 방을 나왔다. 우리는 입을 다문 채 엘리베이터에 올라탔다.

"좀 쉬었다 가지 않을래?"

보스의 말에 우리는 로비 층 가든 라운지에 들렀다.

저녁식사 시간이 지난 라운지는 사람도 드물었다. 우리는 암묵적인 동의하에 주변에 사람이 없는 자리에 앉았다.

"주문은 정하셨나요?"

피곤해서인지 소파에 기대듯 앉아 있던 우리에게 점원이 부드러운 목소리로 물었다. 황급히 메뉴판을 훑었다. 보스는 얼그레이 홍차, 나는 커피를 주문했다.

잠시 후 운반된 홍차와 커피에는 호텔 오리지널 초콜릿이 곁들여져 있었다. 평소 단 것을 거의 입에 대지 않는 보스가 드물게 초콜릿을 입에 넣었다. 초콜릿과 홍차로 한숨 돌린 것을 보고 나는 보스를 똑바로 쳐다보았다.

"슬슬 사실대로 말씀해주지 않을래요? 도대체 어디서부터 어디까지가 미사토 선생님의 계획이었나요?"

보스는 다시 홍차를 입으로 옮기더니 후우 하고 크게 숨을 쉬었다. 그런 다음 나에게 시선을 돌렸다.

"대체로 고야나기 군의 추측대로야. 나코 양의 납치사건은 내가 생각한 거야. 크라우드펀딩으로 몸값을 모금하는 방안은 경찰을 사이버앤드인피니티 사로 불러 스파이 수사도 함께 진행하기 위한 거였고."

"엉망진창이군요."

"가와사키에게 쫓기는 나코 양의 몸을 지키고, 동시에 사내 스파이를 찾아낼 방법은 그것밖에 없다고 생각했어. 아무리 경찰을 이용해 가와사키를 붙잡는다 해도 데이터를 훔쳐 소유하고 있다고 여겨지는 나코 양은 다른 인간에게 반드시 쫓기게 돼. 사내 스파이와 중국 측 의뢰인이 누군지 곁으로 끌어내지 못하면 나코 양은 죽을 때까지 쫓기게 되겠지. 납치되었다고 하면 당분간 나코 양의 신변에 아무도 접근할 수 없게 돼. 물밑에서 조사하던 사내 스파이 건까지 공론화시켜서 단번에 수사할 수 있고."

"나코 씨를 보호하기 위한 일이란 건 압니다만, 스파이 수사 쪽은 바이러스가 준비되어 있었다면 프로그램을 만들고 사내 스파이가 접속하기를 기다리면 되는 것 아닌가요? 그러면 기리시마가 범인이라고 특정할 수 있었겠지요?"

"그 바이러스 전법은 반년 전에 한 번 시도했어. 사용한 건 감염되면 PC가 멈추는 '아이스웨어'라는 바이러스였고. 하지만 사내 스파이도 보통이 아니어서 개발 중인 프로그램에 설치한 '아이스웨어'에 감염된 건 파견직원의 PC였어. 자신이 드러나는 걸 피하기 위해 자신이 소유한 컴퓨터나 사원 번호로 접속하지 않아. 시스템부 관리직이나 간부급 사원은 사원번호나 패스워드, 사원에게 대여한 컴퓨터 일람표에 접속할 권한이 있으니까 얼마든지 다른 사람 행세가 가능하지. 물론 그 파견직원이 스파이인지 아닌지 흥신소를 이용해 공사 모두 철저히 조사했지만 완전한 누명이었어. 아이스웨어는 파견직원이 사용한 USB 메모리를 통해 감염된 것으로 판단하고 눈에 띄지 않게 처리했는데 스파이 본인은 이래서는 곤란하다고 생각했겠지. 자신이 몰래 사용한 직원의 PC가 감염되었으니 경계할 거 아니야. 그래서 사장의 가방이 노려지도록 어떻게 보면 원시적인 전략으로 전환한 거야."

보스가 한숨 돌리듯 찻잔으로 손을 뻗었다.

"그것도 나코 씨가 봉투를 빼내면서 계획이 좌절되었군요. 그래서 나코 씨를 돕고 사내 스파이와 중국 측 의뢰인을 색출하기 위해 몸값 모금 납치사건을 생각해낸 건가요?"

"그런 거야."

보스는 홍차를 입으로 옮기면서 고개를 끄덕였다.

"물론 사이버앤드인피니티 사가 입을 부담도 리스크도 만만치 않기 때문에 즉시 데라이와 사장님에게 상담하러 갔어. 그때 데라이와 사장님은 이렇게 말씀하셨지. 다소 손해를 보더라도 신 프로그램을 지켜내지 못하면 앞으로 수십 년 동안 전 직원의 삶을 지켜나갈 자신이 없다. 그러니까 해달라고."

지금 변혁하지 못하면 일본에 뿌리내린 종신고용제도를 지켜나가는 것도 한계라고 데라이와 사장은 늘 입에 담았다고 한다.

"데라이와 사장님이 허락해주셨으니 모금에 협조해준 일반 시민들에게는 모금 종료 직전에 취소를 속출시켜 10억 엔에 미달, 그 결과, 전액 환불할 예정이었어. 경찰에는 큰 폐를 끼쳐버리지만 나코 양과 연루된 보이스피싱 그룹을 일제히 적발하게 되면 경찰 입장에서도 손해만 보는 일은 아니고. 나코 양은 가와사키가 방심한 틈을 타서 가와사키의 휴대전화 통화기록이나 문자 이력도 사진으로 찍었거든. 유감스럽게도 기리시마와 연락을 주고받은 기록은 찍혀 있지 않았지만. 나코 양은 가와사키에게 반쯤 속는 듯한 형태로 수거책을 해버렸지만, 그 죄는 속죄하겠다고 각오하고 있었어. 그래서 나코 양이 갖고 있는 보이스피싱 일당의 정보를 대가로 나코 양의 죄를 최대한 감형할 수 있도록 사법거래를 신청해볼 생각이었지. 물론 납치사건이 내 자작극이라는 것만은 무덤까지 가져갈 생각이었지만 말이야. 일이 마무리된 뒤 나코 양이 발견되면서 납치사건의 진상은 미궁에 빠지는 거고. 진상이 불분명한 납치사건은 과거에도 있었으니."

흔들림 없는 어조로 말하는 보스를 앞에 두고 만약 이 계획을 처음부터 들었더라면 방법이 그것밖에 없다고 받아들였을지도 모른다는 생각이 들었다. 하지만 그 계획은 무너졌다.

"그 계획을 누군가에게 빼앗긴 거군요."

내 질문에 보스는 씁쓸한 듯 고개를 끄덕였다.

"그런 거야."

"도대체 누가?"

보스는 가방에서 수첩과 까렌다쉬 펜을 꺼냈다.

"이 건에 관련된 인물을 열거해보면 좁힐 수 있겠지."

보스는 사이버앤드인피니티 사 관계자, 혼조 나코의 주변 인물, 경찰, 사무소 관계자와 최근 며칠간 접촉한 인물들을 닥치는 대로 적었다. 주간마이아사 고다 기자의 이름이 나오자 나는 잊었던 것이 생각났다. 가방을 열고 와카에게 받은 고다에 관한 조사 파일을 꺼냈다. 고다의 경력과 교우관계가 정리된 자료를 나는 눈을 가늘게 뜨고 읽어나갔다.

"그렇구나, 그런 거였어."

내가 고다의 경력에 밑줄 친 부분을 보고 보스가 고개를 끄덕였다.

"미사토 선생님은 누가 나코 씨를 납치했는지 처음부터 눈치채셨나요?"

"내가 계획한 납치사건이 고스란히 실행되고 있었으니. 도대체 어디서 새어나갔고 누가 무슨 목적으로 그러고 있는지 생각해보니 바로 답이 나왔어. 이 계획의 개요를 이야기한 건 데라이와 사장님과 나코 양뿐이거든."

그래서 나코 건으로 움직이지 말라고 했던가 하고 깊이 숨을 내쉬었다.

나코가 법률 상담을 하러 온 월요일부터 5일간이 왠지 엄청 길게 느껴진다.

"미안해."

보스가 나에게 깊이 고개를 숙였다. 보스가 사과하는 걸 본 것은 처음이다.

"와카 씨가 납치될 줄은 생각도 못했어. 내가 세운 계획은 무엇이든 다 성공할 수 있을 거라고 착각했지."

"사과할 필요 없습니다. 필요한 건 앞으로의 대처법 아닌가요?"

보스가 미소 지었다.

"맞아."

"하지만 결국 기리시마와 연결되어 있던 중국 측 인간이 바이러스에 의해 누군지 판명되어도 인피니티가 유출된 이상 새 프로그램 또한 유출되고 말았죠. 사과로 끝날 일은 아니지만 역시 데라이와 사장님께 사과를 드려야."

"유출되지 않았어."

"네?"

"프로그램은 가짜로 바꿔치기 되었으니까."

"그럼 그 빨간색과 파란색, 두 개의 USB 메모리는요?"

"상대도 프로잖아. 보통이라면 보내온 인피니티에 바이러스가 삽입되었는지 않았는지 프로그램이 가짜가 아닌지를 의심해 시간을 들여 검증할 것이고, 접속도 수거책에게 시켰을 거야. 그렇기 때문에 고야나기 군의 교섭이 필요했던 거지. 사촌 여동생의 목숨이 걸린 간절함이 있었기 때문에 기리시마나 중국 측도 데이터를 진짜라고 믿고 바로 접속한 거야."

나는 아연실색하며 보스를 바라보았다. 내게 협상을 맡긴 것도 보스가 순간적으로 생각해 낸 계획의 일환이었던 셈이다. 그 사실에는 온몸에 힘이 빠졌다.

"역시 엉망진창이네요."

"그러게." 보스가 다시 고개를 숙였다.

"정말 미안해."

"그것보다 왜 그 계획을 처음부터 말씀해주지 않았나요? 그러면 몇 번이고 미사토 선생님께 대들 일도 없었을 텐데."

마음을 다잡고 보스에게 물었다.

보스는 까렌다쉬 펜으로 수첩을 몇 번 두드린 뒤 말했다.

"거짓말을 잘 못하니까."

나는 코로 숨을 내쉬었다.

"펜으로 물건을 두드리는 건 미사토 선생님이 변론을 생각할 때 습관이에요."

진짜 납치범과 대치하기 위해 나는 보스와 함께 일어섰다.

내일 움직여야 할 절차를 정한 뒤 로비에서 보스와 헤어졌다. 보스는 앞으로의 방침에 대해 이야기하고 오겠다고 말하고 데라이와 사장이 있는 객실로 돌아갔다.

호텔 밖으로 나오자 봄의 서늘한 밤바람이 내 볼을 어루만졌다. 도시의 불빛이 반사된 백야다운 밤하늘에 덩그러니 걸터앉은 듯한 달이 떠 있다.

손목시계를 보니 9시 반이 다 되어 가고 있었다. 병원 면회 시간은 분명 9시까지였을 것이다. 나는 고모 휴대전화로 전화를 걸었다.

"여보세요"라며 허스키한 목소리가 들렸다.

"어라, 고모, 아직 병원이에요?"

"아, 다이키, 그래. 모처럼 호텔을 예약해줬지만 오늘은 와카 병실에서 묵기로 했어."

"와카, 많이 안 좋나요?"

"멀쩡한데, 오랜만에 만나는 거라. 게다가 혼자 있는 건 아무래도 불안한 것 같아서."

가늘게 떨리던 와카의 손이 떠오른다.

"지금 와카는?"

"이미 자고 있어. 계속 졸립다고 했거든."

"고모, 저녁은?"

"매점에서 도시락 사와서 이미 먹었어. 뭐야, 신경 써주는 거야?"

"그럼 내일 저녁이라도 같이 먹어요."

"좋아. 다이키, 어서 집에 가서 쉬어. 아직 일?"

"아뇨, 이제 돌아가는 길. 그럼."

"고맙구나."

나는 전화를 끊고 그대로 시부야 역으로 향했다. 빈자리를 찾지 못할 정도로 붐비는 전동차 안은 알코올과 피로와 땀 냄새가 뒤섞여 있었다. 평소 불쾌하게 느껴지는 이 공기도 귀갓길 전주처럼 느껴져 안심이 된다. 집으로 돌아가는 것이 왠지 엄청 오래만인 것 같다.

아파트로 돌아와 불을 켜자 익숙한 광경이 펼쳐졌다. 테이블 위에는 아침에 마신 우롱차 페트병이 뚜껑이 열린 채 놓여 있었다. 벗어 던진 형태로 둥글게 뭉쳐진 맨투맨이 바닥 위에 나뒹굴고 있다. 나는 양복을 벗고 맨투맨을 주워 입고 냉장고로 향했다.

텅 빈 냉장고 안에서 맥주 캔을 꺼낸다. 요리는 좋아하는 편이지만 너무 늦은 시간이라 만들 엄두가 나지 않아 고모가 선물로 준 한 입 만두를 프라이팬에 구웠다.

테이블 앞에 앉아 힘차게 맥주 캔을 따고 입 안에 들이부었다. 목구멍으로 넘어가는 상쾌한 쓴맛에 안도하며 나는 리모컨에 손을 뻗었다.

텔레비전에서 익숙한 뉴스10 오프닝 곡이 흘러나왔다. 나코가 발견된 지 불과 몇 시간. 역시 부친인 혼조 겐고는 아직 통상 업무에 복귀할 상태가 아닌 것 같다. 서브 앵커가 오늘도 대타로 진행을 맡고 있다. 첫 인사 후 젊은 앵커가 편지 같은 흰 종이를 얼굴 앞에 펼쳤다.

"본 프로그램의 메인 앵커인 혼조 겐고로부터 전언이 들어왔으므로 읽겠습니다. 이번에 딸 납치사건으로 많은 불편과 심려를 끼쳐드려 정말 송구합니다. 또한 많은 분들의 지원과 성원에 진심으로 감사드립니다. 부모로서는 살아 있는 느낌이 들지 않는 나날이 계속되었습니다만, 덕분에 조금 전에야 무사히 딸과 재회할 수 있어 가슴을 쓸어내린 참입니다. 여러분들께서 정말 많은 격려와 협조를 해주신 덕분에 막막했던 기분을 어떻게든 북돋울 수 있었습니다. 직접 감사의 말씀을 드리고 싶은 마음이 간절하지만, 수사는 아직 계속되고 있기 때문에 당분간 앵커 직을 쉬도록 하겠습니다. 이런 식으로 여러분께 보고하고 감사의 말씀을 드리는 무례함을 부디 용서해주시기 바랍니다.

정말 감사했습니다."

부드럽게 미소 짓는 젊은 앵커의 얼굴이 화면에 큼지막하게 잡혔다.

"혼조 씨, 정말 다행입니다. 돌아오시길 기다리고 있겠습니다."

화면에서 박수 소리가 들려왔다. 분명 스태프들의 박수 소리이리라.

나는 남아 있던 맥주를 단숨에 들이켰다.

다음 날 아침, 커튼 틈으로 비치는 햇빛에 눈을 떴다. 일어나 창문을 열자 봄의 밝은 햇살에 공기 중 먼지가 비쳐보였다. 언제 청소를 마지막으로 했었더라. 보다 못해 재빨리 청소기를 돌렸다.

그런 다음 밀린 빨래를 세탁기에 던져 넣었다. 토요일 아침의 습관이다. 재활용 가게에서 드럼세탁건조기를 싸게 구입한 이후 세탁의 번거로움이 반감되었다.

시곗바늘이 9시 반이 넘은 것을 확인하고 주간마이아사고다 기자에게 전화를 걸었다. 휴일인데 괜찮을까 주저하며 걸었지만 대학생 납치사건 건으로 이야기하고 싶다고 하자 바로 만나자는 답변이 돌아왔다. 11시, 약속 장소는 지난번과 같은 요쓰야의 영국 카페다.

나는 글렌체크 바지와 블루 셔츠로 재빨리 갈아입고 테이블에 놓아둔 열쇠와 휴대전화를 가방에 쑤셔 넣고 분주하게 집을 나섰다.

요쓰야 역으로 향하는 전철 안에서 '오아라이 해안', '폭발'로 검색해보았다. '오아라이 해안 폭파사건'이라는 제목으로 이바라키 신문의 작은 기사가 검색되었다. 어제 오아라이 해안에서 정차해 있던 도요타 하이에이스 차량 폭발사건이 있었고, 20대 후반에서 30대 초반으로 보이는 남성이 사망했다는 사실만 전하는 간단한 것이다. 원인에 대해서는 수사 중이라고만 적혀 있다. 경찰도 아직 자세한 내용은 발표하지 않은 것으로 알려졌다. 누구나 알고 있는 대학생 납치사건에 연루된 사건이다. 경찰 측과의 조율도 있을 테고, 조사가 제대로 끝나기 전의 발표는 보류 중일 것이다.

5분 정도 일찍 도착해 가게에 들어서자 고다가 안쪽 자리에서 손을 들었다.

"늦었습니다."

내가 잰걸음으로 달려가 인사하자 "늦지 않았어요. 아직 11시 전인걸요"라고 고다가 화답했다.

"고야나기 선생님은 커피?"

고다가 솜씨 좋게 물었다. 부탁한다며 고개를 끄덕이자 물수건과 물을 가져온 점원에게 커피와 잉글리시 브렉퍼스트 홍차를 주문했다.

"고야나기 선생님, 주말에도 사무소에 자주 나가시나요?"

내가 앉자 고다가 온화한 어조로 물었다.

"실력이 없어서 필요하면요."

"젊었을 때 그런 버릇을 들이면 계속 그 페이스를 유지하게 돼요. 제 경험에 따르면요."

고다의 눈가에 주름이 잡혔다.

"고다 씨야말로 오늘 사실 쉬는 날이죠? 뵙자고 해 죄송합니다."

"아니요, 프리랜서 기자에게 그런 규칙은 없어요. 저도 연락드리려고 했는데 오히려 잘됐죠."

의젓한 미소를 지으며 고다가 약간 몸을 앞으로 숙였다.

"그런데 혼조 나코 씨, 무사히 발견되었더군요."

"네."

"그 자체는 경사스럽지만 조금 이상하지 않나요?"

고다가 눈을 다소 가늘게 떴다.

"뭐가요?"

"자력으로 도망쳤다는 게 말이죠."

고다가 천천히 턱을 쓰다듬었다.

"고야나기 선생님, 혼조 나코 씨가 감금 장소에서 탈출하게 된 경위를 아시나요?"

"아니요, 아직 그렇게 자세히 보도를 못 봐서요."

"음식을 전해주러 온 범인이 휴대전화에 걸려온 전화에 정신이 팔려 문을 잠그는 걸 잊었다고 합니다. 왠지 범인이 너무 얼간이라고 느껴지지 않나요? 아무리 그래도 잠그는 걸 잊을까요? 마치 도망쳐달라는 것처럼."

"그러게요."

"뒷거래라도 있었을까요?"

고다가 의미심장한 미소를 지었다.

"직업상 위화감이 들면 그 이유를 따져보는 버릇이 있어서요. 전에 고야나기 선생님께 말씀드린 사이버앤드인피니티 사의 비밀 협상이라는 게 타결되었기 때문에 혼조 나코 씨는 해방된 게 아닐까 생각하고 있어요."

나는 테이블에 놓인 물수건에 손을 뻗어 손가락 끝을 정성껏 닦았다.

"모금한 몸값도 미달된 채 결국 지불되지 않았겠죠? 혹시 사이버앤드인피니티 사가 뒤에서 지불했을까요? 뭔가 아는 거 있으세요?"

"아니요. 전에도 말씀드렸듯이 저는 담당도 뭣도 아니니까요."

나는 평정을 가장한 채 대꾸했다.

"어?"

고다가 의외라는 듯이 내 얼굴을 들여다보았다.

"고야나기 선생님, 변하셨네요?"

"뭐가요?"

"오랫동안 이 일을 하다 보면 취재 상대방이 그렇게 쉽게 사실대로 이야기해주지 않는다는 걸 알거든요. 그래서 자신이 입수한 정보가 맞는지, 추측한 방향성이 맞는지 질문해보고 상대방의 안색을 살피곤 하죠."

"그렇군요."

"지난번 고야나기 선생님은 정말 아무것도 모르는구나 하고 생각했어요. 제가 가지고 있는 사진에 진심으로 놀라서 충격을 받은 것처럼 보였으니까요. 그래서 이 젊은이의 정의감에 걸어보자고 생각했어요."

"그랬더니 기대에 어긋나셨나요?"

고다가 유쾌한 듯이 웃었다.

"아니요. 그런데 오늘은 좀 다른 것 같아요. 고야나기 선생님, 그 후에 뭔가 알아보셨군요?"

나는 자세를 바로잡고 고다를 바라보았다.

"네. 일단은."

"그거 흥미롭군요. 꼭 듣고 싶네요."

고다가 호기심 가득한 눈으로 말했다.

"고다 씨 말씀이 맞습니다. 전에 사진을 봤을 때는 정말 놀랐어요. 너무 동요한 나머지 중요한 지점을 못 여쭤봤습니다.”

“허어? 어떤 건가요?”

나는 가방에서 맡아두었던 사진을 꺼내 테이블 위에 올려놓았다.

“이 사진을 왜 고다 씨가 가지고 있었나. 정보원은 왜 이 사진을 찍어 고다 씨에게 전달했을까. 고다 씨는 정보원과 어떤 관계인가.”

고다의 눈동자가 바쁘게 움직였다.

“알아보신 건 혹시 저였나요?”

“네, 죄송합니다”라고 나는 고개를 숙였다.

“고다 씨, 대학을 졸업하자마자 신문사에 입사했다고 하셨죠? 신인 시절 상사의 이야기는 정말 가슴에 와 닿았습니다.”

고다가 숨을 길게 내쉬었다.

“그 상사는, 당시 신문사에 근무했던 혼조 겐고 씨였죠?”

“아무래도 취재당하는 건 제 쪽인 것 같군요.”

고다가 쓴웃음을 지었다.

“정보원은 혼조 겐고 씨죠?”

고다는 부정도 긍정도 하지 않고 찬물을 입에 머금었다.

“혼조 씨라고 가정하면, 궁금한 게 세 가지 있어요. 왜 갑자기 딸을 납치당했을 혼조 씨가 범인의 목적은 사이버앤드

인피니티 사라고 했을까. 왜 그 정보를 기자인 고다 씨에게
말했는가. 그리고 왜 그 회사 직원도 고문변호사도 아닌 나
를 통해 그걸 확인하고자 했을까."

나는 사진의 날짜를 가리켰다.

"이 사진이 찍힌 건 4월 6일 토요일. 나코 씨가 납치되어
몸값을 모금하라는 협박 메일이 오기 3일 전입니다. 만약
이 사진을 혼조 씨가 가지고 있었다면 혼조 씨는 딸이 연루
된 문제를 미리 알고 있었다는 이야기가 됩니다."

나는 고다의 표정을 살폈다. 고다는 씁쓸한 듯이 얼굴을
일그러뜨렸다.

"고다 씨도 사실은 이상하다고 생각하셨겠죠?"

고다는 목을 오른손으로 문지르며 애매하게 고개를 기울
였다.

"평소에 자기가 하는 일을 남이 하면 의외로 싫은 법이죠."

"그렇다고 생각합니다. 이렇게 물어보면서도 고다 씨가 정
보원에 대해 말해줄 거라고는 생각하지 않았습니다만."

"그러면 상대방 안색을 살피겠죠?"

자학적인 고다의 반응에 나는 미소를 지었다.

"그래서 저를 보고 어떻게 생각하셨어요?"

"안색으로 확신할 만큼 제가 취재에 익숙하지 않아서요.
제 추측이 맞는지 혼조 씨 본인에게 확인하고 싶습니다. 다

만 사무소나 집에 연락을 해도 연결이 안 돼 만나기는 어려울 것 같지만."

점원이 커피와 잉글리시 브렉퍼스트 홍차를 테이블 위에 올려놓았다. 고다는 눈앞에 놓인 그린 찻잔에 그려진 시누아즈리풍 꽃무늬를 물끄러미 바라보았다. 나는 커피를 입에 머금었다.

"고민 중이신가요? 신세를 진 전 상사와 눈앞의 젊은 친구 중 어느 쪽을 믿을지를."

고다가 눈가에 미소를 남기며 얼굴을 찌푸렸다.

"제가 그랬거든요. 고다 씨에게 이야기를 듣고 혼란스러웠습니다. 자신 안에서 걸리는 부분이 있으면 더욱 그렇습니다. 보스가 하는 말을 믿을지, 고다 씨에게 들은 정보를 믿을지 고민이 많았습니다."

"그래서 고야나기 선생님은 그 후에 어떻게 하셨나요?"

"직구로 보스에게 들이받았어요."

"멋지군요."

"고다 씨가 그러셨잖아요. 미사토 선생님을 믿는다면 두려워할 것이 없다. 무슨 일인지 당당하게 물어보면 된다고."

"그리 말했죠."

고다는 찻잔을 입으로 옮겼다.

"혼조 씨를 믿고 계시다면 안고 있는 의문을 억누를 필요는 없지 않을까요?"

고다와 내 눈이 마주쳤다. 고다의 시선이 테이블 위에 놓인 사진으로 옮겨가 잠시 바라본 뒤 사진을 집어 가방에 넣었다.

"혼조 선배는 개를 키우고 계셔서요."

고다가 나에게 눈을 돌려 말했다.

"흰색과 검은색의 보더콜리로, 이름은 카를 3세. 처음 기른 보더콜리 이후 삼대째래요. 가족 누구보다 사랑한다고 자주 말씀하셨죠. 휴대전화 배경화면까지 카를로 도배했을 정도니까요."

"멋진 이름이네요."

"혼조 선배는 매일 카를을 산책시킨 뒤 뉴스10 녹화를 하러 가는 게 일과예요. 오후 3시쯤 근처 사이고야마 공원으로 데리고 가죠. 보도를 따라 적어도 세 바퀴는 도신대요. 쉬는 날도 다르지 않을 거예요. 카를이 매일 같은 시각에 산책에 데려가달라고 조른다고 하셨으니까요."

"감사합니다."

"저는 개 이야기를 했을 뿐입니다."

고다가 전표에 손을 올렸다.

"오늘은 제가 뵙자고 한 거라."

황급히 전표로 손을 뻗자 고다가 피하듯 손을 들었다.

"이런 건 빠른 사람이 이기는 거예요."

고다가 자리에서 일어나 옆 의자에 놓여 있던 베이지색 코트를 집어 들었다.

"오늘은 먼저 실례해도 될까요? 나중에 다시 뵙죠."

계산대로 향하는 고다의 등을 따라 나도 출구로 향했다. 차분한 태도로 돌아가는 고다의 등에 나는 천천히 고개를 숙였다.

메구로 구의 고지대에 위치한 사이고야마 공원은 떨어지는 벚꽃 잎을 즐기며 산책하는 사람들이 오가고 있었다. 잔디밭에 돗자리를 깔고 손수 만든 도시락을 펼친 여러 쌍의 가족 옆에서 반려견끼리 코를 맞대고 있다. 눈 아래 펼쳐진 아파트와 빌딩군 저 멀리에는 맑고 푸른 하늘을 배경으로 후지 산의 하얀 정수리 부분이 신기루처럼 희미하게 모습을 드러내고 있었다.

행복한 가정의 형태는 비슷하지만 불행한 가정에는 각각의 형태가 있다. 학창시절 읽었던 톨스토이《안나 카레니나》의 인상적인 첫 문장이 문득 떠올랐다. 공원은 행복한 가정 형태로 가득했다.

등 뒤에서 "안녕" 하며 누군가가 어깨를 두드렸다. 보스다.

"혼조 씨는?"

"아직인 것 같아요."

고지대 경사면을 이용해 만들어진 이 공원은 부지가 그리 넓지는 않다. 공원 안에 보도는 한정되어 있어 잔디광장에서 보도를 주시하다 보면 사람들의 왕래를 놓칠 염려가 없을 것으로 보인다. 2시 반경부터 이곳에 와서 개를 데리고 온 사람들에게 각별한 주의를 기울이고 있지만 흰색과 검은색 보더콜리는 아직 나타나지 않았다.

"연락은 되었나요?"

내 질문에 보스는 고개를 저었다.

"집과 사무소에 몇 번이나 전화했지만 역시 부재중이라며 연결해주지 않더라."

보스가 손목시계에 눈길을 주었다.

"곧 3시네."

보스는 전방 우측에서 오는 사람을, 나는 좌측에서 오는 사람을 확인하기로 했다.

공원 출입구 인근 카페에서 소프트 아이스크림을 든 소년이 나왔다. 아이스크림을 핥으며 그대로 벤치 쪽으로 향하는 소년에게 엄마 같은 여성이 달려와 함께 천연 융단 같은 잔디밭에 앉았다.

광장을 에워싸듯 심어진 벚나무에서 꽃잎이 연이어 떨어진다. 연분홍 꽃잎은 살갗에 느껴지지 않을 정도의 산들바람을 타고 공원 안에 골고루 흩날리고 있었다.

문득 시야 한편 광장 안쪽에 흰색과 검은색의 보더콜리가 불쑥 모습을 드러냈다.

남색 후드티에 캡을 쓰고 마스크를 한 남자가 줄을 잡고 있다.

"혼조 씨 같아요."

보스에게 말했다.

보스가 즉각 반응하며 남자 쪽으로 걸어간다. 나도 그 뒤를 따랐다.

우리가 접근하자 남자는 가볍게 목례하고 지나가려 했다.

"혼조 씨죠?"

보스가 말을 걸자 남자는 딱 걸음을 멈추고 보스와 내 얼굴을 살폈다. 캡과 마스크 사이로 들여다보는 눈매는 뉴스 프로그램을 통해 낯익은 것이었다. 혼조 겐고다.

보스가 명함을 내밀었다. 보스가 시선으로 재촉해 나도 명함을 내밀었다.

우리 명함을 바라본 혼조는 한 박자 사이를 두고 "아, 딸이 법률 상담으로 신세를 진 변호사 선생님이시죠?" 하고 눈에 붙임성 있는 미소를 지었다.

"딸에게서 들었습니다. 정말 신세를 많이 졌습니다."

카를이 줄을 강하게 잡아당겼고 혼조는 덩달아 발을 내디

덮다. 우리도 나란히 걸었다.

"몇 번인가 전화를 드렸습니다만 혼조 씨와 연결되지 못했기 때문에 실례지만 이렇게 몸소 찾아뵙게 되었습니다."

보스가 옆에서 혼조를 살핀다.

"그렇군요. 저희도 지금 일손이 부족해서요. 사건 때문에 수많은 연락을 받게 되어서. 실례가 되었다면 죄송합니다."

혼조가 정중하게 고개를 숙였다. 보스가 말을 이었다.

"나코 양은 그 후 어때요?"

"덕분에. 뭐, 그런 사건이 있은 뒤니까 당분간 집에서 쉬게 할 생각이에요."

"집으로 돌아오셨군요?"

"네, 병원에서 검사를 받은 후에 돌아왔습니다."

"나코 양 휴대전화로 저도 고야나기도 몇 번이나 전화를 했는데 연결이 안 돼 걱정했었어요. 음성사서함에 메시지를 넣었는데요."

"그거 실례했습니다. 지금 좀처럼 대응할 수 없기 때문에 나코도 휴대전화를 켜지 않았을 겁니다."

혼조는 목소리 톤을 바꾸지 않은 채 담담하게 대답했다.

보스가 발걸음을 빨리해 혼조 앞으로 나아갔다.

"혼조 씨, 외람되지만 충고 하나 드려도 되겠습니까?"

"네. 뭘까요?"

"1분이든 1초든 빨리 자수하는 편이 좋습니다."

"제가요? 왜요?"

혼조가 보스를 흘낏 보았다.

"어제 일어난 오아라이 해안 폭파사건 아시죠?"

"아니요. 그건 뭔가요?"

혼조가 크게 눈을 깜빡였다.

"폭탄이 장치된 차가 폭파되어 타고 있던 남성이 사망한 사건입니다."

"그런 사건이 있었나요?"

혼조가 머리에 손을 얹고 쓰다듬었다.

"그 남자가 가와사키 다쿠토예요."

"가와사키?"

"나코 양에게 수거책을 강요한 남자입니다."

"아아" 하고 혼조가 눈살을 찌푸렸다.

"혼조 씨, 가와사키와 연락하셨죠?"

"제가 왜?"

"감췄다 해도 며칠 후면 발각되고 말겁니다. 혼조 씨의 휴대전화나 PC가 바이러스에 감염되었을 테니까요."

"그게 무슨 말씀이죠?"

"가와사키 다쿠토에게 사에키 와카를 납치시키고 여기 있는 고야나기 선생을 협박하여 사이버앤드인피니티 사의 데

이터를 손에 넣는다는 계획을 생각해낸 건 혼조 씨, 당신이
죠?"

보스가 혼조의 얼굴을 정면으로 응시했다.

혼조의 미간에 주름이 잡혔다.

"도대체 무슨 말씀을 하시는 거죠? 영문도 모르겠는 트집
을 잡혀서 솔직히 기분이 안 좋네요."

"혼조 씨, 진지하게 충고하는 겁니다. 가와사키가 고야나
기 선생에게 인피니티가 첨부된 메일을 받은 후 중국 측 창
구인 사내 스파이뿐만 아니라 혼조 씨에게도 전송했을 겁니
다. 정말 입수했는지 아닌지, 계획한 범인인 혼조 씨도 보고
를 요구했겠죠? 하지만 그게 가장 큰 실수였습니다. 지금은
모르시겠지만 며칠 후에는 바이러스가 발동하여 혼조 씨의
휴대전화나 PC의 데이터가 유출될 거예요. 그러니까 그 전
에 자수하시는 게 좋습니다. 바이러스를 제거하는 소프트웨
어도 준비되어 있으니까요."

혼조가 코웃음을 쳤다.

"걱정 마세요. 선생님이 말씀하시는 것과 저는 연관이 없
어요. 뭔가 착각하신 것 같은데요."

혼조는 자신만만하게 잘라 말했다. 왜 이렇게 침착할 수
있을까. 혼조는 가와사키와 직접 연락하지 않은 것일까?

보스가 가만히 혼조를 쳐다본 뒤 "그렇군요"라며 턱에 손

을 얹고 고개를 끄덕였다.

"평소 사용하시는 휴대전화 말고 대포폰을 준비해서 가와사키와 연락을 하고 계셨군요. 이미 처분했겠지만요."

"이젠 됐나요?"

발길을 돌리려는 혼조 앞을 다시금 보스가 막아섰다.

"혼조 씨, 저와 당신은 닮은 것 같네요. 이런 엄청난 계획을 들키지 않고 완수할 수 있을 거라고 생각했다는 점에서. 하지만 역시 그렇게 잘 되지는 않아요. 제 계획이 혼조 씨에게 빼앗겼듯이 혼조 씨의 계획 또한 다른 쪽에서 무너지고 있다는 걸 알고 계신가요?"

혼조의 눈썹이 미세하게 움직였다.

"수사의 손길이 뻗치는 건 시간문제예요."

혼조가 얼굴 중앙까지 내려가 있던 마스크를 위로 올리고 캡을 다시 깊숙이 눌러썼다.

"도대체 누구의 부탁으로 오신 겁니까?"

"누구의 부탁도 아닙니다. 충고하고 있는 거예요."

"그러시다면 쓸 데 없는 참견이군요."

말과 달리 혼조는 카를의 목줄을 손목에 감았다 풀었다를 반복하고 있다. 적잖은 동요가 느껴진다.

"체포되는 것과 자수하시는 건 크게 달라요, 혼조 씨."

보스가 혼조의 눈을 들여다보았다.

혼조는 지긋지긋한 듯 크게 숨을 쉬었다.

"당신들은 정말 자수를 권하는 걸 좋아하는군요. 마치 자수하고 법으로 심판받으면 인생이 깨끗해진다고 생각하나 보죠?"

혼조가 보스와 나의 얼굴을 번갈아보았다.

"딸이 두 분께 여쭤본 보이스피싱 피해자 법률 상담도 그렇습니다. 자수하면 앞으로 딸의 인생이 제대로 펼쳐질까요? 그렇지 않습니다. 내가 부모로서 변호사에게 바라는 대응은 딸이 사기범에게 속아 말려들었다는 증거를 모아 피해자임을 증명해, 죄가 없음을 인정받는 것이죠."

우리를 향한 혼조의 눈에 섬광이 비쳤다.

"혼조 씨는 그렇게 말씀하시면서도, 나코 양이 수거책 역할을 여러 차례 했을 뿐만 아니라, 가와사키와 알게 된 기간이 1년 반이나 되면 무죄 판결이 불가능에 가깝다는 것을 잘 아실 겁니다. 게다가 재판에는 시간이 걸리죠. 나코 양이 보이스피싱 수거책 용의자라고 표면화되는 순간, 사실이 어떻든 혼조 씨의 커리어는 모조리 날아가버립니다. 계약한 광고나 프로그램 스폰서로부터 배상 청구를 받을지도 모르죠. 일단 안 좋은 이미지가 붙은 인물이 다시 깨끗한 인물로 언론에 돌아온 사례는 전무하다고 해도 무방합니다. 그러니까 나코 양이 일으킨 사기사건을 은폐하기 위해 결사의 각오로 이번 사건을 결행하신 거죠?"

"나코가 일으킨 사기사건이라고? 웃기지 마."

혼조가 얼어붙은 듯한 얼굴을 보스에게 돌렸다.

"가와사키는 나코가 수거책 역할을 하고 있는 증거 사진을 가지고 나를 만나러 와서 이렇게 말했어. '이걸로 혼조 씨는 평생 내 생활을 책임져줘야겠어'라고. '이 사진을 인터넷에 투고하는 것만으로 혼조 씨는 모든 일을 잃게 될 거야. 그렇게 생각하면 내게 입막음료를 내는 정도는 별 것 아닐 텐데.' 그렇게 말하며 웃더군. 그 인간은 원래 그게 목적으로 나코에게 접근해 수거책 일을 시킨 거야."

혼조가 줄을 강하게 움켜쥐었다.

"게다가 나코가 사이버앤드인피니티 사 서류봉투를 빼낸 뒤에도 협박을 하더군. 부모니까 나코의 불미스러운 일을 책임지라고. 봉투는 버려서 우리에게 없다고 했더니, 그러면 인피니티를 구할 방법을 생각하라고. 그러지 않으면 나코의 범죄 사진을 인터넷에 뿌리겠다고."

카를이 혼조의 발에 기대듯 주저앉았다.

"선생, 한번 말씀해보시지. 인터넷에 일단 한번 나코가 사기범이라는 글이 올라오면 강요당해 어쩔 수 없이 했다고 누가 믿어주나? 인터넷 세상에 무죄추정원칙 같은 건 통용되지 않아. 일단 어떤 글이라도 하나 올라오면 그 내용은 거의 검증되지 않은 채 바로 종신형 판결이지. 난숨에 사회에서 말소돼. 먼저 글을 쓴 자의 승리가 허락되는 세상이라면 먼저 그 녀석을 없앤 인간의 승리가 허락되어도 괜찮지 않나."

자포자기한 듯이 내뱉는 혼조에게 나는 바싹 다가갔다.

"그래서 몸소 나코 씨 납치사건을 일으킨 건가요? 가와사키를 납치범으로 만들고, 이후에도 나코 씨가 중국 마피아에게 쫓기지 않도록 데이터를 입수하게 하고, 경찰에 붙잡히기 전에 가와사키가 중국 마피아에게 처분당한 것처럼 꾸며 죽이기 위해 차를 폭파한 거죠? 당신은 그 때문에 아무 관련도 없는 인간까지 함께 날려버리려고 한 거죠."

혼조는 내 질문에는 대답하지 않고 "선생님들, 나코의 상담은 비밀유지의무니까 제대로 무덤까지 가져가세요" 하고 말하고는 카를의 목줄을 잡아당겨 발길을 돌렸다.

나는 순간 혼조의 팔을 잡았다.

"혼조 씨, 이런 사건을 일으키기 전에 나코 씨와 제대로 마주 보고 이야기를 하셨습니까? 그녀는 제대로 죄를 갚고 누구에게서도 도망칠 일이 없어지면 은하수를 보러 가고 싶다고 말했습니다. 혼조 씨가 한 일은 그녀에게 계속 밤하늘이 보이지 않는 삶을 강요한 것과 같습니다."

혼조가 내 손을 뿌리쳤다.

"인터넷 심판으로 사라지는 인간을 모르니까 그런 입에 발린 말이나 늘어놓을 수 있는 거지. 그렇게 되면 밤의 별만이 아니라 낮의 태양도 볼 수 없게 돼."

바스락거리는 소리가 들리고 등 뒤에 인기척이 났다. 혼조가 크게 눈을 떴다.

"정말이야?"

여자 목소리가 들렸다. 나코였다.

"죄송해요. 음성사서함을 늦게 확인했어요."

나코가 휴대전화를 들어보였다.

"오후 3시에 사이고야마 공원으로 갈 테니까 직접 만나서 이야기하고 싶다고 음성사서함에 넣어두었어."

보스가 내게 귓속말을 했다.

"나코는 돌아가."

혼조가 언성을 높였다.

"돌아가지 않을 거야."

나코가 혼조의 얼굴을 직시했다.

"나를 납치한 게 아빠였어?"

"그런 이야기는 몰라."

"아까부터 여기 나무 뒤에서 듣고 있었어."

"이 사람들 말을 진지하게 듣지 마. 됐으니 그만 돌아가."

"자신에게 불편한 이야기가 되면 항상 그래. 바로 명령조가 되지. 제대로 설명해줘."

나코가 소리를 질렀다.

"나코, 돌아가서 이야기하자."

혼조가 나코의 팔을 잡았다. 나코가 몸을 흔들어 혼조의 손을 뿌리쳤다.

"나도 중간부터 눈치챘어. 이 납치, 부모님이 한 거 아닌지."

혼조가 나코에게서 시선을 돌렸다.

"왜 그렇게 생각했어요?"

나는 나코에게 물었다.

나코는 혼조를 바라보며 천천히 입을 떼었다.

"차도, 물도, 치즈도, 과일도, 주먹밥 재료도 어쨌든 나오는 식사가 내가 좋아해서 집에 갖춰두는 것과 전부 똑같았기 때문이야."

나와 보스의 시선이 자연스럽게 마주쳤다. 만약 보스가 계획을 실행했다면 역시 그렇게까지 세심하게 준비하지는 못했을 것이다.

"조사를 철저히 하는 범인인 모양이군. 나코의 SNS를 샅샅이 뒤졌겠지."

혼조가 끼어들었다.

"음식 사진 같은 건 올린 적 없어."

나코가 혼조에게 고개를 돌렸다.

"왜 이런 짓을 벌인 거야?"

"멋대로 단정 짓지 마. 나는 모르는 일이야."

"나, 자수하기로 마음먹었는데."

"너야말로 상의도 없이 멋대로 결정하고."

"상의했으면 하지 말라고 했겠지."

"너 혼자만의 문제로 끝날 일이 아니야."

"그렇게 일이 중요해? 그렇게 세상의 눈이 중요해?"

혼조가 급정지한 것처럼 몸이 굳었다. 발밑에서는 카를이 목줄을 흔들며 뒷발로 목을 긁었다. 혼조의 시선이 잠시 허공을 떠돈 뒤 카를의 목줄을 잡아당겼다. 카를이 허리를 들었다.

"이런 곳에서 더 이야기하는 건 의미가 없어. 뒷이야기는 나중이다. 돌아가자."

발을 내디딘 혼조 앞을 내가 막아섰다.

"혼조 씨, 기다려주세요."

"뭐가 더 남았나?"

혐오감을 드러내는 혼조를 나는 가로막았다.

"솔직히 저는 혼조 씨에게 몹시 화가 났습니다. 사촌 여동생 사에키 와카는 당분간 입원 생활이 계속될 것으로 보입니다. 겉으로는 멀쩡한 척 가장하고 있지만 떨림이 전혀 멈추지 않는 게 눈에 보일 정도예요. 그런 와카를 지금까지 한 번도 본 적이 없습니다. 나는 당신의 얼굴에 한 방 날리고는 붙잡아 경찰에 내밀고 싶을 정도입니다."

나는 나코 쪽으로 눈을 돌렸다. 나코는 아랫입술을 깨물고 고개를 숙이고 있었다.

"하지만 자수하겠다는 나코 씨의 법률 상담을 받은 이상 의뢰인에게 가장 유리한 수단을 생각하는 게 제 일입니다. 그래서 마지막 충고를 드리겠습니다. 아직 자세한 내용은 보도되지 않았지만 가와사키 다쿠토와 함께 사에키 와카를 유괴한 남자 두 명은 폭발 직전 와카를 데리고 차에서 내려 목숨을 건졌고, 차량 폭발 즉시 이바라키 현 경찰에 체포되었습니다. 막판에 가와사키를 배신했거든요. 분명 혼조 씨에게는 예상 밖이었을 것입니다. 모두 한꺼번에 차량과 함께 폭파해 입막음을 할 수 있다고 생각하셨을 테니까요."

혼조의 얼굴은 가면을 쓴 것처럼 딱딱했다.

"경찰은 우수합니다. 체포한 남자 두 명부터 수사가 진행되고 있을 거예요."

나는 혼조의 얼굴을 응시했다.

혼조는 아무 말 없이 내 옆을 빠져나와 반쯤 억지로 카를의 목줄을 잡아당기며 공원 밖으로 향했다.

나는 떠나가는 혼조의 등을 멍하니 바라보고 있는 나코에게 다가갔다.

"돌아가서 아버님과 이야기를 나누는 게 좋겠어요."

나코가 초점이 없는 눈동자를 내게 향했다.

"당초 결심한 것처럼 자수하더라도 부모님과 모든 걸 제대로 의논하는 게 필요하니 서두르는 게 좋아요."

나코는 고개를 끄덕이더니 보스와 나에게 반절을 하고 혼조의 뒤를 따르듯 발길을 돌렸다.

크게 등을 흔들며 떠나는 나코를 보스와 나는 말없이 지켜보았다.

마음에 싹트는 것

어버이날 카네이션이 즐비한 역 구내 꽃집 앞을 지나 붐비는 인파를 파헤치며 개찰구를 빠져나갔다. 요쓰야 역 지상으로 나오자 저녁인데도 맑은 5월 햇살이 살갗을 파고들었다.

사무소로 돌아오자 즈카하라 씨가 행주로 테이블과 선반을 닦고 있었다. 상담석에 장식된 하바리움을 집어 들고 정성껏 먼지를 털어내고 있다. 푸른 병 바닥에서 흰 꽃이 흔들리고 있는 이 장식물은 가와스미 료코가 가져다준 것이다. 그녀의 전 약혼자는 와카와 가즈히로 형의 조사를 통해 본명이 판명되었다. 전과 2범의 상습 사기꾼이었다. 그녀에게 진상을 알리자 꿈에서 깬 듯 경찰에 피해신고를 했다. 상처가 아물려면 시간이 걸리겠지만 그래도 이것으로 확실히 한

걸음 내딛게 되었다.

그 사건으로부터 약 한 달, 니쿠라·미사토 법률사무소에는 일상이 돌아와 있었다.

혼자 사무소에 남아 컴퓨터 앞에서 소송 자료를 작성 중이었는데 "늦은 시간에 죄송합니다"라고 귀에 익은 목소리가 들렸다. 입구로 시선을 돌리니 주간마이아사의 고다가 서 있었다.

"갑자기 죄송합니다. 음성사서함에도 남겼는데요."

가방에 넣어둔 채로 있던 휴대전화를 확인하니 고다의 부재중 전화 메시지와 음성사서함 알림이 들어와 있었다.

"몰랐어요. 죄송합니다. 어서 오세요."

상담석으로 안내하려고 하자 고다가 봉투를 내밀었다.

"이 기사의 내용을 확인해주셨으면 해서 배달온 겁니다. 다음 주 주간마이아사에 게재 예정인 제 기고문입니다. 혼조 겐고가 저지른 사건에 대해 꽤 자세하게 밝혔습니다. 내일까지면 내용을 바꿔드릴 수 있으니 문제가 있으면 연락주세요."

"알겠습니다."

봉투를 받아들자 "바쁘신 것 같으니 오늘은 이만"이라며 고다가 목례하고 돌아갔다.

나는 자리로 돌아와 봉투를 열었다. 고다가 쓴 원고가 나온다. '특별 기고문'이라는 굵은 글씨 제목이 눈길을 끌었다. 여느 기사와는 결이 다른 것 같다. 훑어보니 나코가 이 사무소에 온 것이 어제 일처럼 똑똑히 떠오른다. 수기의 내용이 가슴에 와 닿는다.

창밖을 내다보니 오늘도 별이 보이지 않는 밤하늘이 빌딩 군 너머로 펼쳐져 있었다.

몸값 모금이란 결국 무엇이었는가?

몸값 모금을 요구한 전대미문의 납치사건은 납치되었던 대학생의 아버지가 체포되는 이 또한 전대미문의 막을 내렸다.

그 아버지란 모두 알다시피 재팬TV에서 '뉴스10'의 메인 앵커를 맡고 있던 혼조 겐고(65)이다. 그가 평균 시청률 15퍼센트를 자랑하는 프로그램의 일등공신이었음은 누구나 인정하는 바다. 하지만 그 인기와 입장이 혼조 겐고를 몰아붙이게 되었다.

혼조 용의자가 추궁당하고 있는 죄명은 한두 건이 아니다.

① 자신의 딸이 유괴된 것으로 위장한 대학생 납치사건에서 경찰에 대한 위계 업무방해죄.

② 오아라이 해안 폭파사건에서의 살인 교사 및 부녀 약취·납치죄.

사건의 상세한 내용은 다른 페이지의 특집 〈대학생 납치사건 및 오아라이 해안 폭파사건의 전모를 밝힌다〉에서 확인하시기 바라고, 이 기고문에서는 혼조 겐고가 왜 이런 엄청난 사건을 저지르기에 이르렀는지 그 배경에 접근해보고자 한다.

덧붙여 내가 이 기고문을 쓸 기회를 얻은 것은 혼조 겐고가 마이아사 신문사 근무 당시 내 상사이며, 이 일련의 사건이 벌어지고 있는 동안에도 연락을 취하던 사이였기 때문이다.

4월 9일(화) 오전 7시가 넘어 주간마이아사 데스크에게서 전화가 걸려왔다. 혼조 겐고의 딸 나코(21)가 납치되어 몸값 모금을 요구받고 있다는 황당한 소식이었다.

데스크가 당장 취재하러 가줄 수 있겠느냐고 묻기에 물론이라고 답했지만 내 심경은 평소 취재 때와 확연히 달랐다. 순전히 혼조 겐고와 딸 나코가 걱정되어 심장이 터질 것 같은 긴장감을 느끼며 혼조 겐고의 휴대전화로 전화를 걸었던 기억이 생생하다. 당시에는 연결되지 않고 음성사서함으로 전환되었다. 당연히 집에는 경찰이 와 있어 전화를 받을 수 있는 상황이 아니었을 것이다. 나는 음성사서함에 "혼조 선배, 괜찮으세요? 제가 할 수 있는 일이 있으면 꼭 말씀해주세요"라고 남겼고 문자로도 같은 내용을 보냈다.

대학 졸업 후 마이아사 신문에 입사한 나의 첫 상사에 해당하는 사람이 혼조 겐고였다. 병아리가 처음 본 것을 어미새라고 생각하듯이, 사회인으로서 나는 혼조를 부모처럼 사모했고, 일하는 방법도, 술 마시는 방법도, 사람과 사귀는 방법도 모두 이 상사에게 배웠다.

딸 나코가 태어난 날의 일도 생생하다. 저녁인데도 찬란한 햇살이 나무의 신록에 쏟아지던 오후 5시경 "오늘은 좀 일찍 실례한다. 무슨 일이 생기면 전화줘"라는 말만 선임에게 남기고는 혼조가 허둥지둥 퇴근했다. 그런 일은 처음이었다.

"도대체 무슨 일이 있었던 거야?" 상사의 이변에 팀원 일동이 웅성거리더니 "네가 물어봐"라는 선배의 지령으로 다음 날 "어제 무슨 일이 있었나요?"라고 내가 혼조에게 조심스럽게 물었었다.

"태어났거든." 혼조가 책상에 탁 놓은 것이 새빨간 얼굴로 울부짖고 있는 갓 태어난 나코의 사진이었다. 40대 중반에 처음 얻은 딸이다. 기쁨을 드러내기가 민망했으리라는 것을 이제는 알 수 있다. 하지만 당시는 아직 20대였고, 나도 포함해 아이를 둔 친구가 거의 없었던 나는 처음 보여주는 상사의 아버지로서의 얼굴에 이런 얼굴도 하는구나 하고 내심 너무 놀랐던 기억이 난다.

그런 나코가 납치되었다. 도저히 남 일 같지 않았다. 나는 잘 알고 지내는 형사에게 이야기를 듣고, 혼조의 사무소에 연락을 하고, 혼조 일가 주변 사람들에게 탐문을 하여 정보 수집에 힘썼다. 그런 때 혼조의 매니저에게서 연락이 왔다. "혼조 씨에게서 맡아둔 것이 있다"고. 나는 즉시 사무소로 향했다.

받은 것은 혼조의 친필 편지였다. 세월은 흘러도 필적은 크게 다르지 않았다. 필압이 강한 우하향 문자는 분명히 낯익은 전 상사의 것이었다.

"사실 고다 씨와 직접 만나서 둘이서 이야기를 나누고 싶다고 말씀하셨습니다만, 혼조 씨는 자택에서 수사원과 함께 대기 중이라서 이걸."

나는 그 자리에서 편지를 뜯고 내용을 확인했다.

"고다에게 부탁할 일이 있네"라는 첫머리로 시작하는 문구는 나를 경악케 하는 내용이었다. 나코가 납치된 것은 사이버앤드인피니티 사의 트러블에 휘말린 탓이라는 것이었다. 사이버앤드인피니티 사의 기밀 정보를 노리는 범인이 나코를 납치해 크라우드펀딩으로 몸값 모금을 요구한 것은 업무를 방해하고 협박에 응하게 하기 위해서라고 혼조는 편지에서 단언했다.

하지만 사이버앤드인피니티 사는 협박 메일 등은 오지 않았다고 경찰에 주장하고 있는 것으로 알려졌다. 그래서 사이버앤드인피니티 사가 자사 앞으로 도착한 협박 메일을 숨기지는 않았는지, 나코의 목숨보다 자사의 이익을 우선시하고 범인과 뒷거래를 하고 있지는 않은지 조사해주었으면 한다는 것이 그 편지의 취지였다.

이 편지는 내 기자 정신에 불을 붙였다.

혼조와는 매니저를 경유해 지속적인 연락을 주고받았으며 혼조가 찾아가 봐달라고 지목한 NM 법률사무소(가명)의 신인 변호사 K와도 접촉을 거듭했다. 그러는 동안 내가 혼조에 대해 전혀 의문을 품지 않았다고 하면 거짓말이다. 혼조는 나코와 모종의 트러블이 있었던 남자들의 사진이나, 그것을 쫓는 M변호사의 사진을 가지고 있었다. M은 사이버앤드인피니티 사 고문을 맡고 있는 변호사로, K의 상사에 해당하는 인물이다. 이 사진들은 분명히 사이버앤드인피니티 사와 남자들 사이에 모종의 움직임이 있다는 증거로 여겨졌다.

이런 사진이 있다면 경찰도 혼조의 추론을 확인하기 위해 움직일 것이다. 그런데 왜 경찰이 아니라 나에게 이 사진을 건네주는 것일까? 애초에 혼조는 왜 이런 사진을 가지고 있는 것일까? 신인 변호사 K에게 집착하는 것은 어째서일까? 그런 의문이 내 안에 어렴풋이 감돌았다.

그러나 나는 그러한 위화감에 진지하게 맞서려고 하지 않았다. 혼조가 나에게 연락한 것은 전 상사의 애정으로, 특종이 될 소재를 제공해주고 있는 것이라고 편리하게 해석했기 때문이다. 사이버앤드인피니티 사가 뒤에서 범인과 협상하고 있다는 사실을 밝혀내면 엄청난 특종이 된다. 혼조의 배려에 감사하면서 나는 진상을 파악하기 위해 혼조의 지침에 따라 열심히 취재를 거듭했다. 그렇게 함으로써 납치된 나코를 구하기 위한 어떠한 정보 제공이 가능하지 않을까 진지하게 생각했다.

몸값 모금이 시작된 4월 11일(목) 인터넷에는 혼조 일가에 대한 가짜 뉴스가 확산되면서 혼조 일가를 비난하는 글과 모금반대운동이 들끓었다. 혼조의 가족과도 같은 마음으로 이날을 맞이했던 나는 범인에 대해서도, 또 보이지 않는 대중에 대해서도 격렬한 분노를 느꼈다. 이러한 상황 탓에 몸값 모금액은 한때 정체되어 있었지만, 저녁 뉴스 프로그램에 혼조가 온라인으로 출연하면서 분위기는 단번에 바뀌었다. 일단 10억 엔에 도달한 것이다. 하지만 마감 직전 취소가 속출. 결국 모금액은 10억 엔에 미달한 채 종료 시각을 맞았다.

내가 이 사건에 위화감을 확실히 느끼기 시작한 것은 그 후다. 갑자기 혼조와의 연락이 끊긴 것이다. 취재의 진척 상황은 수시로 매니저를 경유해 전하고 있는 탓에, 원래라면 경과가 어떻게 되고 있는지 신경이 쓰여 바로 연락해오더라도 이상하지 않은 상황이었다. 또한 나코가 무사히 발견된 경위도 신경 쓰였다. 무사히 발견되어 진심으로 안도했지만 자력으로 도망쳤다는 것이 아무래도 마음에 걸렸다. 모금된 금액은 사이버앤드인피니티 사에 보류된 채로 남아 있다. 미달로 끝난 탓인지 범인에게서 연락이 왔다는 보도도 없다. 오랜 기자의 촉일까. 아무래도 작위적인 냄새를 느끼지 않을 수 없었다.

그 후 만난 K변호사에게 내가 안고 있던 의문을 그대로 지적받았고, 그리고 이런 말을 들었다.

"혼조 씨를 믿고 계시다면 안고 있는 의문을 억누를 필요는 없지 않을까요?"

그 말은 정곡을 찔렀다. 나는 혼조에게 직접 물어보려고 휴대전화로 전화를 걸었다.

전화를 받은 혼조는 애견 카를을 산책시키는 중이라 곧 돌아갈 거라고 했다. 혼조의 일과를 알고 있던 나는 혼조의 자택 근처에서 기다리고 있다고 전했다. 때마침 혼조가 카를을 데리고 돌아왔다. 나는 혼조에게 달려갔다.

"도대체 무슨 일인가요?"

품고 있던 의문을 제기했을 때 등 뒤에서 인기척이 났다. 혼조가 내 어깨 너머 멀리 시선을 향했다. 뒤돌아보니 남자 몇 명이 이쪽을 향해 달려오는 중이었다.

"형사다."

혼조가 말했다. 납치사건 관련해 추가 조사가 있는 거라고 생각했다. 나코가 발견되었다고는 하지만 범인은 아직 잡히지 않았다. 혼조는 천천히 내게 고개를 돌리고 말했다.

"제대로 이야기하고 싶지만 시간이 없는 것 같군. 여러모로 폐를 끼쳐서 미안했다. 이 녀석을 부탁한다."

혼조가 카를의 목줄을 내게 건네고는 형사들 쪽으로 몸을 돌리고 눈을 감았다.

혼조 겐고는 체포되었다.

사태를 파악하지 못한 채 방심 상태인 내 앞을 누군가가 달려갔다. 나코였다.

혼조는 형사에게 밀쳐지며 경찰차에 실렸다.

"아빠!"

사이렌 소리를 내며 달려가는 경찰차를 향해 나코가 소리쳤고 그대로 무릎째 무너져 내렸다.

도대체 무슨 일이 일어난 것일까? 내가 아는 혼조 겐고는 이런 사건을 일으킬 인물이 결코 아니었을 것이다.

반년쯤 전일까. 혼조와 술 마시러 갔을 때의 일이 생각난다. 그날 나는 사기 피해자 모임 취재를 했었다. 연일 발생하는 보이스피싱 같은 특수사기 피해자 중에는 사건을 계기로 가족과 사이가 나빠지고 고독감에 시달려 자살로 내몰리는 사람이 적지 않았다. 사기를 당한 어머니가 아이들, 특히 아들에게 거센 비난을 받고 자신감을 상실하거나 하는 일도 있었다.

"매일 뉴스가 나오고 그만큼 주의를 줬는데 왜 사기를 당해. 아들 목소리도 모를 정도로 노망 난 거야?"

이런 식으로 심한 분노를 자식이 어머니에게 쏟아붓는다. 사기범에게 아들이 위급한 상황이라고 들어 자식에 대한 애정과 어머니로서의 사명감 탓에 미처 경계심을 발휘하지 못하는 것이다. 예금은 모두 사기범에게 빼앗기고 자신에게는 생활하기조차 힘든 쥐꼬리만한 연금밖에 남지 않았다. 손주에게 뭔가를 사줄 일도, 앞으로 늘어날 자신의 의료비조차 낼 가망이 없다. 자신은 이제 아이들의 짐일 뿐이라는 사실에 생각이 미쳐 목숨을 끊는다.

"오늘 그런 이야기를 많이 들었더니 마음이 좀 우울하네요."

혼조에게 말했더니, 그는 말했다.

"어머니란 아이를 위해서라면 때로는 멘탈도 판단도 미쳐버리는 생물이지."

하지만 어머니뿐만이 아니다. 아버지도 때로는 완전히 미친다.

이 사건은 사기 일당에 가담해버린 딸을 둔 두 아버지에 의해 야기되었다. 대학생 납치사건 및 오아라이 해안 폭파사건의 계획과 지시를 한 것이 혼조 겐고. 그 지시를 받아 사건의 준비·실행을 담당한 것이 고바야시 히로야다. 고바야시는 IT 보안 시스템을 구축하는 프로그래머로 IT 관련 지식이 뛰어났다.

각자의 딸인 혼조 나코와 미나미 사키는 SNS를 통해 알게 되면서 절친한 사이가 되었다. 아버지인 두 사람이 납치범으로 만들어 살해한 가와사키 다쿠토는 사기 그룹의 수거책을 담당하는 리더였다. 그는 처음에는 본모습을 숨기고 사람들을 잘 보살피는 형 노릇을 한다. 그러다 상대방이 마음을 열었다고 판단되면 수거책 반열에 끌어들인다. 일단 한번 소속된 멤버들의 이탈은 결코 허락하지 않고, 가와사키에 맞선 미나미 사키는 가와사키에게 폭행을 당해, 약 2개월 전에 사망했다.

나코의 아버지가 뉴스 앵커 혼조 겐고라는 사실을 알게 된 가와사키는 처음부터 부모를 협박해 돈을 뜯어내려고 나코를 멤버로 끌어들였다고 한다. 먼저 수거책에 발을 들인 미나미 사키가 병석에 누운 것을 계기로 "사키의 대타로 아르바이트를 해주지 않겠냐"고 나코에게 일 내용을 알리지 않고 불러내 보이스피싱 수거책 역할을 떠넘겼다. 그 모습을 카메라에 담아 혼조 겐고를 협박하기 시작한다.

이것으로 평생 먹고살 걱정은 없어졌다며 싱글벙글 웃는 가와사키의 협박은 반년 넘게 계속되었다. 혼조는 누구와 상의하는 일도 없이 가와사키의 요구를 받아들였다.

가와사키에 대한 격렬한 분노와 증오가 이 두 아버지의 유대를 공고히 했다. 언뜻 보기에 완전한 타인으로 보이는 두 사람이 하나가 되어 일련의 대사건이 결행되었던 것이다.

최근 혼조의 접견 금지가 풀려 혼조를 만나러 유치장에 다녀왔다.

"취재? 그렇다면 제일 먼저 고다의 취재에 응해야겠지."

내 얼굴을 보자마자 아크릴판 너머의 혼조가 멋쩍게 말했다.

손질하지 않은 자라난 수염 때문인지 수척해 보였다.

"몸은 괜찮아요?"

내 질문에는 대답하지 않고 혼조는 그저 나를 K와의 연락책으로만 사용한 것에 대해서 사죄했다. 신인 변호사 K는 나코가 자수하고 싶다고 상담하러 간 변호사였다고 한다.

"나코가 수거책 일을 한 것도, 가와사키에게 쫓기고 있는 것도 모두 알고 있는 인물이었어. 그래서 인명 구조를 위해 가와사키의 이름을 경찰에 알려버리지 않을까 걱정이었다."

가와사키가 경찰에 체포되면 필연적으로 나코가 저지른 죄도 공개된다. 그것을 막기 위해 K에게 그들의 사무소도 이 사건에 연루되어 있다고 생각하게 해 입을 막고 싶었다고 말했다.

"그 사진은 어떻게 구했어요?"

나는 매니저를 통해 전달된 일련의 사진을 입수한 경위를 물었다.

"지난 반 년간 흥신소에 부탁해 나코의 행동을 계속 감시했었어. 그 사진은 흥신소가 찍은 거야."

"왜 그런 일을?"

"가와사키에게 협박을 당했으니까. 나코의 교우관계가 걱정이었어."

혼조는 매일같이 흥신소를 통해 나코의 행동에 관한 보고를 받았다.

미나미 사키의 아버지 고바야시 히로야의 존재와 연락처도 흥신소를

통해 알게 되었다고 한다.

"흥신소를 이용하기 전에 왜 나코와 대화하지 않았습니까?"

"무슨 말을 해야 할지 모르겠더라."

혼조가 중얼거리듯 말했다.

"이봐, 고다. 너희 집에서는 이런 일 없냐? 내 자식인데 무슨 생각을

하는지 전혀 알 수 없다든지 하는."

혼조의 시선이 허공을 헤맸다.

"얼마 전까지 항상 내 뒤만 졸졸 쫓아다니고, 내 모습이 안 보이면 울

었는데 언제부턴가 다가오지 않고 말이 통하지 않게 됐어. 그리고 언

제부터 차가운 눈빛을 보이게 됐을까. 뭐가 그렇게 마음에 안 드는지.

딸의 태도를 볼 때마다 부모로서 실격이라는 낙인이 찍히는 기분이

야. 그래서 고치려고 하면 할수록 충돌해서 서로 상처를 주고."

"사춘기란 건가요?"

"그런 말로 이해할 수 있는 어른이라면 이렇게 질질 끌지 않았겠지."

초조하고 상처받는 것을 피하기 위해 가족 셋이 서로 점점 거리를 두

게 된 것이라고 혼조는 말했다. 말하는 수단도 지키는 수단도 모른 채

앵커라는 일에 쫓겨서 흥신소에 의지했다고 한다.

"부모로서 게으름피운 결과가 이 모양이다. 도대체 어느 시기로 돌아가서 어떻게 다시 시작해야 이렇게 되는 걸 피할 수 있을까……."

혼조는 하늘을 우러러보았다.

"그 애한테는 죄가 없어."

혼조가 쉰 목소리로 말했다.

"나코가 내 딸만 아니었다면 가와사키의 표적이 되지도, 범죄에 손을 들이지도 않았을 거야. 내 딸만 아니었다면……."

고개를 숙인 혼조 앞 책상에는 눈물방울이 하나둘 떨어졌다.

갓 태어난 나코의 사진을 책상에 툭 올려놓고 기쁨을 참으며 평정심을 가장하던 혼조의 얼굴이 몇 번이고 뇌리에 떠올랐다.

자택의 CCTV에는 나이프와 스패너를 꺼내 자택에 침입하려던 가와사키의 모습이 찍혀 있었다고 한다. 이놈은 집요하게 나코를 따라다니며 언젠가 나코에게 해를 끼칠 것이 틀림없다. 그렇게 확신한 혼조를 덮친 강렬한 공포심이 아버지 혼조를 완전히 미치게 했다.

딸을 지키려다 큰 잘못을 저지른 전 상사에게 나는 할 말을 찾지 못했다.

훗날 나는 수거책 혐의로 구금 중인 나코에게 혼조가 목이 멘 채 한 이야기를 전했다.

"그런 것도 딸 바보라는 걸까요? 부모님 자식이 아니길 바란 적은 나는 한 번도 생각해본 적이 없는데……."

나코는 조용히 그렇게 말했다.

"하긴 예전에는 학교에서 싫은 일이 있던 날 부모님 때문이라고 집에서 화풀이를 한 적이 종종 있었어요. 하지만 사실 그 이상으로 자랑스러운 점이 많았어요."

그대로 말을 잇지 못하고 흘러간 침묵에 나는 엇갈린 부녀의 사랑의 깊이를 느끼지 않을 수 없었다.

"아빠에게 전해주시겠어요? 자신의 죄는 스스로 갚고 아빠를 만나러 가겠다고. 그때 제대로 대화할 수 있기를 기대한다고. 그러니 아빠도 제대로 속죄해달라고."

눈물을 흘리는 그녀 앞에서 나는 반드시 전하겠다고 약속했다.

혼조도 나코도 앞으로 법의 심판을 받고, 지은 죄의 무게를 짊어진 채 인생을 다시 살아나갈 것이다. 부모와 자식의 유대도 강하고 굵게 다시 맺어갈 것이 틀림없다.

그로부터 약 한 달이 지난 지금도 인터넷에는 납치사건 기사와 혼조 일가를 비방하는 글들이 생생하게 남아 있다. 그러한 기록은 앞으로도 영원히 남을 것이다. 나는 닥치는 대로 기사와 글을 다시 읽었다.

사람의 마음에는 인명을 구하려는 보편성의 씨앗이 있다. 그것이 10억 엔의 몸값 모금으로 이어졌을 것이다.

그렇다면 혼조 일가가 비난받고 모금반대운동이 벌어지고 있을 때 사람의 마음에는 무슨 싹이 텄을까.

마감 직전에 모금 취소가 속출한 이유가 대체 무엇인지 나는 그 이유

를 계속 생각하고 있다.

고다 히토시

오전 0시의 몸값

1판 1쇄 인쇄 2023년 3월 22일
1판 1쇄 발행 2023년 3월 30일

지은이 교바시 시오리
펴낸이 문준식
디자인 공중정원
제작 제이오

펴낸곳 내 친구의 서재
등록 2016년 6월 7일 제2020-000039호
주소 서울시 성북구 정릉로305, 104-1109 우편번호 02719
전화 070-8800-0215 **팩스** 0505-099-0215
이메일 mytomobook@gmail.com **인스타그램** mytomobook

ISBN 979-11-91803-13-6 03830